一腔诗意向唐朝

徐昌才 著

文化发展出版社
Cultural Development Press

图书在版编目（CIP）数据

一腔诗意向唐朝／徐昌才著 .– 北京：文化发展出版社，2017.4（2020.5重印）
ISBN 978-7-5142-1710-0

Ⅰ．①一… Ⅱ．①徐… Ⅲ．①唐诗 – 诗歌欣赏 Ⅳ．① I207.227.42

中国版本图书馆 CIP 数据核字（2017）第 064704 号

一腔诗意向唐朝

作　　者：徐昌才

责任编辑：肖贵平
执行编辑：罗佐欧　　　责任校对：岳智勇
责任印制：杨　骏　　　责任设计：侯　铮
排版设计：YUKI 工作室

出版发行：文化发展出版社（北京市翠微路 2 号　邮编：100036）
网　　址：www.wenhuafazhan.com
经　　销：各地新华书店
印　　刷：三河市华东印刷有限公司
开　　本：710mm × 1000mm　1/16
字　　数：223 千字
印　　张：18
印　　次：2017 年 5 月第 1 版　　2020年 5 月第 2 次印刷
定　　价：59.80元
I S B N：978-7-5142-1710-0

◆ 如发现任何质量问题请与我社发行部联系。发行部电话：010-88275710

一腔诗意向唐朝

徐昌才

写完这部书稿最后一个句号的时候，我异常激动，无比幸福。不去想飞扬文采，光照千秋；不去想洛阳纸贵，浪得虚名；不去想春花秋月，快意几时。沉浸在一个人的世界里，沉浸在古老的唐诗中，透过一个个沧桑的文字，分享一段段跌宕的人生。那些遥远的风景，那些古老的诗魂，那些灿烂的生命，一一复活在我的生命里。我与他们感同身受，悲欢与共。我抑制不住激动与狂喜，要与古老的灵魂、鲜活的生命、燃烧的青春，还有天空大地、白云绿草，分享我的诗情画意与生命体验。这本书描述了我的感受和感动，表达了我的真情与真性。如果一言一语、一鳞半爪能够触动你的心弦，带给你一点人生的快意与生命的感发，我将感到万分欣慰。

读唐诗，可以站在自我的角度，知人论世，将心比心，切境切情，感同身受。也就可以站在他者的角度，或是站在与诗人某首诗歌不同的其他诗歌的角度来品味，如此勾连贯通，比照呼应，可以激活我们的思维，唤起我们的兴味，当然更可以帮助我们全面而深刻地理解诗歌的真意真味。比如，欣赏李商隐的《为有》，我喜欢这样的联想与比照。

想起古老的《诗经·郑风》："女曰鸡鸣，士曰昧旦。子兴视夜，明星有烂。将翱将翔，弋凫与雁。"描写一对夫妻幸福欢悦的生活场景，可以演绎成一段生动有趣、极富生活气息的故事。男欢女爱，缠绵难舍，共度良宵，不愿早起。情意朴素而真切，情调浪漫而有趣。与此类似，李商隐诗歌《为有》描写的正是这样一段缠绵款洽、难舍难分的情意。不过两首诗主人身份不同，李诗主人是朝廷官员，女子是贵妇，男女尊贵，生活富足；《诗经》主人是劳动者，普通平凡，生活艰难，夫妻恩爱。两诗最大的相同在于深入人物内心，表达人类共同的对于爱情，对于幸福，对于美好生活的强烈渴盼与追求。时光已逝千年，昔人早已千古，我们相信爱依然还在，相信诗歌永远不老。

诗情源于诗心，诗心源于生活。欣赏一首诗歌，品味一段诗情，感发一种生命，不一定字斟句酌、演绎诗意，也不一定对应背景、印证诗情；更多时候，更本质的体验应该是超越古今、弥合时空，以生命对接生命，以情感交融情感，以智慧碰撞智慧，通过品读、玩味、体验、深思，达到古今浑然、生命同构的心灵共鸣。我们无缘与李白做邻居，无缘与杜甫做朋友，无缘与香山（白居易）同朝为官，无缘与王维参禅礼佛，但是，地不论东西，时不问古今，人不分男女，心理同构，生命同感。感动过李白的情意，也一定会感动你我；激励过杜甫的人格，也一定会激励你我。只是，由于年代久远，风云弥漫，我们需要拨开云雾，廓清烽烟，以清灵宁静之心，以智慧通达之理，以生命同构之情，彼此知会，默契共鸣。

读陈陶《陇西行》："誓雪匈奴不顾身，五千貂锦丧胡尘。可怜无定河边骨，犹是春闺梦里人。"你会为大唐将士捐躯为国、舍身效命的壮举拍案叫绝，赞不绝口。你可能还会想到，战争是为了什么，战争是不是被某种力量利用，战争付出血腥惨烈的代价，能够换来万千黎民的和平幸福吗？战争真是犹如某些人所宣扬的保家卫国、大义凛然吗？陈陶看到了白骨盈野，横尸成山，陈陶痛感年轻生命的凋谢，幸福家庭的破灭。陈陶不直说他的悲悯和义愤、他的呻吟与控诉，但是，我们却可以从生命出发，从现实出发，从历史出发，指责一场战争的不义与残暴，怒斥一些政权的狭隘与自私。不管你承认不承认、乐意不乐意，一首诗歌描绘一幅图景，展示一片鲜血，其实是告诉我们，战争没有过去，杀戮依旧嚣张。你能说，陈陶只是在替大唐万千冤魂叫屈吗？

诗歌来自感觉，来自感动。诗歌是情感的艺术，诗歌也是感觉的捕捉，诗歌还是心灵的瞬间闪光。犹如照相，咔嚓一声，对准的镜头，定格成永恒，沉淀成古今。一刹那间的感觉，最精彩，最传神，但是，如何觉察，如何定位，如何凝练，却是耗费诗人心血的事情。大量唐诗，激情洋溢，生命鲜活，感觉灵动，诗性蓬勃。说白了，源自诗人的敏感，诗性的敏锐，诗心的灵妙。我们读诗，要走进诗歌情境，感知诗人生命，感触诗意空灵，势必忘情投入，率性参与，让诗情激活沉睡的生命，让诗心灿烂庸碌的心灵。换句话说，就是，脱略世俗风尘，褪尽功利考量，泯灭身份尊卑，还原一个纯粹生命，复活一颗诗意心灵，任凭感觉滋生，任凭心性漫游，心到哪里，情到哪里，天马行空，兴会淋漓。而且，还要相信，感觉的滋生，不是空穴来风，不是漫无边际，而是建立在理解与体察、感受与沉淀的基础之上。

读杜甫诗歌《江南逢李龟年》："岐王宅里寻常见，崔九堂前几度闻。正是江南好风景，落花时节又逢君。"今昔对比，感慨万千，再现感觉的复合与多变。对于大名鼎鼎的音乐家李龟年，诗人的印象一会儿是岐王宅里的风光无限，一会儿是崔九堂前的交口称赞，一会儿是江南时节的春光明媚，一会儿是落花时候的无语伤神，种种感慨，纷至沓来。诗人的高明也就在于以有限感觉写无限感慨，以眼前风光道世态冷暖。跟着感觉读唐诗，随心随意，随情随性。这是一种放松，也是一种潇洒。

诗歌也是诗人性情的自然流露，脱口而出，下笔成诗，一片赤诚，一派天真，道尽所爱所恶，抒写悲欢离合。或是故国三千里，或是人生百年秋，或是“无边落木萧萧下”，或是“南湖秋水夜无烟”，多姿多彩，活灵活现。植根于心灵，凝聚着性情，飞扬出意兴，灿烂于诗文。不需雕琢字句，不需拘禁格套，不需观人眼色，我手写我心，我口吟我情。清代诗评家陈廷焯有言：“诗有四种高妙，一曰理高妙，一曰意高妙，一曰想高妙，一曰自然高妙。”诗理源自深思默会。诗意萌生，诗想奇幻，诗风自然，均与性情密切相关。古人作诗如此，今人读诗，自然需要回归性情，对接诗意，感受千古同构之生命体验，感动悲欢爱恨之情感交融。不分你我，不辨古今，我注诗情，诗情注我。

读韦应物《滁州西涧》：“独怜幽草涧边生，上有黄鹂深树鸣。春草带雨晚来急，野渡无人舟自横。”和韦应物一道徘徊滁州西涧，陪寂寞小草说话，听高树黄鹂唱歌，看春潮晚来急雨，看野渡无人舟横。几多清幽闲适，几多逍遥快意。当然，敏感一点，深沉一点，或许也会触动身世，感伤命运。人生无须高调，大鸣大放，自吹自擂，活在世俗的眼光中。人生可以驾一叶孤舟，徜徉江湖烟雨，追寻自在逍遥。人生也可以种一块青草，默默无闻，生机翠绿。我读这首诗，我就是将自己的喜欢和厌恶，清醒和迷茫，带进诗歌，对话诗魂。从诗歌中找到自己，从自己身上发现诗意。

诗歌是语言的钻石，诗歌的语言唯美、精致，像一件玲珑剔透的工艺品，需要细细观赏，用心咂摸。其实，我们品读唐诗，更多是借助语言携带的吉光片羽寻找诗人的心路，一路上，我们遇见了风尘仆仆的诗人，千姿百态的人生，也遇见了山花盛开、青山叠翠，也遇见了风雨烟云、电闪雷鸣……我们面对纷至沓来的风光，目不暇接，心花怒放。但是，我们停不下脚步，要跟上诗人的步履，继续走向无穷无尽的远方。

相会在唐朝，相知在生活，相约在诗歌。

2016 年 9 月于长沙雅礼

目录

CONTENTS

【第二辑】

西风瘦马断肠人·69

【第三辑】

独立苍茫天地间·137

【第四辑】

烈火焚烧真英雄·177

【第五辑】

诗声雅韵千古情·241

【第一辑】

相思离愁满天涯

辜负香衾千百媚

——李商隐《为有》

为有云屏无限娇，凤城寒尽怕春宵。

无端嫁得金龟婿，辜负香衾事早朝。

……

人生迷离莫测，人心复杂纷纭，人情幽微曲折。对于诗人来讲，留心世态人情，体察复杂情意，捕捉瞬间表情，定格人生美丽，是一种本事，更是一种必要。几句话、几个词，含蓄暗示、婉曲达意，令人回味、耐人咀嚼。对于读者来说，借助文字表达，品味深浅意味，揣摩心灵悸动，体验生命悲凉，是一种分享，更是一种升华。读晚唐诗人李商隐的许多表现内心丰富情意的诗篇，笔者就感觉到，诗人既想充分地表达自己的生命苦痛、爱恨情怨，又想尽量地隐藏自己的幽微心曲、人生苦闷，隐隐约约之间，真真假假、虚虚实实、恍恍惚惚、迷迷离离，给人朦胧缥缈、幽深莫测之感。有人说，李商隐是晚唐的朦胧诗人，更有人说李商隐是中国诗歌史上第一个朦胧诗人。这些评价均从一个侧面表明，读懂李商隐十分困难，求证诗人的内心情意亦十分复杂，同时也表明李商隐诗歌具有强大的心灵感召力和吸引力。就拿他的绝句《为有》来说，写仕宦之家一对年轻夫妇的怨叹愁忧，却难以确证诗句背后的生命苦忧、人心郁闷。

标题拟制沿袭古老《诗经》的做法，就取诗歌首句开头两个字作为标题，貌似随意，不是刻意深思细想，不是反复斟酌词句，不是一鸣惊人的字眼，类似他的许多无题诗，不存在有胜于无，或略胜于无之说，有题与无题，一样的不经意，一样的不被看重，给读者一种感觉，李商隐的诗歌，标题无关紧要，可有可无，有之不为多，无之亦不少。似乎也潜藏着诗人的一种想法，不想用一个惊心夺目的标题吸引你去揣测诗人的心思，就让可有可无的文字使你忽略诗人内心的忧闷。诗人在暗示什么，又好像在隐瞒什么，或者有什么东西不便明说、不好明说。和读者在玩文字游戏，捉迷藏，进进出出，躲躲闪闪，调动你的兴趣，激发你的情致。越是如此，越能吸引读者。相反，一览无余，波平浪静倒是毫无余味。

官宦人家，华堂高屋，豪门大户，生活优裕，地位尊贵。诗歌一开篇就推出一间屋子，一位美女，浓艳生辉，妩媚风流。深居闺房，云母作屏，珍贵奢华，香风漫散，清新淡雅，珠帘垂挂，玲珑剔透，帐幕低垂，柔软似水，熏香静燃，空气朗润。一位女子也许卧床刚起，披衣出神，思绪恍惚，意态朦胧；也许端坐书桌，铺纸研磨，准备挥毫，神闲气足；也许对镜览照，描眉画黛，面庞红润，眉目舒展；也许秀发披肩，如云如墨，神情倦怠，意态慵懒。诗人极言女子千娇百媚，风情迷离，娇羞可爱，秀色可餐。云母屏风，娇媚女子，华丽金屋，流光溢彩，很容易让人联想到两情相悦、缠缠绵绵、甜甜蜜蜜、幸福无比的生活状况。注意“无限娇”这个表达，极尽夸张溢美之能事，既现女子娇羞美丽、楚楚动人之容貌，又现诗人（或是夫君）深情赞美、无比激动之情态，活灵活现、栩栩如生。当然，结合诗歌一、二两句来看，大约是男子口吻，怜爱语气，赞美女子，自然也就暗示着男女深情，难舍难分之意愿。

按照常情常理，男才女貌，富贵之家，温馨之爱，甜蜜之时，双方应该珍惜美好时光，怨叹春宵苦短才对，可是，诗歌第二句却写道，春风送暖，京城寒尽，男女双双竟然害怕春宵来了。一个“怕”字，触目惊心，无理反常，也大有深意，耐人寻味。“怕”什么呢？在这春宵一刻值千金，夫妻一室甜蜜蜜的特定时间节点上面，难道有谁惊扰了小两口的缱绻恩爱？难道有谁遭遇了人生重大挫折？难道外面喜鹊叽叽喳喳破坏了春梦？难道远处牛羊的喧闹影响了心情？不看下文，不明就里。唐代诗人金昌绪有诗：“打起黄莺儿，莫教枝上啼。啼时惊妾梦，不得到辽西。”（《春怨》）描述一个女子梦到辽西，相会夫君，却被黄莺吵扰，美梦惊醒的故事，女子害怕、厌恶、驱赶黄莺。层层转折，逼出原因，都是黄莺惹的祸，都是美梦已成空。李商隐诗中会不会也是类似情况呢？留下悬念，引发读者的阅读兴趣。其实，换个角度思考，首句说原因，第二句说结果，你会发现，这两句并不构成直接的因果关系，可是诗人偏偏加上“为有（因为有）”，这又是为何呢？

诗歌一、二两句侧重从男子的角度落笔，极言女子娇媚迷人，双双惧怕春宵，设置悬念，引人深思。诗歌三、四两句侧重从女子的角度揭示问题的答案。寒冬退尽，衾枕香暖，小两口情意绵绵，如胶似漆，本应“春宵苦短日高起”，可是偏偏嫁与你这个佩戴金龟的朝廷官员，你天还没亮就要起身去上早朝，留下我一个人孤零零守空房，实在不是滋味啊。女子在夫君早起离开时对他说这番话，极为私密，不为人知，诗人将这样的生活内容写进诗歌，格外有意味。从妻子这个角度看，可以理解为妻子抱怨、嗔怪甚至有点责备夫君，后悔自己不该嫁给这样一个忙于官事，疏于私情的夫君。颇似王昌龄的《闺怨》诗：“闺中少妇不知愁，春日凝妆上翠楼。忽见陌头杨柳色，悔教夫婿觅封侯。”又似李益的诗歌《江南曲》：“嫁得瞿塘贾，朝朝误妾期。早知潮有信，嫁与弄潮儿。”又像是在责怪夫君，向他诉苦，表达自己独守空房，孤寂难耐的冷清与落寞。“无端”二字是无缘无故、无头无脑之类的意思，流露出对夫君上早朝行为的不理解与不满意。显然，女子并不在乎、不看重高官厚禄，不追求功名富贵，她需要小两口朝朝暮暮、相守相伴，她需要恩恩爱爱、须臾不离，她对于爱情与幸福有切实的理解。“无端”的背后潜藏着少妇对夫君的留恋，对春宵的难舍，对幸福的向往。

结合诗歌一、二句来看，不难知晓，女子的苦恼与怨恨其实也是夫君的困惑与纠结。他应该是青春飞扬，风流倜傥，高度珍惜小两口缠缠绵绵、甜甜蜜蜜的幸福生活，他也埋怨、责怪早朝，他也不忍心让妻子独卧春宵，他也害怕听到妻子的嗔怪与责备，他不愿早起离去，但是又不得不离去，仰人鼻息，无可奈何，一筹莫展啊。这里面有十万个不愿意，十万个不甘心，十万个莫奈何。当然，就诗句来看，男子也不是沉湎爱情，不能自拔，追求安逸，毫无抱负，他肯定也是有理想、有追求，希望为官朝廷，有所作为；而女子也不是不能理解这一点，所谓夫贵妻荣，升官发财，光宗耀祖，扬名立万， 一向是许多人的梦想。应该说，女子的抱怨也是夫君的抱怨，夫君的理解也是女子的理解，男女二人既重情重意，和和美美，又知书达理，通晓大局，正因为这样，在早起上朝这件事情上，二人才表现得如此艰难，如此矛盾，如此纠结。也唯有如此复杂、矛盾的心理刻画，才更能逼真地再现一对血肉饱满、情意真实的人物形象。

突然想起古老的《诗经·郑风》，有一篇是这样写的：“女曰鸡鸣，士曰昧旦。子兴视夜，明星有烂。将翱将翔，弋凫与雁。”诗歌描写了一对夫妻幸福欢悦的生活场景，可以演绎成一段生动有趣、极富生活气息的故事。

女人说：“才是鸡鸣（凌晨 1 点至 3 点）时，天还早呢，咱俩再躺一会儿。”男的说：“不，该是昧旦（相当于凌晨3点至5点）了。我得起来了，趁天还没亮，该去射凫射雁。”女的说：“还没到昧旦，才是鸡鸣呢。”男的说：“是昧旦了。”女的说：“那咱俩打赌！你看看外边，看看星星，谁是对的。”小两口从热被窝里出来，揭开窗帘，看看外面，哇，外面星光灿烂！女的说：“还能躺一会儿，别起来，还能再躺一会儿吗？”于是小两口就安心地睡下去。

男欢女爱、缠绵难舍、共度良宵、不愿早起。情意朴素而真切，情调浪漫而有趣。与此类似，李商隐诗歌《为有》描写的正是这样一段缠绵款洽、难舍难分的情意。不过两首诗主人身份不同，李诗主人是朝廷官员，女子是贵妇，男女尊贵，生活富足；《诗经》主人是劳动者，普通平凡，生活艰难，夫妻恩爱。两首诗歌最大的相同之处在于深入人物内心，表达人类共同的对于爱情、对于幸福、对于美好生活的强烈渴盼与追求。时光已逝千年，昔人早已千古，相信爱依然还在，相信诗歌永远不老。

红叶好去到人间

——韩氏《题红叶》

流水何太急，深宫尽日闲。

殷勤谢红叶，好去到人间。

……

我的网名原来叫残雪，又叫古典诗韵，前者体现出我的一种趣味，春回大地，晴日朗照，冰雪消融，泥土解冻，万物欣欣向荣，生机勃勃，这个时候，没有人注意到墙角冰雪，残存一点，缓慢消融，冷彻肌肤，寒凉人心。当然，也有敏感多情的诗人发现，屋檐之下，或山崖之畔，冰凌瘦身，滴水成韵，滴滴答答，嘤嘤作响，自成天籁。诗人听到了冰雪退去、春意葱茏的欢悦之音，心生喜悦，欢欣鼓舞。基于如此考虑，我取残雪作为网名，暗喻自己不为人知，无意扬名，沉静耕耘，默默读写的人生追求。后来有朋友觉得，这个网名太过萧索冷清，太过含蓄蕴藉，不易为人理解，不能给人欢悦，建议我改一个新名字，我想到了与之对立的“香山红叶”。原因有二，一是读初中、教初中的时候都接触过杨朔的一篇散文《香山红叶》，喜欢饱经风霜考验而变得满身通红的枫叶，喜欢北京香山漫山遍野、层林尽染的壮丽景色，欣赏枫叶不惧风霜、红艳灿烂的顽强生命力；二是读过一首唐代宫怨诗《题红叶》，了解一个曲折凄美的爱情故事，感叹人间真情，命运神奇，进而喜欢红叶这个形象。据《云溪友议》记述，唐宣宗时代，诗人卢偓到长安应举，偶然来到御沟旁，看见一片红叶，上面题写的就是这首《题红叶》，就从水中取去，晾干之后收藏在巾箱之内。后来，他娶了一位被遣出宫的韩姓女子。一天，韩氏见到箱中的这片红叶，叹息道："当时偶然题诗叶上，随水流去，想不到收藏在这里。真是缘分啊。"这就是有名的"红叶题诗"的故事。

韩姓宫女何以想到要用红叶题诗，我们不得而知，不过据实推测一下也是蛮有意思。依照常理，纸笺绢帛、绸缎衣物什么的，都可以当作写诗写信的道具，而且都比红叶要方便好用。可是，考虑宫女的生活环境和人生境遇，不难知晓，幽居深宫大院，与世隔绝，失去自由，纵然思绪万千，洋洋洒洒，也无由传递出去，更不允许你与外界书往信来。岑参远在异乡，邂逅驿使，"马上相逢无纸笔，凭君传语报平安"，无纸无笔，不能寄信，只能托付驿使给家乡的亲人捎去话语，报声平安。岑参还算幸运，比较而言，离家久远、与世隔绝的宫女可是凄惨至极，有话无处说，有亲不能见，有爱不能传，有情无处诉，整天虽然锦衣玉食，养尊处优，但是内心凄苦，没有关爱，没有自由，没有欢乐，没有与亲人团聚的幸福。有一天，她看到宫里枫叶凋零，飘落水中，突然灵机一动，计上心来，何不题诗其上，让它随水流去，流出宫外，流向广阔的天地呢？兴许哪位有缘之人看到了，可以了解我的一片苦忧，了解我的一生隐痛呢。于是，她捡拾一片红叶，题诗寄意，让它沿着御沟，流出高墙大院之外。外面会有怎样的故事发生，她不知道，也不奢望，她只期盼有一个人能够拾得这片树叶，读懂她的心意。《云溪友议》的记载让我们看到了故事后续发展，让我们看到命运对宫女的垂怜，感慨之余，还是欢欣。我读这段故事，我猜宫女情怀，唏嘘不已，悲悯顿生。

我还想，一片红叶，经严寒秋霜浸染而不褪色，遭凛冽秋风摧残而更见红艳，坚强不屈，红艳灿烂，像一面鲜红的生命旗帜，飘扬在树上，飘扬在空中。于宫女而言，承载了一片红色的向往，承载了一片美好的期待。是的，即便囚禁在高墙大院，即便囚禁了身体，也囚禁不了一个人对美好生活的憧憬。喜欢红叶，喜欢红叶精神，所以给自己取了一个网名——香山红叶。

回过头来看这首《题红叶》，朴素简单，明白如话，却情真意切，字字珠玑，意蕴丰富，耐人回味。宫女端坐门前台阶之上，闲得无聊，寂寞度日，看浩浩青天大雁飞过几只，听墙外往来喧嚣多少，想父母双亲白发增添几缕。突然惊觉，眼前御沟，流水匆匆，十分湍急，一时间触动了她敏感的心灵。是啊，除了流水逝去，除了红叶凋零，除了春去秋来，还有一同流逝的青春年华。常言说得好，流年似水，光阴易逝，青春虚度，红颜易老，千愁万恨涌上心头。自己已经失去了自由，被囚禁在深宫大院之内，没有爱情，没有青春，没有幸福，没有亲情，没有生命的欢欣鼓舞，没有人生的热切憧憬。人在世上活，心却早死去。“何太急”是宫女的叹惋、怨恨，与水流无关，与年华相连。女子痛心时光匆匆如流水，红颜老去不青春，女子叹惋幽禁深宫不自由，良辰美景奈何天，女子哀怨流水无情落花无意，人生长恨万念成空。

诗歌第二句叹惋自己，虽然身居华府，富丽堂皇，虽然锦衣玉食，养尊处优，虽然整日悠闲，无所事事，但是，身不由己，仰人鼻息，失去了自由，失去了爱情，失去了正常的生活。整天不过就是浓妆艳抹，描眉画黛，期盼得到皇上的宠幸；整天不过就是闲坐深宫，百无聊赖，鹦鹉陪伴，花草相随；整天不过就是孤独寂寞，郁闷失落，度日如年，煎熬生命。诗中一个“尽日”不但揭示宫女日复一日，月复一月，单调乏味的生活状态，也暗示女子苦度时光、痛苦难熬的内心体验。流露出怨愤与不满，郁闷与无奈。埋怨这种日子，一成不变，死气沉沉、埋怨这种生活了无生趣，毫无希望。一个“闲”字绝非逍遥自在、闲适自得，绝非浅吟低唱、自得其乐。这里的“闲”是闲愁无限，碧水悠悠，是闲得无聊，苦闷至极，是消磨时光，浪费青春，是度日如年，自我煎熬。流水警醒女子年华易逝，闲愁憔悴女子花容月貌，身为宫女，毫无自由，日复一日，年复一年，凋零时光，凋谢青春，凋谢女子对于未来、对于幸福的一切憧憬。何等悲惨，何等无奈，又是何等可怜。

如何拯救自己，如何改变目前这种状态，宫女只能求助于一首诗歌，一片枫叶，一沟流水。写诗明志，借物传情，希望这一片红叶，流到外面的天地，邂逅一位好心人，知晓深宫的可怜女子。宫女似乎将红叶当作一位红颜知己，有生命，有情感，懂人心，殷勤叮嘱，苦口婆心，不厌其烦，至真至诚。这是一桩重要的使命，这是一次神圣的交接，这也是一场郑重的等待，这还是一片美好的祝福。宫女希望这片承载自己心意的红叶，好好去往人间，遇到好心有缘之人，进而希望这个好人知晓、理解深宫大院之内一颗孤独苦痛的心。注意宫女的用词“人间”，这里的“人间”是寻常人家夫妻恩爱，是儿女相伴亲情呵护，是柴米油盐酱醋茶，是男耕女织过日子，是幸福甜美乐开怀。宫女希望红叶流去人间，其实是暗示自己想挣脱束缚，奔向外面的世界，过普通人家的生活。当然，“人间”一词，很容易令人联想到它的反面——非人间，人间地狱，暗示深宫大院远非人间，宫女已成囚徒身。身心憔悴，希望渺茫。另外，我们也可以读到一层悲凉，人不如叶，命比叶薄，红叶飘零，尚可随水漂流，去往外面的广阔天地，人呢，不知日月变化，不知未来如何，拘禁在深宫，封闭在华屋，没有自由，没有生趣，没有爱情，没有亲情，一切正常人应该拥有的东西统统没有。就那样，闲坐宫中，消磨时光。生命像一只蝼蚁悄然消失，青春如一片树叶无声凋零，不为人知，黯然神伤。想起了杜牧笔下的宫女，“银烛秋光冷画屏，轻罗小扇扑流萤。天阶夜色凉如水，坐看牵牛织女星。”（《秋夕》）又想起了元稹的诗歌，“寥落古行宫，宫花寂寞红。白头宫女在，闲坐说玄宗。”（《行宫》）身为宫女，一生一世，黯淡芳华，蒙受尘垢，消灭于无声，陨落于无形。何等悲凉，何等凄惨。

读完这首《题红叶》，我突然想到，不只是宫女有此奇特而悲苦的人生经历，其实，我们每一个人都是孤独的生命个体，我们都被囚禁在世俗的高墙大院之内，我们都与他人保持着或近或远的距离，很多时候，我们都渴望得到别人的理解与认同，希望得到爱与自由，希望过上美好的生活。但是，我们无法突围，无法走近我们想要的生活和想要的爱情。我们长时间挣扎、煎熬，消磨了青春，虚掷了时光，憔悴了身心，凋零了生命。我们希望有一个契机，一道光明，引领我们走出困境，走出孤独与苦闷。我们也像那位韩氏宫女一样，希望找到一片红叶，写上我们的心声，表达我们对于未来、对于幸福的憧憬与追求。只是困惑，那一天什么时候到来呢？

明月虽同人别离

——白居易《江楼月》

嘉陵江曲曲江池，明月虽同人别离。
一宵光景潜相忆，两地阴晴远不知。
谁料江边怀我夜，正当池畔望君时。
今朝共语方同悔，不解多情先寄诗。

·······

一个人牵挂一座城市，源于一个朋友；一个人吟咏一首诗歌，源于一份友情；一个人进入一场清梦，源于一腔思念。中唐时期，白居易与元稹是好朋友，志趣相投，情深义重，心心相映，灵犀相通。最能说明两人不同寻常情谊的一件事情是两人的一次诗歌唱和，元稹写诗给白居易，说自己做了一个梦，与你一块儿在曲江之畔游玩，后到某处一块喝酒；就在诗歌寄出不久，元稹收到了白居易写给他的一首诗，也是记录一个梦境，与元稹诗歌所写内容完全相似。两个人做梦，你梦见我，我梦见你，彼此思念，情深似海，动人肺腑，传唱千年。最近读到白居易的《江楼月》，也是写两个人刻骨铭心的相思之苦，虽然没有做梦，虽然没有魂兮相应，但是，一样动情动心，一样感人肺腑。

元和四年（809）春天，元稹以监察御史的身份出使东川，离开京都，也离别正在翰林院任职的挚友白居易。他独自寄居嘉陵江岸驿楼之中，圆月在天，清辉四射，江波粼粼，神思恍惚，浮想联翩，随即写下七律

《江楼月》寄赠乐天，表达相思之情。白居易接到元稹的七律之后，感同身受，产生共鸣，也情不自禁回应元稹，写下了一首同题诗。彼此唱和，传情达意，交相呼应。

一个在嘉陵江岸，一个在曲江池畔，一个在东川，一个在长安，相距遥远，各在一方。恰逢皓月当空，银辉四射，天地空明，自然会触发文人的怀人念远、乡思无眠之情。天上一轮圆月，地上一对离人，月圆人缺，月满人亏，不能相聚赏月，不能诗酒唱和，不能海阔天空，不能管弦丝竹，不能游山玩水，不能寻幽览胜。分开的两个人，各自孤独，各自忧伤。月光虽美，投下丝丝缕缕，搅乱一片心海。江水虽亮，散发道道光芒，刺痛迷离双眸。是啊，恨天恨地恨月光，不能帮助离人排解忧愁，不能安慰失落的心灵。怨山怨水怨分离，不能诗酒风流快意人生，不能品茗赏月诗性飞扬。诗歌一开篇，就点出相思离恨，无穷无尽，纠结人心，痛断肝肠。如江水曲曲折折，绵绵不尽；如皓月辉映山川，弥漫天地。注意两个意象。一个是“江”，嘉陵江与曲江，两江相隔如天如涯，如东如西，但是，因了一个“曲”字，曲曲相连，似乎两江相连，流水相通，恰如王昌龄诗《送柴侍御》所云：“沅水通波接武冈，送君不觉有离伤。青山一道同云雨，明月何曾是两乡。”水流所往，心意所至，水流交汇，心意相融。不知诗人是有意为之还是无心插柳，读到开头一句，很容易使人产生人在离别心却相通之感，自然烘托相思之意。一个是“月”，古往今来，明月入诗，暗关离愁，蕴含情意。李白送别王昌龄曾写道“我寄愁心与明月，随君直到夜郎西”，李白离开家乡，也曾写诗“峨眉山月半轮秋，影入平羌江水流”，苏子瞻词云“但愿人长久，千里共婵娟”，张九龄诗云“海上生明月，天涯共此时”，每一轮明月升起，都托出一夜相思，托出一片赤诚。同样，在白居易的诗中，“月”亦有丰富而复杂的情味。一方面隐喻相思如月，流光所及，朋友身边，相依相伴，形影不离；另一方面，月圆月满，辉映天地，人分人离，望月伤怀，触目惊心，彻夜无眠。一轮月，写满团聚明媚，也烘染离愁别恨。

首联遥想，跨越空间，借助明月，沟通流水，暗接情意，拓展了诗歌的意境，加深了诗人的情感。颔联悬想，时空交错，两地相隔，风云各异，气象悬殊，托出一片迷茫烟雨，托出一腔哀痛情思。一个晚上，通宵达旦，辗转无眠，面壁思念，暗自神伤。不知道明月在天，此地明朗，彼地如何，或这此地风雨，彼地又是如何，音讯杳无，隔绝时空，一个不知道另一个的情况，一个牵挂另一个的牵挂，一个忧念另一个的忧念，相信两颗心心相印的魂魄会产生默契，会有灵犀相通的神奇感应，但是，不得不承认，白居易诗中表现出来的就是一种隔膜、一种渺茫、一种困惑。并且，诗人还深深陷入这种迷茫困惑之中，一夜不能自拔。元稹也这样吗？不好臆度，但是，既为真挚好友，乐天如此思念，如此牵挂元稹，元稹又如何不是深入骨髓地思念乐天呢？又如何不会产生心灵共鸣呢？一个“潜”字，描写诗人暗自思虑，愁眉不展，忧心忡忡的神态，加上“一宵夜”的时间夸张，更凸显诗人的睡卧不宁，以及无以释怀的相思。一个“远”字，扩大了距离，加重了程度，透露出愤懑不满，折射出相思透骨。那一夜，曲江不宁静，嘉陵江也不和缓；那一晚，乐天失眠，元稹也不好睡。

现在，乐天是收到了元稹的来信，读到了元稹写给他的诗歌，理解了嘉陵江对曲江的款款深情，理解了元稹对自己的默默思念。当时怎么就没想到呢？想到你会写诗给我，表达离别相思？想到我们两个一向你唱我和，互赠诗文。想到我们两个各在一边，你想我的时候我也在想你，或者就像现在人们所说，你念我的时候我的耳朵发烧，我念你的时候你的脸颊发烫。想到彼此同声相求，同气相呼。现在懊恼、后悔，也许都错怪了你，也许冤枉了你，也许我自己神思恍惚了，也许我昏话连篇。

你在嘉陵江畔，想念我的时候，我在曲江池岸也在想念你。两个才情横溢、志趣相投的朋友，天各一方，心近为邻，彼此思念，刻骨铭心，不是爱情胜过爱情，不是兄弟胜过兄弟。不容亵渎这份真情，不容玷污这份纯粹，更不容非议这份坦荡。试问今天，红尘滚滚，利欲熏心，真情在否？几人能比？“谁料”表示惊讶、懊恼、后悔，也有自责、内疚、不安，当然还有安适、欣慰，为友人和自己无时无处不相思，为友人与自己事事诗歌酬唱往来，为友谊深似大海净似山泉。“谁料”的反面是要是想到，早就想到，可以推想，如果知道你对我的思念，你给我的诗歌，又哪里用得着一夜未眠，饱受望月相思之苦呢？“正当”表示正在进行时态，强调两地相思同时进行，同步相随，几乎也是同诗相寄。暗示朋友情意相通，心神默契。它的反面是“先后有别，早晚不一”，也就是不同步，不同调，显然这不是元稹与乐天之间密切关系的准确写照。

诗歌最后回到现实，回到双方，思念过，歌咏过，投赠过，终于明白彼此心意与感情，言语一致，心声一致，情意一致，格调一致，梦幻一致，感觉一致，太多的一致，不是简简单单一个思念、一声朋友所能表达的。诗人用一个“悔”字表达后悔、自责、遗憾与不安。是啊，怎么就没想到呢，多愁善感，相思想念，何不早早吟诗抒情、寄赠达意呢？何苦一定要望穿云山、望断鸿雁、望尽千帆呢？我们是什么人，我们又有何等交情，一个“共语”，一个“同悔”揭示了双方彼此思念的情感之深沉，应了李白那句诗“桃花潭水深千尺，不及汪伦送我情”，稍稍改动一下，切合白居易诗歌意境，“千江水映千江月，千里路转千里情”。

有那么一条江，有那么一座楼，有那么一轮月，月照天地，人在江畔，念在楼阁，人问明月，“江畔何人初见月？江月何年初照人？”一个声音回荡在夜空，“人生代代无穷已，江月年年只相似”，是的，人可以作古，明月不灭，诗歌不死，思念亦不死。

桃花依旧笑春风

——崔护《题都城南庄》

去年今日此门中，人面桃花相映红。

人面不知何处去，桃花依旧笑春风。

……

对于举子崔护来说，科考落第，人生失意，当然令人难堪，脸面无光，尊严荡然无存；但是，崔护又是幸运的，他踏青城外，邂逅春天，邂逅桃花，也邂逅一位令他一生倾慕不已的女子，有那么一段静观默会、心旌摇荡的时刻，看那么一张艳如桃花、含羞带笑的脸，想那么一曲杨柳春风，不能释怀的心声，也许有失落和沮丧，但是更有温馨与期待，更有等候与热望。我们似乎难以明断是科考重要，还是一场艳遇重要。对于人生而言，任何经历都是财富；对于过去而言，任何时光都值得回忆。我想到了今天匍匐在应试教育脚下的万千学子，书山文海，潜心苦读，身心憔悴，形容枯槁，精神恍惚，神经兮兮，感受不到人生的幸福与生命的欢悦，感受不到春风的柔和与春光的明媚，人生错过了许多风景。青春少年偶尔陷入爱河，钟情另外一个美好的生命，或许也是一生中难得的体验、宝贵的经历。待到岁月流转，人世沧桑，再回过头来品味这段稚嫩而青涩的情感，自然感慨万分，唏嘘不已。带着这种珍惜与感叹，带着某种期待与不安，也带着一定的释然与淡定，读崔护的诗歌《题都城南庄》，意味深长，美妙无比。

去年的今天，大约应是清明节前后，桃花开放，万物欣欣向荣的日子，崔护原本想等待一场惊喜与幸福，就像许多寒窗苦读十年的书生一样，科考中举，金榜题名，天下知晓。他甚至能够想象中举之后的得意与招摇，骑着高头大马，戴着大红花，披着红绶带，随着浩荡的队伍，游行在长安的大街上，万人喝彩，全城轰动，何等威风，何等扬眉吐气啊。孟郊一生苦读，不就是盼望着这一天的到来吗？其诗歌如此描写中举之后的盛况：春风得意马蹄疾，一日看尽长安花。看花吗？是看花，看万紫千红，看国色天香，看满城美女，看灿烂前程啊。和孟郊相比，崔护远远没有这么幸运，他落榜了，榜上无名，脚下也暂时找不到出路，一个人耷拉着脑袋，无精打采，出城去溜达溜达，期盼在美丽春光中释放一下自己的郁闷与愁苦。一路走，一路埋怨，命运为何对我崔护不公平，上天为何不垂青一个贫寒书生呢？想不通，想不明白，自己已经非常用功了，头悬梁，锥刺股，夜以继日，废寝忘食，孜孜不倦，苦读经书，到头来还是竹篮打水一场空。这叫崔护如何能够想得通？正当他踯躅郊野、烦恼至极的时候，突然感觉喉咙干涩，头皮发热，要找杯水喝，要小憩一会儿。这附近，哪儿有人家呢？放眼望去，前面不远处，绿树葱茏，院墙掩映，好像是人家所在。诗人快步走近，只见墙垣上面爬满青藤，一扇柴门紧紧闭合，门外一株桃树开满粉红花朵，很是艳丽。崔护以手叩门，砰砰几声，木门应声而开，露出张笑脸，问，相公要找谁啊？诗人说，在下不找谁，今日郊游城南，天热口渴，想讨杯水喝，解解干渴。不知姑娘可否……不等诗人说完，姑娘掉头转身进去，没有几分钟，早已端着一大碗水出来。姑娘将水呈给诗人，倚门而立，张大眼睛，看着诗人一咕噜喝完水。她的身边正是那株怒放的桃树。诗人将碗递给姑娘，忙说谢谢。就在这时，他惊呆了，电光石火一般被震撼了，眼前站着一位面如桃花、目如秋波、眉似远黛、神态天真的姑娘，姑娘正张着好奇的眼睛，打量眼前这位讨水喝的相公呢。桃花掩映，春风轻拂，阳光明媚，越发衬出姑娘的美丽深情。诗人看呆了，一下子忘记了干渴与疲劳，忘记了落榜带来的屈辱与不快，沉浸到美好的想象之中。寒窗苦读，十年茫茫，何曾想到此时此刻会遇见一位让自己一见钟情的女子？一时间，他脑海里闪现很多念头，托人提亲，车马迎娶，拜堂成亲，相携游园，对月盟誓，等等。就在他无限神往、无比幸福的时刻，姑娘突然转身进门，木门咯吱一声合上了。诗人竟然没有发觉，还久久站在门前，发呆，出神，恍恍惚惚，心旌摇荡。不知道诗人是怎样离开的，不知道诗人何时离开，不知道诗人后来发现姑娘消失之后神情姿态又是如何。总之，诗人那天肯定是走了，这一走，差不多过了一年，才再次回到曾经的城南庄，寻觅曾经的旧梦。

诗人就是诗人，不像小说家那样给你铺排一系列具体生动的细节，也不精准描述内心的幽微曲折，更不直白地表达自己的一见钟情、痴迷不醒，他只是用文字定格了一幅画面，用美丽的意象引发你对生命和生活的联想。一扇木门，一堵墙垣，一墙青藤，一株桃花，还有一位长得水灵灵的姑娘，就这么几个词句，展示出一古朴静美、幽远素雅的画面，你能想象它有多美它就有多美，你想想象姑娘怎样迷人她就怎样迷人。崔护那天的确是被震撼了，迷惑了，他觉得，人面和桃花，相映成趣，相得益彰，美得一塌糊涂！他记住了那个超级幸福的时刻，他记住了那张令他一生难忘的面庞，他想入非非，内心燃起了对生活的希望，不同于读书科考，不同于追逐功名，他想换一种生活，他想体验生命的欢欣畅快，他想体验生活的浪漫多情。有了那一次艳遇，崔护的内心世界发生了巨大改变。

又是一年春好处，又是桃花灿烂时，崔护还是崔护，来到京城，来到城南，不为赶考，不为功名，只为心中的梦想，只为那位灿如桃花的姑娘而来。可是，命运捉弄人，人事不可量，春风依旧浩荡，桃花依旧绽放，墙垣依旧静穆，木门依旧紧闭。敲门，连续几下。叫门，连续几声。没有回应，没有动静，墙院里面甚至连一只狗的叫声也听不见。寂静，幽深，空旷，无人。门上的铁环，锈迹斑斑，风雨沧桑。可曾知道姑娘到哪儿去了吗？又可曾知道这院内的一家人一年来遭遇了怎样的变故呢？诗人疑惑、埋怨，怎么不等等我，怎么不告诉我一声去向何方，又怎么不对我怦然跳动的心有丝毫的感应，难道忘了我一年前神驰魂断的眼神，难道忘记了我一见钟情的模样。诗人想得很多，万千念想涌向心间，只为一位美丽而淳朴的姑娘啊。站在门口，怅然若失。看桃花绽放，亮丽一春风景；看草木葱茏，翠绿一墙小园；看春风吹过，惊动一池心思。院在屋空，花是人非，情何以堪，暗自神伤。桃花似乎在嘲笑诗人，怎么现在才来，怎么不早点联系，怎么赶上春天将逝去的时候。人生没有假设，没有预料，该发生的总会发生，一如高天的流云，不知道风从哪个方向来，不知道风往哪个方向吹，只能将命运交给无常，交给虚无。

突然想起唐代诗人杜牧：《丽情集》中记载，杜牧在宣州幕下任书记时，听说湖州景色秀美，且多丽人，便到湖州游玩。当时湖州刺史崔君素知杜牧诗名，便盛情款待。他把全湖州在籍的名妓都召集过来，供杜牧挑选，又专门为其举行一次赛船水戏，引得全城仕女都出来观看，但杜牧却一个都没有相中。后来，杜牧遇到一老妪带的十来岁的小姑娘，认为其将来必成绝色佳人。于是，他给老妪一些财帛定聘。约定 10 年之内他必来湖州当刺史。到时再行迎娶，10 年以后，姑娘自可另嫁。

13 年后，杜牧终于如愿以偿地当上了湖州刺史。上任伊始，他就派人去寻找当年的小姑娘，谁知那女子3年前已经嫁人，并有了两个小孩。杜牧心知这事是自己失约，怨不得别人。写诗来自我解嘲，感叹命运无常，“自是寻春去较迟，不须惆怅怨芳时。狂风落尽深红色，绿叶成荫子满枝。”自我安慰，自我解嘲，不无酸楚，不无失望，更多自责和后悔。不过，他比崔护命运好一点，历经沧桑，还是看到了当年非常欣赏的小姑娘如今变成了中年妇女。崔护一生只看到美女一次，就那么短暂的一段时间，留下无穷念想，无穷遗憾，无穷懊悔。

一首诗歌源自一场艳遇，一场艳遇源自一次落榜，一次落榜带来一次心灵的悸动，也意外地唤醒诗人生命的觉醒。是的，对于生命，对于人生，我们应该有丰富的想象和体验。除了学而优则仕，除了升官发财、光宗耀祖，除了扬名立万、彪炳史册，还有一个生命对另一个生命的发现与呼应，一颗心灵对另一颗心灵的热恋与挚爱。科场失意，情场有幸，未必不是人生的一种幸福。

相见时难别亦难

——李商隐《无题》

相见时难别亦难，东风无力百花残。
春蚕到死丝方尽，蜡炬成灰泪始干。
晓镜但愁云鬓改，夜吟应觉月光寒。
蓬山此去无多路，青鸟殷勤为探看。

……

喜欢一句诗，总是因为它触动了自己柔软的心，感发自己的生命联想。读晚唐诗人李商隐的这首《无题》诗，几乎被诗歌的每一个句子，每一个细节，每一个文字深深打动。人生百态，世相纷纭，心海狂澜，跌宕起伏，幽微玄妙，只可意会，难以言传。就拿这首《无题》诗来说吧，就连标题似乎也隐隐透露出诗人的一种微妙曲折的心态。无题也许就是没有标题，追问一下，为何没有标题呢，是无心去想一个标题，还是想了很久，苦思冥想，殚精竭虑，想不出一个合适的标题，还是原本就不想要标题，随意以“无题”二字了事。若是不要标题，为何不要，都说标题是诗歌的眼睛，眼睛是心灵的窗户，标题就是文章的灵魂聚焦，我们读诗，借助标题可以窥见诗意内核啊。现在竟然不要标题了，我大胆推想，肯定是有心事，不便告知读者，不便直接写出来。那么，心事是什么呢？留下谜一样的诗句，等待我们去体会，去猜读，去感发。

诗歌不是说理的艺术，不以议论分析取胜，但是，诗歌却是可以借助议论融会情感，张扬个性，凸显气势，增进读者对于形象和情感的体验与认知。李商隐说人生在世，草木一秋，萍聚萍散，悲欢离合，无可预知，不可把控。但是，他的人生沉浮，他的感情经历使他认识到，两个相恋相爱的人，迫于世俗的种种压力，迫于时空的诸多阻隔，相见不易，离别艰难，相聚仓促，相守苍凉。我在诗歌里面等你，你在红尘世俗突围；我在花前月下徘徊，你为柴米油盐操心；我用生命心血逐梦，你让青春容颜憔悴。我在天之涯流浪，你在海之角踟蹰；我在高墙大院深宅苦闷，你在群芳争艳花园低泣。不管出于怎样的原因，天命注定还是人为阻拦，门第等级还是才貌般配，出生贵贱还是修养深浅，总之，你我相见相聚万分艰难。也许上天垂青苦命人儿，也许我们费尽百般周折，终于相见一时，不敢相信，真耶梦耶，迷离恍惚。眼前是你吗？眼前又是我吗？怎么你的眼角噙满泪花？怎么你的脸上布满皱纹？一时半会儿，说不完万语千言；三杯两盏，饮不尽悲欢离恨。是的，相隔太远，分别太久，积蕴太深，人事太烦，不见的时候想着要说这儿说那儿，事无巨细，点滴不漏，娓娓道来，无穷无尽。可是，一旦相见，悲喜交加，破涕为笑，顿时幸福到了极点，兴奋，狂喜，陶醉，欢悦，说不出一句话，也不知从哪儿开口，就这样面面相觑，手足颤抖。让时光凝固，让呼吸激烈，让心跳突奔，让耳根清静，让心魂欢畅，让神思千里，让一切感染幸福，涂抹快乐。祝福你我，祝福人生。世事难料，还能相聚，殊为不易啊。可是，欢乐总是短暂，幸福总是仓促，相聚不久，衷肠还未叙完，叮嘱尚没说尽，又要启程，又要分离，万箭穿心，万刀割面，万分难受啊。不知何时再见，不知可否能见，不知身向何方，不知流离几许，一切未知，一切难料，人之于命运，何等无助，何等无奈。

离别很难，又是暮春时节，又是百花凋谢的时候，春风啊，似乎理解人意，轻轻地吹，柔柔地吹，有气无力，生怕伤害了多愁善感、弱不禁风的离人；似乎又有心事，颓靡不振，哀怨绵绵，好比一个闺中女子，经受了无数孤独等待还是没有盼来心上人，哀叹、惆怅、虚脱、乏力，形容憔悴，面色苍白。不比秋风，横扫万物，生猛强悍，毫不留情。挣扎于春风之中的百花，早已凋谢，残枝败叶，红断香消，生命枯萎，楚楚可怜。看花花枝残败，听风东风无力，赏景全无心情，何故？一切皆是离别惹的祸。一对相恋相爱的人，千方百计，千回百折，好不容易相聚，不到半刻，又要离别，迫于各种有形与无形的压力，流离远方，分隔天涯，不想走却不得不走，一旦走又千难万难，就这样犹犹豫豫，延宕时光，一分一秒都在受罪，一言一语无不伤怀。春风无力烘托出离人饱受相思煎熬，身心疲惫，苦不堪言；百花凋残烘托出离人心怀伤痛，意趣寥然，形容憔悴，痴心不改。春天本是欢乐景，娇弱残败显悲情。

离别之后，自然相思，不随时间久延而减淡，不因空间阻隔而断绝，不因两不相见而淡漠，相反，越是分离，越见情深，越是久长，越显心切。诗人想到春蚕，一生吐丝，毫不倦怠，恪尽职守，直到生命的终点。诗人又想到蜡烛，燃烧自己，照亮他人，无怨无悔，尽心尽力，直到流干泪水，燃尽生命。两种生活现象，用来比喻相思情长，至真至切，形象生动，意味无穷。“丝”谐音“思”，一语双关，言此意彼。说春蚕吐丝，实乃比喻人生相思。蚕不死，丝不尽。“泪”字拟人，说蜡烛流泪，其实比喻相思煎熬，泣泪成血，烛不尽，泪不止。对于相爱的两个人而言，思念何等强烈，何等执着，又是何等悲壮。爱就意味着倾尽心血，无私奉献。爱就意味着生命不息，思念不止。爱就意味着赤诚一心，无怨无悔。

其实，这两句诗，人们也常常引用过来描述一种职业精神，生命不息，战斗不止，燃烧自己，照亮他人，牺牲自己，成就大家。最典型的莫过于教师，教书育人，恪尽职守，呕心沥血，无私奉献，关爱学生，比男女之爱恋更强烈，比父母之疼爱更真挚，比菩萨之怜爱更慈悲。教师对学生的爱，不计报酬，毫无所求，热烈真挚，动人肺腑。每每读到这个句子，想得更多的不是爱情，而是教师的爱心。爱在人间，爱在学生，爱在天下，正是因为有无数的教师像春蚕一样奉献，像蜡烛一样燃烧，学生的心灵才能健康发展，学生的人格才能日渐健全。

诗人还想到，离别之后，彼此相思，各在天涯，各自煎熬。说自己晓妆对镜，抚鬓自伤，女为谁容，膏沐不废，痴心不改，一往情深。一幅画面浮现出来，一位女子临镜梳洗，描眉画黛，涂脂抹粉，想打扮出青春风采，想展示出最美形象，可是突然发现，如云秀发增添几根白发，如霜两鬓显见岁月无情，心思一时陷入苦恼沉思，与云鬓俱变的还有自己的青春容颜，如水东流，如花凋谢，如树苍老。人生能有几度春秋，青春能耐多少消磨，想起一句词，“自是人生长恨水长东”，是的，谁不想挽留时光，谁不想永葆青春，谁又不想守候爱情，可是谁也不能阻挡时光的流逝，一切都会随着时光而苍老。孔子叹惋，“逝者如斯夫，不舍昼夜”，古诗亦云“百川东到海，何时复西归”，面对此情，诗人怅然若失，无可奈何。一个“但”字表明诗人的忧虑仅此而已，别无其他，此为关键，伤心伤神。一个“改”字暗含岁月无情，人生有恨，青春憔悴，爱情杳渺之苦忧。诗人还想到浪迹天涯、游走江湖的自己，在一个月朗星稀的夜晚，独自对月伤怀，对蜡垂泪，对风诉苦，时而吟咏清词丽句，时而露出愁眉苦脸，时而仰天一声长叹，时而神思缥缈不定，整个状态就像一个失魂落魄、穷愁潦倒之人，饱受风霜冷寒的侵袭，饱受相思愁苦的折磨，无人诉说，无法排遣。“夜”已经很深，还不能入睡，心事重重，忧心烈烈。只能“吟”诗敲韵，消愁解闷，消磨时光。“月”已经很冷，比月更冷的是男子的心境。因为漂泊无依，因为相隔遥远，因为相聚无缘，因为相思如月。注意一个“应”字，是推测，是女子从自己的角度推想对方。她想，我是如此思念对方，梳妆打扮，容颜憔悴，备感伤心，想来对方也应如此思念我吧，他肯定会步月吟诗，临风伤怀，以至夜深人静，月落西天，还在庭院徘徊，还没有安然入睡。对面落笔，情思曲折，更见凄苦。两句诗结合起来，完整地表达一对情侣昼夜相思，肝肠寸断的痛楚，读来令人悄然动容，令人生死恍惚。

既然不能相见，无由聚合，可又相思入骨，痛断肝肠，只能托之于梦，或是请之于神，希望冥冥之中有一种神奇的力量能够帮助自己联系对方，宽慰彼此，了却心愿。诗人说，对方（应该是女子）居住在海上仙山——蓬莱仙境，距此不远，可以托付青鸟殷勤来往，传书送信，沟通双方。显然，这是一种梦幻，或者说是一种呓语，近乎天方夜谭，荒诞至极，但是，无理而妙，痴语深情，恰切表现男主人公对女子的急切思念。给人感觉，似乎灵魂出窍，情飞千里，神驰海外，直抵女子身边。千山万岭阻隔不了绵绵思念，万水茫茫阻隔不了刻骨相思。隔天隔地，隔山隔海，永远隔断不了你我的思念。诗句用典，神话虚诞，固然浪漫，同时也传达一份隐忧，不能相见，无以释怀。说女子居所，宛如海外仙山，暗示女子既貌若天仙，又虚无缥缈，说路程不多是假，遥不可及是真，女子不可遇亦不可求，何谈相聚？何谈亲近？表面上可托青鸟传情达意，实际上海天茫茫，人仙悬隔，不可交接，无由往来。诗句透露出寒心彻骨的绝望与悲凉。表面上的自我安慰，反衬出骨子里的失意与无奈。

一段相思苦痛，一段缠绵时光，一段分离哀曲，定格在文字间，定格成凄凉美。不知道诗人是在说自己，还是在隐藏一段心曲；不知道诗人是在表达希望，还是在宣泄痛苦。我们读诗，也许不一定知道诗人的人生际遇，爱恨情愁，但是，我们沉浸其中，不能自拔，只为一段美丽的相思，只为一份真挚的爱情。

湘女多情盼郎归

——李益《鹧鸪词》

湘江斑竹枝，锦翅鹧鸪飞。

处处湘云合，郎从何处归？

……

湘女多情，自古皆然，情有直率，亦有婉曲，直率给人炽热火爆、热烈张扬之感，婉曲给人深沉内敛、含而不露之感。唐代诗人李益的《鹧鸪词》抒发湘女的相思情怀，应属婉曲情长风格。情由景生，景中含情，情景交融，创设了一个深思渺远、情味悠长的艺术世界。

湘江缓缓流淌，流不尽千古如斯，流不尽千古冤情。屈原光明磊落，遭谗受贬，行吟江畔，抱石沉江，留下两袖清风，留下忠心义胆，也留下千古思念；贾谊胸怀韬略，后生可畏，终遭嫉忌，贬逐长沙，谪居三年，洒下辛酸泪水，留下千古遗恨，也留下万众叹惋。湘江扬波，闪射文采风流，也奔腾愤愤不平。历史让这条河流淌千年，流过诗人的心头，回响在诗人的耳畔。

斑竹，节节生长，伫立君山，相守洞庭，浸透了混浊泪水，定格了千年相思。历史的深处走来两位貌如天仙的女子，她们不但有美丽的容颜，尊贵的地位，她们还有一颗善良多情的心，她们就是传说中舜帝的妃子——娥皇和女英，随舜南巡，寻舜而死，泪洒斑竹，魂留君山，铸就了一段感天动地的爱情神话。如今，二妃不再，翠竹依然，青青翠翠，勃勃生长，是欢天喜地迎接春天，还是热烈相思播洒天涯？诗人书写了千年不灭的相思，我们缅怀刻骨铭心的真情。

鹧鸪，身着羽衣，头戴花冠，振翅丛林，飞翔江畔，且飞且鸣，其声凄清哀怨，其影孤独寂寞，它在寻找失落的另一半，它在呼唤心中的爱情，“行不得也哥哥，愁死我了妹妹”，声声啼鸣，划破江天，回响耳畔，敲击诗人的心坎，刺痛游子的情怀。思妇闻声惊悸，梦越千山万水，神飞天涯海角，哪儿是情郎的所在，哪儿就有梦在飞翔。游子闻声痴想，江流万里，流不尽我对女子的思念；路转千山，转不完我对女子的深情。鹧鸪在呼唤春天爱情的到来，鹧鸪也在哀怨秋天爱情的失落，不管怎样，山高水长，地阔路远，鹧鸪声声，永远回响在中国人的心里，永远响彻在湘女的心中。

阴云弥漫，笼罩江天，春天失色，秋天昏暗，倚楼而望的女子或是历数斜晖脉脉，绿水悠悠，就是不见情郎的身影，或是伫立码头，热切打听，盼望从来往的船只中得知情郎的音信，可是等来一船又一船的失望；或是徘徊江畔，忧心忡忡，盼望情人给她一份惊喜，让她阴云弥漫的心空阳光灿烂，可惜就是不见阳光从哪里射来。多情而可怜的姑娘啊，面对悠悠江水，面对幽幽青山，面对浓浓阴云，大声呼喊，心爱的人儿啊，你在哪里？你还会回到我身边吗？你从哪里回来？……青山无语，江流呜咽，天地间久久回荡着孤独的声音。湘女，驻立江畔，凝眸远处，形成一道凄美的风景。

多少年过去了，我们还记得，李益笔下的多情湘女，就一直那么站着，化成一尊石头，任江流拍打，冲不走悠悠思念；凭斑竹滴泪，滴不完脉脉深情；任鹧鸪鸣叫，诉不完缠绵情思；任阴云笼罩，罩不住满天相思。一个声音，永久回响，回来吧，远在他乡的人儿啊！

愿随孤月流照君

——沈如筠《闺怨》

雁尽书难寄，愁多梦不成。

愿随孤月影，流照伏波营。

古往今来，男女相思，诗词歌咏，数不胜数，浩如烟海。凝视一朵花开，感伤美丽的凋谢，感叹爱情与年华一块老去；注目一只大雁，目断神枯，等不来遥远的问候；展开一方信笺，含愁带恨，写下纤纤弱弱的文字；倚栏迎风，任凭秀发飞扬，衣襟飞舞，心在风中疼痛；聆听一声喜鹊鸣叫，一位郎君将至，喜不自胜出门迎接，却发现这是打马而过的游子。凡此种种，自然风物，人生百态，含情含意，相思相念，无不折射爱恨情长，无不打动肺腑人心。读唐代诗人沈如筠的小诗《闺怨》，你会觉得，人生不一定要轰轰烈烈，大鸣大放，爱情不一定要电光石火，烈火干柴，幸福不一定要朝朝暮暮形影不离，即便天南地北，相距遥远，只要一声问候，一份牵挂，一字相思，甚至一瞬心念，就足以动人心扉，催人泪下。分离两地对于相爱的人来讲，也许是撕心裂肺的剧痛，但是，对于读者来讲，心心念念，牵牵挂挂却是感人肺腑的真情实意。沈如筠的诗歌正是捕捉女子相思的瞬间念想，定格一份执着而高贵的感情，咏唱一曲爱到深处、情伤天地的歌曲。

女子独守空房，度日如年，以泪洗面，伤心伤神。天天盼望，天天等候，盼望一只大雁飞过南天，盼望一只驿马经过门前，等候夫君突然降临，等候爱情幸福圆满。可是，苍天有眼，人情凉薄。秋风起，雁南飞，或者一字排开，或者人字铺张，成群结队，飞过高天，一只又一只，一去不回头，没有捎来远方的书信，没有捎来片言半语。莫非夫君征战不休，无暇相思？莫非夫君战死沙场，湮没无闻？莫非夫君薄情寡义，见异思迁？不管遭遇怎样的变故，毕竟夫妻一场，毕竟花前月下、海誓山盟一回，不可说了就了、说断就断啊。她不去这样想，她不愿意相信这种意外的变故，她甚至从不怀疑夫君的感情减淡，她只是设身处地理解夫君，军务繁忙，战事紧张，腾不出时间款叙衷情，腾不出时间问候亲人。她将牵挂与忧虑化作婆娑泪水，她将孤独与寂寞化作字字句句，一天天，一夜夜，写下相思，写下苦怨，装进信笺，堆叠起来，等待机会，捎给远方的夫君。也许夫君接到书信，看到和墨带泪的文字，会体察到她的刻骨相思与良苦用心。可是，等啊等，盼星星盼月亮，没有一只大雁停下来，没有一只大雁理解她，愿意帮她这个忙，捎去真挚的问候与牵挂。大雁都回到北方去了，回到自己的家乡去了。女子写好相思信，寄不出去，如同相恋的男女，采摘好美丽的芙蓉花，却送不到对方手上，结果留给自己一腔幽怨。诗中一个“难”字准确地描绘出思妇的深思遐念和倾诉无人的隐恨。

既然断鸿过尽，传书无人，此情此景，更添愁怨。忧心忡忡，坐卧不安，茶饭不思，整天无精打采，情绪低落，似乎沮丧、郁闷到了极点。如此被相思苦恨折腾，如此被时空遥隔困扰，女子自然无法安心生活。要知道，封建社会，嫁鸡随鸡嫁狗随狗，男子就是女子的全部世界，女子将自己的爱情、命运、生活、未来全部交给男子。得不到男子的音信，犹如生活失去了重要的精神支柱，随时可能身心坍塌。因为愁思萦绕，心乱如麻，因为杳无消息，意趣全无，就是夜色深深，万籁俱寂，女子还是躺在床上，辗转反侧，彻夜无眠。无眠要是能够进入梦乡，梦中能够短暂相会夫君也好，想象女子一定是喜上眉梢，浅笑盈盈，可是，愁苦纠缠身心，以致久久不能入梦。不能入梦，心更着急，欲见夫君不成，只能更添苦痛，更惹愁思。恶性循环，煎熬人心！怎么办？毫无办法，左右为难。唐代金昌绪诗“打起黄莺儿，莫教枝上啼。啼时惊妾梦，不得到辽西”，写一个女子梦到辽西，相会夫君，好梦不长，被黄莺打扰，这个女子还算幸运，毕竟梦中与丈夫有过短暂的幽会。晚唐诗人陈陶的边塞诗《陇西行》也写了一个做梦的女子：“誓扫匈奴不顾身，五千貂锦丧胡尘。可怜无定河边骨，犹是春闺梦里人。”女子梦见了驻守边关的夫君，也有甜蜜幸福的相会，但是，她不知道，夫君早已战死沙场。这个梦与残酷的现实形成鲜明的对比，有力控诉了战争的罪恶。相比沈如筠笔下的不能入梦的女子，凄惨许多，恐惧许多。要是这种情况，宁可不要入梦也罢。但愿可怜巴巴的女子好运，但愿她的夫君平安。

书信难寄，好梦难成，相思离恨，情天恨海，久久郁结，缠绕心头。女子独守空房，形影相吊，何等凄清，何等落寞。难道就眼看美好时光渐渐流逝，难道就忍心美丽的青春悄然老去，难道就整天这样哀怨连连，以泪洗面？不能想象未来的日子如何挨过，不能回首过去的痛苦又会重演。不甘心，不罢休，还是坚守心愿，还是一如既往，那么，就让我追随明月的踪影，飞越万水千山，飞越时空阻隔，抵达你的身旁，照耀你的身心，感受你的温暖吧。相信幻觉和幻觉折射出来的超级真诚。女子相思入骨，神思恍惚，似乎魂不附体，脱身而去，随着朗朗月光，伴着浩浩清风，一路飞翔，一路欢悦，幸福飞扬在天上，喜悦写满面庞。不要惊扰她，不要嘲笑她，不要非议她，人生一世，只爱一人，爱到骨髓，爱到痴迷，是可以胡思乱想、神思恍惚的。一切梦幻，一切奇想，一切愿望，貌似荒诞不经，却可以理解，甚至被深深感动。我们要问，今天，这个浮躁喧哗的时代，这个人情淡薄的社会，还有几个人对爱如此痴狂，如此疯癫？女子要到哪里去呢？不用说，南飞边地，探望夫君啊。上有明月在天，银辉朗照，下有万水千山，道路迢迢，梦魂无惧，穿越时空，情系夫君。为她祈祷，流光所到，爱情花开；为她祝福，清风所过，一路吉祥。伏波营代指边地军营，伏波原指汉代伏波将军马援，诗中伏波营代指女子夫君所在军营。“流照伏波营”自然就是思念夫君，流照夫君的意思。女子奇想天成，相思入骨，情真意切，的确震撼人心。

时光流转，人事变迁，伏波将军早已作古，伏波军营早已湮灭，相思女子早已化作青烟消散千年，边关夫君早已绝尘而去，唯有诗歌还在万口吟诵之中，唯有情意还在万众人心之中。读一首相思苦怨诗歌，除了与抒情主人公同悲共忧、同患共难之外，我们还可以从女子泣泪流血的相思之中，读到人性的伟大与爱情的高贵，读到情感的真挚与意志的忠贞。点赞女子，点赞古老而伟大的爱情。

坐看牵牛织女星

——杜牧《秋夕》

银烛秋光冷画屏，轻罗小扇扑流萤。

天阶夜色凉如水，坐看牵牛织女星。

······

一直相信，诗歌是心与心的交流，生命与生命的共鸣，情感与情感的贯通。读晚唐诗人杜牧的小诗《秋夕》，钦赞杜牧悲悯万端、哀怜他人的情怀，佩服杜牧走进心灵、体察人生的敏锐，感觉杜牧俨然诗歌的抒情主人公，同悲共苦，同忧共难，一片赤诚，感人肺腑。诗人取了一个极富诗意而又包孕丰富的标题“秋夕”，一个秋天的傍晚，可以想见暮色降临，残阳如血，天地苍凉。秋天应该还有风，猎猎作响，寒气袭人，扫落树叶，卷起蓬草，同时，也会激荡敏感的心灵。杜牧想讲一个怎样的故事呢？或者说，这个秋天的傍晚，他的笔触伸入了哪个生命世界？我们只能沿着诗人的文字，慢慢走近一个年轻、美丽的生命。

这是一处深宫宅院，草木苍翠，花柳扶苏，庭院幽深，屋舍华美。宫女生活在这里，整天也就描眉画黛，涂脂抹粉，装扮出最美丽的面容，期盼得到皇上的宠幸。恰如杜牧散文《阿房宫赋》所写“一肌一容，尽态极妍。缦立远视，而望幸焉”。女子也许就是二十几岁，入宫不过三五年，身材婀娜，面容姣好，眉目清秀，意态娇媚。只可惜，入宫以来，不睹天子真容，不见好运降临，花容月貌一天天褪色，青春活力日渐削减。她居住在豪华宫殿，锦衣玉食，养尊处优，绫罗绸缎，山珍海味，呼之即来，享用不尽。诗人只写她的生活环境，银烛点燃，微光闪烁，屏风如画，洁白如玉，寒光闪闪，冷意袭人。由此不难知晓她的生活境况。特别点出一个“冷”字，不仅是秋光冷清，烛光冷淡，银屏冷漠，更是暗示女子内心的冷清落寞、度日如年。是啊，入宫以来，远离家乡，久别亲人，失去自由，失去幸福，如同一只囚禁在金丝笼里的鹦鹉，或是一只摆放在桌上的花瓶，无声无息，消磨时光，虚掷青春。人生能有多少美好时光可供消耗？何时可以结束这种非正常的生活？她不知道，寄人篱下，仰人鼻息，强颜欢笑，等闲度日。

可怜的女子手持秋扇，扑打流萤，一下一下，简单重复，枯燥至极，是在驱赶飞来飞去的萤火虫，也是在驱赶缠绕身边的无边寂寞。空荡荡的屋子，华丽精美，浓艳生辉，可是只有她一个人，枯坐窗前，深思冥想，想无边的远方，想无边的心事。自己也在持续的思虑与担忧之中慢慢倦怠、疲惫。一个晚上这样度过，一段时光这样流逝，一个人的青春也这样慢慢凋零。

诗中两个词语至关重要，意味深长，耐人咀嚼。“流萤”一般飞舞于杂草荒芜之处，或是孤坟野地之间，现在竟然窜入深宫人居，飞来飞去，数不胜数，可见屋子的荒凉凄清，类同坟场。人居其间，独自煎熬，无人相伴，无处倾诉，形单影只，茕茕孑立。其屋子冷冷清清，其身影可怜兮兮，其心理凄凄惨惨。是人都需要陪伴，都需要温暖，都需要交流，可是，这位宫女犹如掉入阴森的地窖，独自面对黑暗与冷清，独自消磨青春与生命。想起自己小时候读书的情境，家境贫寒，没钱购买灯盏与煤油，晚上读书，只能点燃白天从山上采摘的枞膏来照明；或者晚上从野地抓来许多萤火虫，装进墨水瓶中，让萤火虫散发出来的光照亮屋子的一隅，自己就伴着这样的微光静静看书。这种经历，虽然寒酸，却也有趣，不觉得枯寂，不觉得无聊。相反，杜牧笔下的宫女挥动扇子，扑打萤火虫，无心欣赏它的萤光闪闪，无心和它玩捉迷藏，更多则是长夜无眠，百无聊赖，备感寒心，无可奈何。

“轻罗小扇”是绸缎织成，轻薄光洁，绣上图案，精美秀气，女子一扇在手，轻盈摇动，挥风取凉，是可以见出古典女子的秀美与含蓄，是可以见出美丽生命的才华与灵秀，可是，我们看到，杜牧诗中，宫女使用这把小扇，不是炎炎夏季挥风取凉，不是寒冬腊月围炉扇火，而是深秋寒凉之时扑打流萤，驱赶寂寞，消磨时光。如此反常使用“轻罗小扇”折射出宫女凄惨悲苦的人生命运。是的，其实宫女也像一把“轻罗小扇”，天热的时候，有人用它来扇凉，天冷的时候，它就被丢在一边，无人理会，甚至还很有可能被扔进垃圾桶里。一把扇子的命运暗示出宫女任人取舍，命比扇薄的处境。古典诗词之中，多有相关的描述。相传汉成帝妃班婕妤为赵飞燕所谮，失宠后住在长信宫，写了一首《怨歌行》：“新裂齐纨素，皎洁如霜雪。裁为合欢扇，团团似明月。出入君怀袖，动摇微风发。常恐秋节至，凉飙夺炎热。弃捐箧笥中，恩情中道绝。”炎炎夏季，备受宠爱；秋凉时节，备受冷落。宠与不宠，全在天气冷热，全在主人心情变化，团扇命运，不由自主，任人主宰。实在悲惨。后来诗词中常常出现团扇、秋扇，便常常和失宠的女子联系在一起了。如王昌龄的《长信秋词》“奉帚平明金殿开，且将团扇共徘徊”，王建的《宫中调笑》“团扇，团扇，美人病来遮面”，都是如此。这首《秋夕》诗中的“轻罗小扇”，也象征着持扇宫女被遗弃的命运。

诗歌一、二两句，通过环境描写暗示宫女内心的凄苦，通过细节描写暗示宫女精神的无聊，读着读着，一股阴冷、寒凉之气扑面而来，令人身心颤抖，瑟瑟不安。好在读到诗歌后面两句，心神为之一振，心情也为之亢奋。感动于宫女不畏严寒，无惧黑暗，依然对未来、对爱情保持强烈的憧憬。震惊于宫女陷身深宫，失去自由，失去亲情，还能翘盼牛郎织女，还能期盼美好生活。也许是长夜无眠，辗转反侧，也许想消愁解闷，散心透气，女子走出屋子，徘徊庭院，仰观明月偏西渐渐坠落，仰观牛郎织女闪烁夜空，仰观长天浩浩遥不可及，深思冥想，百思不解。世界如此之大，万象如此精彩，为何我就这样拘禁深宫艰苦度日，为何我就这样无所事事消磨青春。思绪飘得很远，心思极为细密，考虑很多很多。倦了，累了，坐在台阶上，看天上青天湛湛银河璀璨，看天上牛郎织女二星辉映，眸子里流露出惊奇与向往，流露出哀怨与郁闷。是啊，正值青春年华，谁不向往自由美好的爱情，谁不希望过上男耕女织寻常人家的幸福生活，牛郎织女虽然分隔天河，犹有鹊桥相会的一天，可是我呢，滞留深宫，不知日月，何日是尽头，何地是归宿，不得而知，一筹莫展。人的命运就是如此无奈、无助，也许这样忧心忡忡、度日如年一辈子，也许这样苦苦挣扎、百无聊赖一辈子。宫女的仰望，久而久之，变成一种固定的姿态，或者一尊永恒的雕像，悲壮而又凄惨。在那个深夜，在那座深宫，没有人注意到一个宫女的内心凄苦，没有人关注一个与自己素不相识的女子的生命，就连拥有美好青春的人们也不会注意宫女的同样的美丽青春的悄然消失。一个人像一片树叶，秋天的时候，被一阵风吹落。一个人像一只蝼蚁，熙来攘往中，被人踩死。没有什么比青春的流逝更让人感到悲哀，没有什么比生命的凋零更让人感到痛心。杜牧用心灵去感受一个生命的美丽与凄凉，用心灵去体察一种命运的平和与不幸，哀怜悲叹，悲悯同情，用文字，用诗句记录下了一个宫女的苦难人生，触动我们的心灵，引发我们的思考。或许这就是诗歌最大的思想意思所在吧。

注意诗中的描写。天阶夜色，冰凉如水，一个“凉”字，一语双关，暗指世态炎凉，人情冷酷，更指女子内心寒凉，人生郁闷。“坐”字写实，说女子倦了，累了，身心疲惫，憔悴不堪，稍事休息，就地坐下；又写虚，女子还不心甘，还不愿放弃盼望，盼望牛郎织女天上团聚，盼望人间自己也有美好爱情，盼望自己能够走出深宫过上自由而幸福的生活。“坐”着，还要看，不想回到屋子里面休息，不愿放弃心中梦想，就这样“坐”下去，“看”下去，直到天亮，直到永远。“坐”成一尊望星空的雕像，“坐”成一副望夫石的姿态。也许这样的姿态、这样的风景才是诗歌最为激动人心、打动肺腑的地方。

时光流逝千年，还将流逝千年，但是，诗歌不老，文字永存，文字里的生命永远不会老去，生命里洋溢出来的美好情意永远不会褪色。悲悯可怜的女子，祝福美好的生命，祝福美好的未来。是的，生命降临这个世界，都应该精彩，都不应该被拘禁在逼仄的深宫。

不忿朝来鹊喜声

——李端《闺情》

月落星稀天欲明，孤灯未灭梦难成。

披衣更向门前望，不忿朝来鹊喜声。

……

人生萍聚，相逢如歌；人生萍散，离别如诗。离合聚散，悲欢喜忧，牵扯心怀，激动心弦。诗人多情善感，敏于捕捉，将视角深入人物内心深处，观察心灵的波澜起伏，将听觉深入外界一声一响，辨识情感的细微颤变，吟咏成诗，落墨成文，定格了一个个经典的镜头，浓缩了一幅幅永恒的风景。读唐代诗人李端的诗歌《闺情》，我就深深震撼，行人远走天涯，扬鞭跃马，风尘仆仆，却将孤寂和思念留给了留守家中的女子，多少个日日夜夜，多少次肝肠寸断，换不来男子的书信问候，换不来男子的策马回家。相思如夜，笼罩天地，笼罩女子心头。盼星星，盼月亮，漫漫长夜，一个孤苦伶仃的女子正在忍受煎熬，苦苦盼望黎明的到来，苦苦期盼行人的回归。可是，她的盼望有结果吗？是喜是忧？是悲是恨？诗人没有告诉我们，留下想象空间。诗歌就像一个心灵的密码，吸引你我前去解读、猜想。

对于诗人来讲，游目花草虫鱼，走笔亭台楼榭，这是很容易的事情。但是，一旦要深入人物内心世界，并与之同悲共喜，同欢共忧，那就是一件十分困难的事情，需要真诚和善意，需要悲悯和关怀，需要理解和体验。从这个意义上看，李端在这首小诗《闺情》中就表现出一份设身处地、将心比心的共鸣和感应。诗歌的描写从外在世界深入思妇内心，从漫漫长夜转移到天明欲曙，从视觉所见转换到听觉所闻，所见所闻，所思所感，所念所想，无一不是远方的行人，无一不是思念的汹涌。

夜深人静，四野沉沉，不闻山村鸡鸣狗吠，不闻山林万籁有声。一轮圆月慢慢西沉，时而隐没云层，时而移动山巅，时而滑过树梢，时而掠过水面，最后消失在天地相接的山岭。天空变得暗淡，世界一片朦胧。沉沉乌云之下，稀稀落落几颗星星，似乎更加耀眼，更加闪亮，可是，没过多久，也一一隐去，躲藏在云层之后。黎明前最黑暗的时刻马上到来。天地肃静，天空漆黑，天色欲曙。对于那些长夜难眠，心事重重的人们来说，这是一个美好的时刻，开启一段光明，迎来一份欣喜。对于李端笔下的女子来说，也许意味着一夜相思总会结束，一场祈盼总有结果。她在等待，她在祈祷，她在憧憬。她像任何一个怀想黎明、思念远方的女子一样，一个夜晚，相思不宁，或者徘徊院落，抬头望月，心飞神驰；或者席地而坐，抱膝凝思，心事茫茫；或者端坐桌前，铺展信笺，泣泪成书。总之，心绪繁杂如一团乱麻，心怀空茫如一片荒漠。她看过了多少次月圆月缺、月隐月现，她听过了多少回虫鸣虫寂、鸟啼鸟静，她又计数过多少次花开花落、草荣草枯，斗转星移，春秋代序，风雨沧桑，人事变迁，还是盼不来她的春天、她的远方。

诗人的视线转入屋内，聚焦那盏古老的油灯，孤灯未灭，闪闪烁烁，照亮一夜的凄寒，温暖一屋的落寞。没有亲朋好友相伴，没有知心恋人相依，女子一个人，孤孤单单，可怜兮兮，忍受无眠的长夜，忍受相思的折磨。陪伴她的只有一盏锈迹斑斑的油灯，如豆灯火，暗影幢幢。是害怕寒冷而颤抖，还是不忍孤独而战栗？是微弱无力的挣扎，还是沉默无语的凝视？一点一点，将光散布屋子，将热温暖心灵。女子也会神思恍惚，回到过去，回味甜蜜。那个时候，行人尚未离开自己，两人红烛罗帐，相拥相依，耳鬓厮磨，说绵绵不尽的情话，道甘美如泉的爱情。多么幸福，多么甜蜜。可是，今夜，今后，不知行人远在何方，心意如何。女子渴盼相见，渴盼团圆。或许只有进入梦乡，才能实现这个微小的希望。躺在床上，和衣而卧，心情却是久久不能平静。因为孤寂，因为愁怨，因为相思煎熬。翻过来，转过去，坐也不是，睡也不宁。多么想进入梦乡，魂飞关山，梦度千里，追寻远方的行人，陪伴他的左右。就像李白仰慕天姥山，“我欲因之梦吴越，一夜飞度镜湖月”；就像武元衡思念故乡，“春风一夜吹乡梦，又逐春风到洛城”；就像岑参思念美人，“枕上片时春梦中，行尽江南数千里”。李端笔下这位可怜的女子也想梦入关山，魂绕行人。可是，美梦难成，相思成灰。有什么办法呢？

就在天色将明、愁思不眠的时候，突然窗外传来几声鸟叫，打破了屋子的沉寂和空落。女子大吃一惊，起身披衣，下床动步，匆匆忙忙走向门边，循声望去，双眸闪烁泪花，不知道是喜极而泣，喜出外望，还是愁煎胸怀，暗自伤心？可以理解，换作你我，相思入骨，心海翻腾，经过一夜折腾，此时此刻，哪怕听到一丝一毫的响动，都会神情专注，惊讶不已。女子希望奇迹发生，女子期盼行人出现在门前。一个“望”字，包含多少辛酸、多少无奈、多少殷殷期盼啊。一个“更”字，递进一步，长夜久坐，美梦难成，却不放弃，不气馁，还是等待，还是盼望。可见，女子心中，爱如潮水，源源不绝；爱如高山，忠贞不移。我们感动，感动穿越昼夜的坚持，感动穿越山水的思念，感动泣泪滴血的煎熬。祝福女子，好人好运，美梦成真。走笔至此，突然想起台湾诗人郑愁予的诗歌《错误》：“我打江南走过 ／那等在季节里的容颜如莲花的开落 ／东风不来／三月的柳絮不飞 ／你的心如小小的寂寞的城 ／恰若青石的

街道向晚 /跫音不响/三月的春帷不揭/ 你的心是小小的窗扉紧掩 /我答答的马蹄声是美丽的错误 /我不是归人/是个过客”，不能担保李端诗中的女子也会遭此错误。满怀希望，满心欢喜，却是打马而过，嗒嗒远去。不是归人，而是过客!

果不其然，女子推门而望，看到几只喜鹊，叽叽喳喳，吵闹不停。屋子外面，空空荡荡，不见人影。什么也没有，什么也不曾来过，和以前的许多个早晨一样。女子满心失望，恼怒不已。责怪喜鹊七嘴八舌，胡言乱语；责怪喜鹊不解离情，添愁惹恨；责怪喜鹊无头无脑，乱鸣乱放。可是，喜鹊不管人间事，一江相思无限长。责怪又有何用？如果责怪能够改变现实，能够迎来归人，那就只管责怪好了。当然，话又说回来，期盼也罢，责怪也罢，生气也罢，恼怒也罢，全是因为远方的他，全是归人不归的缘故。女子深情、专情，动人肺腑，催人泪下。

想起了家乡流传至今的古老习俗。一大清早，听到屋子外面，喜鹊鸣叫，预示着喜事临门，贵人到来；若是乌鸦啼叫，则可能是霉运连连，主人总要跑出屋外，挥舞扫帚或棍棒，大声斥骂，吓跑乌鸦，吓跑不祥。可惜，李端笔下的女子听到喜鹊鸣叫，却不能给她叫来好运，叫来吉祥。难怪她会愤愤不平，牢骚满腹。相比而言，杜甫的妻子则比她幸运得多。杜甫诗歌《羌村三首》有这样的描写:“柴门鸟雀噪，归客千里至。”“群鸡正乱叫，客至鸡斗争。”不管是喜鹊鸣叫还是群鸡争斗，无一不渲染出老杜久别而归，重见家人的激动和喜悦。妻子则是闻鸟叫而欢喜，看鸡斗而宽心。远比李端笔下的女子幸运。

愤怒归愤怒，鸟鸣归鸟鸣，一切没有改变，生活还将继续，不知道，这位女子等来了什么？更不知道她的未来是不是一场梦。

风雪回梦旧鸳机

——李商隐《悼伤后赴东蜀辟至散关遇雪》

剑外从军远，无家与寄衣。

散关三尺雪，梦回旧鸳机。

· · · · · ·

元好问词云，“问世间情为何物，直教人生死相许”。对于有情眷属，爱到骨髓，爱到销魂，可以出生入死，跨越阴阳。对于两地分离的夫妻而言，爱到心坎，爱到灵魂，可以翻山越岭，重温旧梦。一场风雪可以弥漫天地，冰封世界，但是却永远冰冻不住彼此思念的心。长路迢迢可以扩大彼此的空间距离，但是却永远疏远不了两颗亲近的心。

李商隐生活在晚唐，陷身牛李党争，因娶李党王茂元之女为妻而得罪牛党，长期遭遇排挤，沉沦下僚。艰难困苦之时，夫妻携手，恩爱有加。爱情的甜蜜与幸福多少抚慰了仕途的创伤。唐宣宗大中五年（851）夏秋之交，妻子王氏突然病逝，李商隐悲痛万分。同年冬天，他应柳仲郢之邀请，从军远赴东川（治所梓州，今四川三台县）。行至散关，遭遇风雪，触动心灵，伤感妻亡，写下了这首悼亡诗。

初读都很感动，很悲伤。悲伤来自李商隐的不幸，官场倾轧，希望落空，才华东流；爱妻亡故，家园不存，幸福消散；为官不成，为夫丧偶，真是祸不单行，苍天不公。感动源于诗人的真心与深情。也许一段旅程可以开启别样的人生，也许风雪载途可以转移诗人的视线，但是，我们看到，一旦遭遇风雪，诗人似乎忘记了严寒冷酷，忘记了旅途劳顿，一下子，几乎是转瞬之间，就回到了过去，回到了小两口甜甜蜜蜜的日子里。这就表明诗人心中，并不因为妻子的去世而淡忘旧爱，并不因为风雪严寒而变得冰冷。我心燃烧，我心温暖，为爱情曾经的美好，也为爱情今天的流逝。总在想，苦命的李商隐啊，没有人提醒你，没有人盯着你，更没有人用道德的标准来指点你，你还是你，忠于爱情，雷打不动。

出门远行，从军剑外，离开了早已不存在的家，离开了曾经的温暖与幸福，一个人，风雪奔波，马不停蹄，希望借助疲惫困顿麻木一下心灵，希望借助风雪茫茫清醒一下头脑。人啊，不能太过深情，深到不能自拔，越陷越深，越陷越重，最后为情所累，撒手人寰。人还是需要节制一点，对自己的感情和仕途都是这样。生命陨落不可能复活，仕途摧折已经发生，无法改变什么，也无须刻意去改变，想通达一些，随缘任运，听天由命吧，或许迎来不一样的人生。

想归想，做归做，要从现实的冰冷之中挣脱出来，谈何容易。和万千从军远行的人们一样，还是会想家，还是会想起美丽的妻子。只是，妻子不在人间，家园早已破碎。一颗心在滴血，无人知晓。一双眼噙满泪花，无人看见。风雪太大，遮天遮地，也遮住了诗人的双眼。这个冬天，只有诗人一个人走向远方。而爱妻却永远长眠于冰冷的土地之下。想起李白的诗句，“长安一片月，万户捣衣声”，还只是秋天，天气转凉，已经有万千人家在赶制寒衣了，可以想象，那些收到衣裳、驻守边关的将士，心里是温暖的。因为他们有盼头，他们有归期。相比他们，李商隐却是彻底无家可归，无衣可寄。身冷，心更冷。天寒，心更寒。越是如此，越是珍惜过去的温馨与幸福。

大散关外，三尺厚雪，天地白茫茫，不见鸟影，不见人家。寒风刺骨，冰雪冷心，诗人受阻驿站，不能前行。也许伤痛倦极，朦胧入睡，进入梦乡。梦中，诗人又回到从前，回到家里。他站在织布机旁，看着妻子正在织布，正在为他赶制寒衣。妻子回头，双眸放光，脉脉含情。四目交会，喜上眉梢，小两口甜甜蜜蜜，恩恩爱爱，幸福极了。

注意诗人目光的落点，是那架感到非常熟悉、亲切的鸳鸯机，简称鸳机。顾名思义，鸳鸯成对，比翼双飞，相向和鸣，亦可理解为布帛绸缎，鸳鸯图案，静美迷人。可以猜想，诗人的梦一定很温馨、很浪漫。但是，梦毕竟是梦，梦醒之后却是冰冷的现实。无妻无家，无衣无暖，独向天涯，独对风雪，前程一派迷茫，天地一派纷乱，我的未来又将如何呢？诗人不知道，善良的读者也不知道。

我相信，这场风雪的确来得很突然，诗人毫无准备，读者也措手不及，但是，一经发生，就考验着诗人，就考验着爱情。诗人遥念故园，相思妻子，不需要提起，不需要刻意，永远不忘，永远感念，一经风雪刺激，思念之心苏醒，爱恋之意疯长。风雪满天，爱洒长空。天寒地冻，心还温暖。

清江一曲柳千条

——刘禹锡《柳枝词》

清江一曲柳千条，二十年前旧板桥。

曾与美人桥上别，恨无消息到今朝。

· · · · · ·

一直相信，人心相通，诗意相连，声息相近，不管古今，不论中外。诗歌就像一枚话梅，含在口中，芬芳唇齿，清爽心神，回味无尽。诗歌就像一粒食盐，溶解于水，不见形色，不闻气味，却是滋润了生活，精彩了生命。读刘禹锡的《竹枝词》，感觉诗人是在追忆一段美好的过去，回味一份真诚的爱情，平淡而朴实的用语，传达出浓浓的诗意，沉沉的伤感。喜欢诗人那份情怀，那份对爱情、对生活的珍爱，总是善良而天真地设想，如果我们每一个人，都像诗人那样，流连风情，低回过往，怅恨今朝，这人世间不知要增添多少赤诚、多少感动。

一个春天的早晨，诗人漫步曲江柳岸，触景伤怀，沉思过往。20年前的春天，也是凉风习习、绿柳婆娑的早晨，也是在这条江边、这座桥上，诗人送别自己的心上人，不知什么原因，不知美人前往何处。只是那份伤感、那份难舍永远铭刻诗人心间。萦绕不去，愁煎心怀。一条江水弯弯曲曲，潺潺流淌，清波粼粼，见证了诗人执手美人、泪如雨下的无语，很容易触动读者的联想，问君能有几多愁，恰似一江春水向东流；或者，只恐双溪舴艋舟，载不动，许多愁，江水远去，一同远去的还有美人的背影，渐渐模糊，以至消失在诗人的视线尽头。堤岸上面，植满柳树，恰逢春日，绿叶茂盛，枝条披拂，一派明媚，一派生机。可是，眼前美景，清江绿水，晶莹透亮，堤岸垂柳，婀娜多姿，都不能引起诗人的兴趣，相反倒是泯灭了诗意，淡忘了风情。诗人只感受到离别的伤痛，未来的凄凉，以及对远方的牵挂。可恨的柳枝啊，纵然千条万条，纷披垂拂，却是不能够缠绕住离人的步履，岂不添愁惹恨，令人痛断肝肠？

换作平常日子，诗人与美人携手出游，漫步江岸柳桥，看花红柳绿、草长莺飞，听流水潺潺、鸟语花香，赏帆舟点点、人小如芥，望长天飞鸿、云霞灿烂，何等惬意，何等幸福。一切美丽风光为爱情描画瑰丽色彩，一切自然天籁为幸福奏响动听音乐。两个人沉浸在美妙无比的风情岁月之中，忘记了时间，忘记了一切不快。可是，今天，20 年前的今天，完全不一样，就像柳永伤心词句描写的情境，“便纵有千种风情，更与何人说”，或者像杜丽娘长叹，“良辰美景奈何天，赏心乐事谁家院”，诗人无心赏景，无心游吟。任凭清泪流入清江，任凭柳枝垂拂面庞，无语无言，怅望长天。美人又是如何，诗人不忍心描写，不忍心言说，但是，多愁善感的读者自然不难想象，泪湿胭脂，愁眉紧锁，面容凝重，神色忧伤。美丽的女子一样难分难舍，一样别情依依。内心不知几多缠绵，几多缱绻。相爱的一对人，知心知底，魂魄沟通，能够彼此感应对方的煎熬和痛楚。诗人没有直接言说出口，只是用风光景物稍作点染，营造气氛，将读者带入遥远的 20 年前，带入那个风光如画的桥上，去体会，去回味那种刻骨铭心、撕心裂肺的离别之痛。笔者相信，读者品诗，你投入多少情思，倾注多少心血，就会感受多少痛苦，多少揪心。你能想象一对情人离别有多艰难，你就会体会到多少艰难。你不能承受的痛苦，也就是画中人不能承受的痛苦。诗歌的美丽与魅力也许就在于将一段遥远而缠绵的情思，真挚而真诚的感受传达给我们，打动我们的心肝，共鸣我们的心弦。

笔者喜欢诗人的用词，看似寻常，其实蕴含无限情思，耐人咀嚼，引人回味。一曲“清”江，水灵晶亮，波光闪闪，映照葱郁杨柳，映衬相拥情人，流动着一幅灵动而凄美的画面。站在岸边，徘徊桥上的读者，能不低回怨叹，能不哀婉唏嘘吗？还喜欢那些“杨柳”，千条万条，郁郁一色，生机盎然，留不住离别的步履，留不住流逝的时光，留不下美丽的爱情，却总是添愁惹恨，缠绕离愁，摇曳心旌。它们也是爱美的，和姑娘一样，“碧玉妆成一树高，万条垂下绿丝绦”啊，想想看，和这样风情优雅、浪漫美艳的女子一起，谁愿意离去，谁能离去？还有那座“板桥”，也许几块木板拼成，架在河上，护栏都没有，寒碜至极，朴素至极，可是，有爱情相伴，有离愁相依，多少也有了凄美的色调，岁月也会斑驳板桥的色彩，连同板桥之上凝固的爱情故事。最是动人一个“旧”字，20年了，7300多个日日夜夜，不可谓不“旧”，风雨剥蚀，伤痕累累。可是，岁月褪不去诗人对爱情的坚守和等待，褪不去对美人的期盼和牵挂。一任风雨沧桑，一任人事变迁，我心依然，我情忠贞。多少情意感动天地，多少爱恨震撼心灵。

告别曾经的离别，告别曾经的美丽，回到现实，回到今天，站在板桥上，站在绿柳成荫深处，沿河眺望，过尽千帆皆不是，直到斜晖脉脉水悠悠。多么期盼过往的船只，突然靠岸，飘下一个风华绝代美人，照亮我的双眸，震撼我的心灵。多么希望靠岸的客子，捎来一封信笺，粉红小楷，娟秀墨迹，隐隐泛现一张美丽依然的容颜。多么希望登舟远去，任水漂流，追寻20年前的方向，投奔遥远的怀抱。可是，现实就是无情，任你千般联想，万种风情，也换不来美人惊鸿一现。多少离恨悠悠翻涌心头，多少牵肠挂肚纠结心怀。恨只恨，岁月无情，人事沧桑，一别20年，音信杳无，踪迹全灭。诗人感怀万千，唏嘘哽咽。为曾经的期许，为心中的坚守。可是，作为读者的你我，在感同身受体会哀痛的同时，又何尝不会敏锐感受到，这份跨越时空的爱，这份风雨不败的情呢？20年来，日日夜夜，期盼，等待，相思，念想，愁肠百结，肝肺成灰，没想到，盼来的还是失落和空漠，还是孤寂和失望。再等下去吗？也许未知的等待就是一种希望，也许无望的等待总会熬成坚强。只能祈祷苍天，祈祷命运，垂怜有情人团聚今生。只能祝福诗人，好运、好福。

走笔至此，突然想起白居易的类似诗歌《板桥路云》：“梁苑城西二十里，一渠春水柳千条。若为此路今重过，十五年前旧板桥。曾共玉颜桥上别，恨无消息到今朝。”猜想刘禹锡是特别喜欢白居易诗作，删削冗句，精简文字，自铸新词，表达情意。两诗相比，刘诗的确高白诗一等。白诗前面几句写故地重游，“板桥”一再出现，此路今又重过，明显重复，语意啰唆，不妥。而且，实用地名，精确位置，似有不当，诗歌不同于游记散文，不必坐实，泛点即可，任凭读者去悬想，恰是增加诗歌魅力。当然，“美人”与“玉颜”相较，还是“玉颜”具体形象，更能动人心旌。似可想见女子冰雪容颜，颈项白皙，纤手粉嫩，笑容如花，很能撩动心弦。“美人”一语则略显浅泛。少了韵味。两首诗表达情意类似。诗人情怀真诚，同样打动读者。

闺中独看中秋月

——杜甫《月夜》

今夜鄜州月，闺中只独看。
遥怜小儿女，未解忆长安。
香雾云鬟湿，清辉玉臂寒。
何时倚虚幌，双照泪痕干。

……

中秋节是万家团聚的日子，可是，处于兵荒马乱的年代，唐代大诗人杜甫的中秋节却过得异常艰辛悲惨。天宝十五年(756)六月，安史叛军攻进潼关，杜甫带着妻小逃到鄜州(今陕西富县)，寄居羌村。七月，肃宗即位于灵武(今属宁夏)。杜甫便于八月间离家北上延州(今延安)，企图赶到灵武，为唐王朝平叛效力。但当时叛军势力已膨胀到鄜州以北，他启程不久，就被叛军捉住，送到沦陷后的长安，适逢中秋，诗人身陷囹圄，望月思家，写下了这首脍炙人口的名篇。

首联念月怀妻，不写自己，对面落笔，更见曲折。本来诗人陷身长安，从自己方面入笔，应该这样写："今夜长安月，狱中只独看"，可老杜更关心的不是自己生死未卜的处境，而是妻子对自己忧心忡忡的顾虑和思念，所以悄焉动容，神驰千里，直写"今夜鄜州月，闺中只独看"。妻子寄居鄜州，望月怀人，今夜无眠；自己陷身囹圄，忧心如焚。两地相思，一样离愁！"今夜"暗示往日的"同看"，以乐衬哀，以虚衬实，备显凄清。月照中天，千里可共，下一"鄜州月"，自然让人联想到"长安月"，两地守望，相思无绝。"闺中"多显温馨、团圆的氛围，如今只有妻子独守空房，可见情调之孤寂、冷清。“独看”已见孤独，再加一“只”字，愁极惨绝！首联两句，字字扣月，写尽妻子的相思苦情，催人泪下。

颔联怜女忆妻，情深意长，感慨万千。小儿女涉世未深，不谙世事，当然不懂母亲“忆长安”的辛酸苦楚。一个“怜”字，有慈父对儿女的思念和担忧，更有对小儿女天真幼稚，不能为母分忧的遗憾。“忆”字更是含意深广，耐人寻味。安史之乱以前，诗人困处长安达10年之久，其中有一段时间，是与妻子在一起度过的。和妻子一同忍受饥寒，也一同观赏长安的明月，这自然就留下了深刻的印象。当长安沦陷后，一家人逃到羌村，与妻子“同看”鄜州之月而“忆长安”，这个“忆”就不仅充满了辛酸，而且交织着忧虑与惊恐。一“怜”一“忆”，遥相呼应，百感交集，苦不堪言。

颈联描绘妻子，形神并茂，凄美动人。妻子忆念长安，望月怀人，望月愈久，忆念愈深，及至夜生寒露，雾气氤氲，浸湿云鬟；月照中天，清辉四射，玉臂寒凉。妻子在担心、在忧虑丈夫处境如何，是否还活着……近乎凝固的步月怀人形象，演绎出一段辛酸凄美的情思，读来令人肝肠寸断、悲恸欲绝。同时，“云鬟香雾”“玉臂清辉”又见妻子形象的清丽凄美、楚楚动人，更烘托出诗人的怀想、眷恋。尾联转换角度，直抒胸臆，表达诗人企盼团圆、企盼安宁的愿望。“何时倚虚幌，双照泪痕干”，什么时候夫妻才能并倚“虚幌”（薄帷），团聚叙旧，对月抒愁，破愁为笑呢？寄希望于茫不可知的“未来”，则希望也显惆怅。

通观全诗，借月抒情，但绝不是抒发一般的夫妇离别之情。诗人在半年以后所写的《述怀》诗中说：“去年潼关破，妻子隔绝久。”“寄书问三川，不知家在否？”“几人全性命？尽室岂相偶！”两诗参照，不难看出，杜甫“独看”的泪痕里渗透着天下乱离的悲哀，“双照”的清辉中闪耀着四海升平的理想。老杜的相思苦情浸润了天下离人的辛酸，具有浓郁的时代色彩！

魂牵梦萦思李白

—— 杜甫《梦李白》

死别已吞声，生别常恻恻。
江南瘴疠地，逐客无消息。
故人入我梦，明我长相忆。
恐非平生魂，路远不可测。
魂来枫林青，魂返关塞黑。
君今在罗网，何以有羽翼？
落月满屋梁，犹疑照颜色。
水深波浪阔，无使蛟龙得！

· · · · · · ·

我又一次为杜甫失眠了，不为别的，只是因为他的诗歌《梦李白》，其间的披肝沥胆、心心相印的朋友之情，其间的至真至切、悲喜交加的拳拳忧思，深深地打动了我，我仿佛看到了千百年前老杜那张饱经沧桑的脸、那双忧虑不安的眼睛和那颗泣泪滴血的心。我在想，浩浩乾坤，茫茫人海，还有什么比杜甫、李白之间这种刻骨铭心、魂牵梦绕的友谊更让人感动的呢？我迫不及待地想把我的生命体验表达出来，目的很简单，为深刻而崇高的友谊放歌，为高贵而圣洁的人性欢呼。下面，让我们一块走进大诗人的心灵世界吧。

《梦李白》（其一）写于李白流放夜郎期间（758 ~ 759）。杜甫当时远在北方，得知李白遭放逐，忧心如焚，相思成梦，于是饱蘸血泪写下了这首忧思离恨之作。先写梦前相思，以死别来衬托生离。知心好友阴阳作别，命归黄泉，已是让人肝肠寸断，悲恸欲绝，而生离活散，天涯阻隔，更是让人生也枯淡，活亦凄凉。那份相见不能、离别生恨的煎熬对于诗人来讲简直就是一种心理折磨和情感摧残。开篇四句极写李白流放绝域、久无音信在诗人心中造成的巨大痛苦，如阴风扑面，似乌云盖顶，给读者以浓重阴沉的压抑感和人事无常的幻灭感。再写梦魂相遇，倾诉衷肠。其形可见，其声可闻，其情可感，枯槁惨淡之状，如在目前。朋友一场，至真至诚，至情至性，心心相通，息息相关，彼此忆念，魂飞千岭，魄越万山，梦中相晤，惨别成欢。这是意想不到的、来之不易的喜悦。诗人又想到朋友此刻是戴罪之身，流放蛮荒，有天罗地网笼罩，有颈枷手锁附身，纵然身长翅膀，脚踏风云，也难以抵达千里之外的北方啊，这是喜极而生、顾虑重重的疑惑。诗人联想到世间关于李白下落的种种不祥的传闻，不禁暗暗思忖：莫非他真的已不在人世？眼前的音容神态是他的生魂还是死魄？天遥地远，风波迭现，虚幻莫测啊！这是捉摸不定、困惑不解的忧虑。以上三层，乍见而喜，转念而疑，疑深而忧，种种起伏变幻、曲折吞吐的梦幻心理全是由李白的吉凶祸福牵扯出来的。由此亦可看出杜甫对朋友的至纤至毫、至深至纯的真情厚谊。复写梦归魂去之后诗人的万千感慨。故人魂魄，星夜从江南而来，又星夜自江北而返，来时要飞越南方郁郁葱葱的千里枫林，归去要度过秦陇暗影沉沉的万丈关塞。遥远而艰辛，孤独而凄怆！故人容颜，在月光辉映之下，于椽梁映衬之间，憔悴苍老，疲惫不堪，若即若离，急隐急现，而当诗人定睛一看时，却又无踪无影。这种意态迷离、光影朦胧的描写给人以亦真亦幻、似有若无之感，更凸显出李白的去留给予诗人的巨大影响。最后写诗人的虔诚祷告，深情叮咛，想到友人魂魄一路归去，夜又深，路又远，江湖之间，风涛险恶，诗人一往情深地叮嘱：“水深波浪阔，无使蛟龙得。”这惊骇可怖的景象，正好是李白险恶处境的象征；这惴惴不安的祈祷，体现着诗人对朋友命运的担忧。

综上所述，杜甫和李白之间的友谊绝非一般世俗意义上的礼尚往来，也非儿女离别的迎来送往，更非污浊官场的臭味相投，它超越了肤浅而变得深刻，超越了凡俗而变得纯粹，超越了功利而变得高尚。这是君子之间同声相应、同气相求的心灵呼唤，也是志士之间超凡脱俗、超形入神的心灵共鸣，李白的一举一动、一悲一喜都牵动着杜甫敏感脆弱的感情神经，杜甫的一颦一笑、一声一吟都关涉到李白多愁善感的浪漫心灵。他们用血泪真情写下了中国文学史上文人相重的灿烂诗篇，他们用悲喜命运张扬了中国文学史上至真至纯的人性光辉，品读杜诗，品读这种历久弥深的友谊，我们会渐渐地走过平庸，走向崇高。

跨越大洋的思念

——王维《送秘书晁监还日本国》

积水不可极，安知沧海东！
九州何处远？万里若乘空。
向国惟看日，归帆但信风。
鳌身映天黑，鱼眼射波红。
乡树扶桑外，主人孤岛中。
别离方异域，音信若为通！

……

中日邻邦，一衣带水，世代友好，有唐为盛。唐玄宗开元五年（717），日本青年晁衡（原日本名为仲满，阿倍仲麻吕），随日本遣唐使来中国留学，学成之后在长安任职，历仕玄宗、肃宗、代宗三朝，任秘书监、左补阙、镇南都护等职，与当时著名诗人李白、王维等友谊深厚。大历五年（770）卒于长安。天宝十二年（753），晁衡以唐朝使者的身份，随同日本第十一次遣唐使团返回日本探亲。临行前，玄宗、王维、包佶等人都作诗赠别，表达了对这位日本朋友深挚的情谊，其中王维、李白、林宽等人的诗作写得尤为动人。

王维的《送秘书晁监还日本国》想象驰骋，一路牵挂，声声咏叹，至精至诚。开头四句极写大海的辽阔无垠和日本的渺远难及，营造一种令人惆怅迷惘、惴惴不安的浓重氛围。茫茫沧海，深不可测，遥不可及，沧海之东更是烟波浩渺，神秘莫测！中国以外，哪里最为遥远呢？恐怕要算迢迢万里之外的日本了，现在友人要去那里，真像登天一样难啊！中间四句设想友人渡海的情景，色彩光怪陆离，场面恢宏阔大，气氛诡奇恐怖，字里行间充满了对友人安危的忧虑和担心。朝着太阳走就是日本，日本是太阳升起的地方，可是何日是尽头呢？凭借几片风帆、数支橹桨，随风漂流，一路远去，可是谁又说得清其间风波险恶呢？巨鳌翻动，巨浪滔天，天宇昏暗；大鱼飞跃，迸射红光，闪闪烁烁；奇物异景，奇色异彩，震摄人心，炫人眼目！结尾四句诗人设想朋友战胜艰难险阻，平安回到祖国，但又感叹无法互通音信，进一步突出了依依难舍、念念不忘的深情。你们家乡的树木远在扶桑之外，你们家乡是在一个孤岛之上，分别以后，你远居外国，我们又如何互通音信呢？感叹当中有万分的不舍，忧虑当中是沉痛的绝望。全诗通过声声喟叹和种种悬想，表达了对友人远去的担忧和挂念，是一曲讴歌中日友谊的颂歌。

晁衡此去，果如王维所担心的，遇到了大风大浪，随行不少人溺海身亡。晁衡幸运，随风漂至海南，后来辗转回到长安，继续仕唐。海难之事传到长安，扑朔迷离，真假莫辨。当大诗人李白听到晁衡溺海身亡的传闻时，万分悲痛，和墨带泪，写下了《哭晁卿衡》一诗来悼念他这位日本朋友。“日本晁卿辞帝都，征帆一片绕蓬壶。明月不归沉碧海，白云愁色满苍梧。” 诗歌由近及远展开想象，揣度晁衡在大海中航行的种种情况。首句言事，点明晁衡的离别，引发人们的联想：唐玄宗亲自题诗相送，好友们纷纷赠诗，表达美好祝愿和殷切的希望；晁衡也写诗答赠，抒发了惜别之情。直言其事，暗含悲情。次句悬想，晁衡一行船行天边大海，风吹浪打，上下颠簸，时隐时现，远远望去犹如一片树叶漂浮水面。“绕蓬壶”更点出此行水绕岛环、险相环生的特点。这句话用一个比喻写出了晁衡此行漂泊不定、凶多吉少的景况。复句明志，明月象征晁衡品德高洁，而晁衡的溺海身亡，就如同朗朗明月沉沦于湛蓝大海，含意深邃，境界清幽。末句抒情，大海扬波，天地动容，白云愁惨，苍梧肃穆，哀思传哀情，可以想见李白的沉痛哀愁。四句诗以比喻和想象来抒发李白痛失好友的哀悼之情，语浅情深，意韵悠长。李白之哭，既清新自然，情真意切，又浪漫飘逸，卓尔不凡。哭异国好友，不分国籍，不管民族，只为友谊，只为品节，李白泪雨滂沱，号啕大哭，泪水献给光明磊落、正直友善的好朋友。这就是李白，在皇亲贵族、王公大人面前桀骜不驯，不屑一顾，而在晁衡这些普通朋友面前却肝肠寸断，撕心裂肺。李白弥足珍贵的一哭，哭得天地动容、阴阳失色，我为李白和他的朋友们的分别而哀痛，我也为李白和他的朋友们的友谊而高歌。

和王维、李白一样，唐代诗人林宽也写过一首送别日本友人，一路牵肠挂肚的诗篇《送人归日本》：“沧溟西畔望，一望一心摧！地即同正朔，天教阻往来。波翻夜作电，鲸吼昼可雷。门外人参径，到时花几时？”友人渡海远去，一路风波迭现，凶多吉少，诗人忧心忡忡，几近肝肠寸断。此诗句句是愁，字字是泪！相比这三位诗人的担忧牵挂，唐代诗人韦庄的《送日本国僧敬龙归》则充满了诚挚而美好的祝愿，少了几许悲伤忧愁。“扶桑已在渺茫中，家在扶桑东更东。此去与师谁共到？一船明月一帆风。”船行大海，最怕狂风暴雨，大雾迷茫，不少日本遣唐使乘坐的大船，常因风暴在海上漂流，甚至失事；能够到达日本的也往往需要数十日或数月的艰苦航程。这些往事传闻，韦庄是知道的，因此，当他送别友人敬龙回归日本时，他是衷心地祝愿朋友一路平安、一帆风顺。用一个“到”字，先祝他平安抵达家乡；再用“明月”示晴，排除雨雾；后用“帆风”言顺，勿起狂飙。一路行程，顺风朗月贯彻全程，陪同友人直抵家乡。全诗落笔“送归”，体现了诗人对异国友人的关心和惜别之情，给我们一个感觉：朋友情谊像明月一样皎洁明亮，闪耀心灵！

我寄愁心与明月

——李白《闻王昌龄左迁龙标，遥有此寄》

杨花落尽子规啼，闻道龙标过五溪。

我寄愁心与明月，随君直到夜郎西。

· · · · · ·

李白是一个重情重义、至真至诚的诗人，他的许多送别友人，咏怀相思的诗作见证了自己和朋友之间那种肝胆相照、荣辱与共、灵犀相通、心心相印的友谊。《闻王昌龄左迁龙标，遥有此寄》就是这样一首谱写纯真友谊、抒发忧思愤慨的代表作。据《新唐书 · 文艺传》记载，天宝七年（748），王昌龄因“不护细行”被贬为龙标（今湖南黔阳）尉（古人尚右，故称贬官为左迁）。所谓“不护细行”就是说，他的得罪贬官，并不是由于什么重大问题，而只是由于生活小节不够检点。安身立命，为人处世，才情张扬，锋芒太露，不拘小节，特立独行，免不了遭致朝中同僚的谤议非难，指指点点。王昌龄曾在《芙蓉楼送辛渐》中对他的朋友说：“洛阳亲友如相问，一片冰心在玉壶。”诗人用“冰心玉壶”来表明自己持正不阿、守身如玉、光明磊落、堂堂正正的人格风范，暗示自己由于世道不公、人心险恶而蒙冤受屈，遭谗被贬的处境。李白获知朋友落难的消息以后，第一时间写下这首牵肠挂肚、满怀忧愤的诗篇，从远方寄给王昌龄，展现了两位朋友患难中的真情和世俗中的高洁。

首句绘景传情，伤时发感。杨花落尽，柳絮全无，随风则飘飞不定，浪迹天涯；落地则零落成泥，粉身碎骨：其情其状惨不忍睹，触目惊心！诗人独于暮春时节万千风物之中选取“杨花”，寄寓飘零落寞的身世之感，也隐约透露出诗人远离朋友，无柳可折，不能相送，无人与诉的哀伤悲悯。“落尽”，下语沉痛，感伤至极，于此可见残枝败柳、古道夕阳的凄清画面。子规啼鸣，刺耳伤心，闻之则凄神寒心，哀怨满腹，思之则含冤莫白，忧愤交加：其声其音，骇不忍闻，悲恸欲绝！诗人独于暮春时节万千音响当中拈出“子规”，饱含深意，既烘染出凄凉哀怨的离别之恨，又暗暗关合王昌龄遭人构陷、含冤莫白的隐衷苦情。“啼”字不同于一般的“鸣”或“叫”，声音尖厉，凄怆至极，给人以目断神枯、泣泪成血之感。此句看似漫不经心、信手拈来，实则合时合景，切情切境，未写悲痛而悲痛自见，不着凄凉而凄凉自显。

次句直叙其事，意显苍凉。“闻道龙标过五溪”，五溪，指今湖南西部的辰溪、酉溪、巫溪、武溪和沅溪，即王昌龄贬地所在区域。“过五溪”，极言迁谪之荒远，道路之艰难。一句之中两用地名，突出湘西贬地山穷水恶、地老天荒，可见王昌龄谪居龙标哀哀无告、走投无路的悲惨处境，亦可看出李白牵挂万里，想思天涯的急切之心。“闻道”二字突如其来，触目惊心，包含多重意绪：一见诗人闻悉噩耗而心惊肉跳的“神经过敏”；二见诗人感同身受、鸣抱不平的忧愁愤慨；三见诗人鞭长莫及、爱莫能助的惆怅无奈；四见诗人将信将疑、恍恍惚惚的痴迷意态……百感交集，万念归心，诗人的感情是沉重而复杂的，只有设身处地、将心比心的李白才能真切体察朋友王昌龄的忧愁苦恨。于此苍凉荒远的山水景物之中，我们不也窥见了李白急人所急、忧人所忧的至性至情吗？真可谓“万水千山总是情，天南地北一颗心”啊！

后两句突发奇想，借月传情。人隔两地，难以相从，而月照中天，千里可共，诗人想到：我还是把自己的一片愁心托付给这皎洁生辉、纯洁多情的明月，让它随风飘到远在夜郎（今湖新晃侗族自治县）以西的友人身边去吧！这“愁心”，概言之，是为友人处境而愁；细析之，则又包含着关切、牵挂、不平、同情、忧虑等多种复杂的感情，真是缠绵悱恻，一往情深！这“直到”，表面上描绘明月清风飞越万水千山，直抵夜郎龙标，实际上烘托诗人心飞神驰、追念友人的殷殷深情，真是“愁心与明月同辉，相思共清风一色”啊。这两句拈出“明月”意象，蕴藉风流，颇具“象外之旨”“韵外之味”。其一，明月的孤傲高洁、不同流俗是李白、王昌龄高情韵致、高风亮节的人格风范的生动写照；其二，明月的光明皎洁、空灵生辉是李白、王昌龄肝胆相照、纤尘不染的纯洁友谊的象征；其三，明月的银辉四射、洁白无瑕是王昌龄冰清玉洁、光明磊落的人格操守的形象体现；其四，明月的清丽多情、玲珑剔透是李白明朗俊逸、超迈飘逸的诗风的具体表征……爱月的李白懂得借月传情，以愁表心，知心的王昌龄定会读月明心，沐风会神。两颗心，远隔万水千山，就这样融会在朗朗明月、习习清风之中，天地间还有什么比这种相知相会的神交更令人感动的呢？李白在朋友落难时，没有来得及问候一声，更没有亲自相送一程，他只是送给王昌龄一轮明月，一颗愁心，却给置身蛮荒的朋友带来了永远的希望。

沈德潜《说诗晬语》说：“七言绝句，以语近情遥，含吐不露为主，只眼前景，口头语，而有弦外音，味外味，使人神远，太白有焉。”这首诗将奇妙的想象夸张和明朗自然而富含蕴藉的语言和谐地统一起来，仿佛脱口而出，信手写成，正是体现沈氏所说的七绝高品的典范。

【第二辑】

西风瘦马断肠人

抱膝灯前影伴身

——白居易《邯郸冬至夜思家》

邯郸驿里逢冬至，抱膝灯前影伴身。

想得家中夜深坐，还应说着远行人。

······

出门在外，辗转江湖，离家遥远，辞亲长久，自然免不了思家念亲，免不了梦回家园。特别是置身异地他乡，举目无亲，言语不通，习俗不适，处境落魄，更是容易触动游子敏感而脆弱的思乡心弦。逢年过节，万家团圆，自己却孤身一人，寄居驿站，或奔波旅途，投宿客馆，或荡舟江上，随水漂流，思乡之情，念亲之意，格外强烈，格外真挚。我从家乡出来，打拼事业，旅食谋生，已经30余年，经历了不少风风雨雨，看淡了不少富贵功名，但是，心中思乡念家之情却与日俱增，从未削减。每年寒暑假，每年清明节春节，都要回去，都要团聚亲人，祭拜祖宗，心意之虔诚，态度之认真，自感欣慰，自我感动。特别能够理解漂泊在外的游子，对于家乡、对于亲人、对于故旧的一腔真情。近日读白居易的诗歌《邯郸冬至夜思家》，又有不同体会，又有新的思考。

冬至是古代一个仅次于春节的重大节日，万家团聚，举国同庆，家家户户都要穿新衣，备美食，拜祖先，祭神灵；官府要放假，军队要休息，商旅要停业，五行八作要贺节。正好这个时节，诗人白居易却远离家门，辞别亲人，滞留邯郸驿站，孑然一身过节。处境非常凄惨，内心十分悲凉。不知道诗人何以流落此地，不知道诗人奔波江湖多久，也不知道诗人天明又要奔赴何处，只是感觉驿站就是他的临时的“家园”。当然，这个家园没有围炉而坐的火铺，不见四四方方的火塘，不见宽敞明亮的堂屋，没有石榴似火的庭院，没有寒梅绽放的绮窗。没有鸡鸭牛羊，没有辘轳古井，没有苍松古柏，一切与家相关的风光景物都没有。不过就是一间客房，四面板壁，一扇格子窗，一张方桌，一把座椅。简简单单的设施，普普通通的屋子。李白住过，杜甫住过，王维住过，许多奔走江湖、流离四方的文人住过。如今轮到了白居易，暂时住一晚，明早又得赶路。身子安顿下来了，心灵却还在漂泊。驿站本来就是一种漂泊不定、长夜难眠的生活状态的写照。交代了诗人白居易的处境，更暗示了诗人的内心困窘。“逢冬至”更是不期而遇，突如其来，似乎没有准备，来不及准备，一个重大的节日一下子就到了，别人也许忙碌而紧张地准备过节，诗人自己则是“独在异乡为异客，每逢佳节倍思亲”。另外，“冬至”逢冬，一年将尽，新年将临，时光荏苒，年华易逝，诗人漂泊在外，如此折腾，也不知过了多少个年节，更不知人生能有多少个年节可以用来消磨。一种人生苦短、韶华难驻的感叹流露出来，让人心境悲凉。哪里有半点过节的喜悦、兴奋，哪里有半点等候新年的急切与憧憬。“邯郸”是一个陌生的地方，换作任何一个同样陌生的地方，都不改变，亦不影响诗意的表达，与诗人的家乡形成鲜明的对比。是啊，家乡山美水美风俗美，爹亲娘亲乡邻亲，回归家乡，备感亲切，满心温暖。可是，置身“邯郸”，四顾无亲，山水不熟，言语不通，饮食不适，交接不便，太多的隔膜与生分，太多的孤单与寂寥。简直可以说，“邯郸”是一个象征性的符号，代表着家乡的异化，心灵的隔膜，乡亲的渺远和生活的困窘。这一切，白居易都充分领略了，有苦说不出啊。

这个晚上，诗人怎么过，诗人关心，我们也高度关注。想象一下，也许就是孤灯独伴，小菜一碟，小荤一道，两杯薄酒，自斟自饮，口中泥滋味，鼻中土气息，开口长吁一声，闭嘴独咽乡愁。酒意醺醺，愁眉不展，醉眼迷离，神思恍惚，似乎回到了故乡，似乎见到了亲人，白发慈母泪，秋霜老父心啊。可是，一灯如豆，分明提醒诗人，这不是家里，这是驿站。孤独、寂寞、惆怅、苦涩，折磨诗人身心。我们的想象很凄美，很动情。实际上，诗人的境遇比这要凄惨得多、可怜得多。一个人深更半夜，睡卧不宁，独伴青灯，抱膝而坐，可怜兮兮。屋子冷冷清清，空空落落。没有朋友陪伴，没有亲人相随，没有嘘寒问暖，没有诗书伴读。一切凄冷，一切愁惨。特别注意一个动作“抱膝”，极言天气寒冷，瑟瑟发抖，更见内心凄冷，度夜如年。点出“影伴身”，强调茕茕孑立、形影相吊。这个夜晚，没有温暖，没有温情，没有欢乐，没有趣味。明天呢，明天又要上路，风尘仆仆，马不停蹄，疲惫不堪，还不知道下一个驿站或客店又在哪里，晚上依然独自向隅，啜泣伤神。昨天呢，奔波旅途，流离江湖，一样的劳累疲惫，一样的心意茫茫。昨天不知道今天如何，今天不知道明天怎样，天天如此，人在旅途，三天连缀起来，构成了人生，构成了现实，太残酷，太悲凄，对诗人不公平，对文人太残酷。

如此孤独，如此冷清，如此悲凄，又是冬至，不难想象，诗人内心绝对思乡强烈，渴望回归。但是，归家无计，遥遥无期。很多时候，人在江湖，庶务缠身，身不由己，只能听天由命。诗人安慰自己，靠想象，靠憧憬，靠梦幻。是的，唯有在虚幻之中，他才可以得到片刻的欢欣与满足。他知道，遥远的家乡，深更半夜了，家人还没睡去，还在围炉夜话，兴许正在叨念着远行的游子呢。不直接说自己思家念亲，乡情如潮，而从对面落笔，说家人深夜叨念自己久行不归，牵肠挂肚，更见亲人之间割舍不下的浓浓思念。王维诗歌《九月九日忆山东兄弟》也是如此笔法："独在异乡为异客，每逢佳节倍思亲。遥知兄弟登高处，遍插茱萸少一人。"一、二句说诗人自己异乡做客，佳节思亲，直抒胸臆。三、四两句说兄弟，登高望远，祈福兄弟，想念自己。对面写来，更见曲折，更见深情。杜甫不写自己思念妻女，而写妻女思念自己："今夜鄜州月，闺中只独看。遥怜小儿女，未解忆长安。"（《月夜》）中秋月圆之夜，诗人被关押在安史乱军监狱之中，不能与远在陕西鄜州的妻儿子女相聚，万分思念。但是诗歌不写自己想念对方，而写妻子独守闺中，望月怀远，女儿尚小，不解相思，对面写来，更见老杜一家虽然远隔一方，但是思念尤深。同样，白居易这首诗中，只字不提自己对家人的思念，单写自己的孤苦凄楚境况，隐含对家人的思念，单写家人坐夜，担忧自己，更见自己乡思之深。

是的，我们长期出门在外，每每过节，不能回去，多有乡思，多想家人，想象父亲的胡须白了多少，想象母亲的皱纹几许，想象调皮的女儿是否懂事，想象他们牵挂远行儿子的种种情况，想象他们念叨儿子怎么还没有回家。不能回去，想一想，让心灵与心灵去感应，让灵魂与灵魂去共鸣。笔者相信，亲人也好，朋友也好，心与心的距离是很近的。海内存亲人，天涯若比邻啊。

悲凉千里人生道

——王勃《别薛华》

送送多穷路，遑遑独问津。

悲凉千里道，凄断百年身。

心事同漂泊，生涯共苦辛。

无论去与住，俱是梦中人。

……

王勃是唐初四杰之一，才情卓异，名动天下，其诗《送杜少府之任蜀州》写尽旷达胸怀，大展高远抱负，意气飞扬，壮志凌云，读来痛快淋漓，令人大呼过瘾。“城阙辅三秦，风烟望五津。与君离别意，同是宦游人。海内存知己，天涯若比邻。无为在歧路，儿女共沾巾。”送别朋友前往上任，放眼山川大地，放眼人生宦海，不以离别为意，不以儿女为情，劝慰朋友，四海为家，大业为重，纵然天涯海角，各在一方，也是心心相通，互为比邻。送杜少府远行，不带走一点悲伤，不带走一点眷恋，相反，更多朋友昂扬乐观的激励，更多朋友天宽地阔的憧憬，我们相信，远去的杜少府不寂寞，不孤单，留下的王勃不冷清，不惆怅。

但是，读王勃的另外一首五律《别薛华》却是满纸辛酸，满心凄凉，满目萧索。青年才俊王勃送别青年才俊薛华，两人是同乡兼挚友，一样的才华横溢，志比云天，一样的仕途坎坷、命运多舛，此时此地一别，不知何时何地重聚，万千感慨纷至沓来，人生悲凉翻涌心间。王勃送别朋友，走了一程又一程，山一程，水一程，山环水绕无尽头，舍不得离开朋友，舍不得朋友孤独远去。但是，送君千里，终有一别。人在江湖，身不由己。一个“送送”，强调山长水远，前路迢迢，无有尽头。送者不愿离开，行者不愿前去。但是，送者又不得不停步，行者不得不离开。一个思念，一个牵挂，依依难舍，深情款款。

薛华到哪里去，前路又是如何，是否平安顺利，是否身心康泰，不得而知，牵挂忧念。王勃想，这一去，迢迢不尽，风云变幻，困难重重，朋友薛华孤身一人，可否承受得了，内心可是惶恐、焦急，甚至害怕？恨自己身不能去，但是心早已向往之。一路远去，一路念想，一路担心。朋友之情，的确胜过爱恋情侣，隔山隔水，情谊不断。一个“遑遑”，是王勃的想象之词，极言朋友仓皇失措，紧张不安，忧惧不已，亦可看出王勃全程牵挂，焦急万分。一个双写，情意毕现。“独问津”，不但点出朋友的孤独、落寞，更暗示出王勃的焦虑不安，为朋友，为前程。综合“多穷路”与“独问津”，互文参合，彼此生发，不论是薛华还是王勃，人生之路多是穷途末路，困窘不堪，人生前途多是缥缈不定，吉凶难测。何况此时，又无人相助，无路可走，两个人的悲哀与失意婉转体现在诗句之中。

朋友远去，渐渐消失在诗人的视野之外，留下群山隐隐，古道悠悠，也留下伫立不动、目断神枯的诗人。他在想，失路人送失路人，流泪眼对流泪眼。前路茫茫，山水悠悠，何处是归宿，何时才停歇，何日重相见，不知道。悲凉如寒风，冰肌刺骨，割面如刀，一阵一阵袭击身心，一路风尘，一路冷心。人生之路就是如此凄冷，如此寒凉，如此无助。简直令人悲痛欲绝！喊天不应，叫地不灵，世界之大，就是没有你我朋友的容身之处！人生苦短，时光易逝，纵然才华横溢，壮志在胸，可是知遇无人，英雄无路，一腔抱负转瞬成空，一片热忱顿时冰冷。王勃感叹命运坎坷，人生悲凉，流露出对自己、对朋友前程的忧虑。不是少年意气当拿云，不是一腔热血向功名，而是隐痛在心，愤愤不平。王勃早年因“戏为《檄英王鸡》文”，竟触怒了唐高宗，从此不得重用。此诗是王勃入蜀之后的作品，时年仅20出头，仕途的坎坷，对于王勃这样一个少年即负盛名，素有抱负，却怀才不遇、不得重用的人来说，其感慨之深，内心之苦，是可以想见的。

这种苦痛悲凉从字里行间流露出来。与其说是送别朋友，不如说是抒发感慨，当然，薛华命运类同王勃，王勃说自己，其实也是在说朋友，更多同病相怜、惺惺相惜之意味。是的，越是人生坎坷，苦难重重，越是要倾诉、表达，越是要分担、承受，如此理解、宽慰，彼此或许好受一些。明白这一点，也就不难理解，诗歌后面的感叹：“心事同漂泊，生涯共苦辛。”一个“同”字、一个“共”字拉近了彼此的命运，我们都是漂泊江湖、仕途坎坷的人，心事浩渺，穷愁悲苦，凶险多多，类同惊涛骇浪中漂荡的一叶孤舟，起伏不定，危机四伏。我们奔波天涯，一生碌碌，马不停蹄，风尘仆仆，辛酸苦楚，离合悲欢，谁人能知，谁人宽慰。一个人的苦痛，一个人的辛酸，打落牙齿和血吞啊。这两句是深度感叹人生命运，也是朋友之间的悲悯、劝慰、共勉，王勃忧人忧己，感时伤身，灰心失意，沮丧悲观，几乎对于人生不抱希望。“漂泊”“苦辛”“生涯”，这些词语写尽了苦短人生的悲凉辛酸，写尽了前程无望的失落痛苦，写尽了一事无成的伤心绝望。一个年轻人，二十出头，如此沉重，如此伤神，肝肠寸断，魂飞魄散，也许我们不能理解他的苦痛，也许我们会劝慰他挫而愈坚，发愤图强，大有希望，也许我们会误解他无病呻吟，矫揉造作，但是，有一点，你不得不承认，20岁的痛苦丝毫不亚于人生百年的凄凉。一首送别诗，不道风光景物，不说兄弟情长，不写壮志豪情，全是悲酸穷愁之音，全是肝胆碎裂之声，那一定是人生遭遇了迈不过的坎。我读王勃这些句子，感觉王勃更多是在借送别来抒写自己的人生，表达穷途末路、愤世嫉俗的人生感叹。不知薛华读过王勃此诗有何感想，不知道薛华人生又是怎样颠簸起伏，但是，我相信，没有人比王勃更了解薛华，没有人比王勃更能安慰薛华一颗同样痛苦的心。

此地一别，此时一去，一在天之涯，一在地之角，相距遥遥，相聚无期，人生失意，谁来劝慰，谁来分担。今天，此时，我们还可以一程又一程，说说伤心话语，说说人生悲酸，明天，后天，未来许许多多的日子，风雨飘摇，冰雪封冻，乌云密布，都得独自一人承受，都得独自一人化解。既然如此，那就只有魂飞万水千山，梦遇江湖四海了。也许在梦中，我们还可以款叙衷情，互道珍重。杜甫曾经写诗《忆李白》“故人入我梦，明我长相忆”，王勃诗云“无论去与住，俱是梦中人”，诗意与杜甫可谓不谋而合，彼此互相入梦，既明说自己怀友之诚，也告诉对方，我亦深知你对我相思之切。一方面是对朋友表达的拳拳真情；另一方面也抒发了对朋友和自己的前程怀着无限忧虑的怅惘之情，暗喻命运如同梦境一般缥缈难测。日有所思，夜有所梦。相思入梦，情深意长。王勃用梦幻来结束诗歌，却给我们留下了无穷无尽的诗意和情谊，是的，虽然凄断百年生，虽然生涯同辛苦，谁又不被这份深入骨髓、打动魂魄的情谊深深感动呢？

病树前头万木春

——刘禹锡《酬乐天扬州初逢席上见赠》

巴山楚水凄凉地，二十三年弃置身。
怀旧空吟闻笛赋，到乡翻似烂柯人。
沉舟侧畔千帆过，病树前头万木春。
今日听君歌一曲，暂凭杯酒长精神。

……

读诗读多了，总想一个老掉牙的问题，这世间，这人生，没有诗歌，行吗？像我，早已养成一种习惯，每天早上起来，第一件事就是读一首唐诗或宋词，看一篇诗词鉴赏文章，日复一日，月复一月，年长月久，还真是养成了一种诗词依赖症，天天诗词，涵养心灵，陶冶性情，咀嚼滋味，乐趣无穷。要是哪一天没有读一首诗词，心里感觉空落落的，少了点什么，不踏实，不安稳，若有所思，怅然若失；后面总要想方设法挤出一点时间补读一首诗词，心里才算安宁。我感到幸运的是，我的工作就是教语文，语文涉及大量的古典诗词，我常常沉浸其中，不能自拔，似乎自己就是作者，回到千百年前，与作者一道体验生命的美丽和哀痛，一道体验情感的欢悦与沉重。我明白，诗歌有一种力量，温暖人心，抚慰痛苦，安定心神，消弭郁闷，增长精神。不需要任何外在力量强制，不需要任何功利考量，不管你是高兴还是悲伤，不管你是飞黄腾达还是落魄潦倒，一旦沉浸到诗歌当中去，总能找到一种引领你走出人生低谷的力量，总能找到一种可以分享你快乐的东西。

最近读到落难之中的刘禹锡与白居易互相唱和的诗作，感慨万千，浮想联翩，对于诗歌的意义与价值有了真切而新颖的体会。之前，白居易写过一首诗给刘禹锡，“为我引杯添酒饮，与君把箸击盘歌。诗称国手徒为尔，命压人头不奈何。举眼风光长寂寞，满朝官职独蹉跎。亦知合被才名折，二十三年折太多。”两位老朋友相逢扬州，都是历经沧桑、饱受宦海之苦、人生失意落魄之人。同病相怜，惺惺相惜。彼此诗歌唱和，传情达意，安慰人心，激励精神。大约是在扬州的酒席上，白居易放歌，替朋友刘禹锡鸣冤叫屈，也表达自己的人生失意。刘禹锡回赠这首，高扬积极乐观大旗，鼓励朋友努力进取，赢得光明。

白居易说自己深切了解朋友的人生困窘，“亦知合被才名折，二十三年折太多”，一方面为朋友才名误身、时光弃置而愤愤不平；另一方面又为朋友才情横溢、名动天下感到无比自豪。怜人也怜己，哀人也哀身。刘禹锡诗歌开篇即紧承朋友的诗句，概述自己的人生，理解彼此，产生共鸣。自己谪居巴山楚水，远离京都，耗费时光，备感凄凉。巴山楚水是泛指，也是实指，虚虚实实，意思繁复，耐人寻味。刘禹锡于永贞元年（805）九月被贬出京，至宝历二年（826）回京这段时间，其间多次迁徙官职，初贬朗州司马，后任夔州刺史。夔州在今四川，秦汉时属于巴郡。朗州在今湖南常德，战国时属于楚地。“巴山楚水”既实指夔州、朗州等地，又泛指诗人经历的贬谪之地。相对京都长安，穷山恶水，偏僻荒凉，闭塞落后，交通不便。此词屡经诗人使用，沉淀独特意蕴，暗含环境险恶、人生悲凉之意味。李商隐诗句“君问归期未有期，巴山夜雨涨秋池。何当共剪西窗烛，却话巴山夜雨时”，两用“巴山夜雨”，以环境的凄寒冷寂、暗淡无光烘托诗人心绪的凄迷冷落。刘禹锡置身巴山楚水，回归无日，一筹莫展，满心绝望，说自己被弃置，被抛弃，被冷落，无人过问，无人关心，备感凄凉。而在如此糟糕、如此艰难的境况之中，得到好友白居易的关注、理解、同情，白居易替他鸣抱不平，诗人也就越发感到友情的真挚与纯洁，越发感受到温暖和慰藉。“二十三年”是实写，暗示一个冰冷无情的事实——贬谪蛮荒，仕途坎坷；揭示诗人大好时光虚掷，人生前景无多。想想看，人生一世，草木一秋，能有多少个“二十三年”？23年，触目惊心，毛骨悚然。流逝了年华，流逝了青春，消磨了理想，泯灭了意志。剥夺了希望，带走了一切。想来让人肝肠寸断，心魂碎裂。

23年，不知道经历多少人事变迁，世事沧桑；不知道遭遇多少人生起伏，内心煎熬。像贺知章八十高龄告老还乡一样，“儿童相见不相识，笑问客从何处来”，或者，“君不见离别家乡岁月多，近来人事半消磨”，或者像李白高堂悲歌一样，“高堂明镜悲白发，朝如青丝暮如雪”，又或者像战乱年月的杜甫一样，“白头搔更短，浑欲不胜簪”，几多春秋，几多变化，几多怅惘。诗人想起了两个人。一个是西晋的向秀。三国曹魏末年，向秀的朋友嵇康、吕安因不满司马氏篡权而被杀害。后来，向秀经过嵇康、吕安的旧居，听到邻人吹笛，勾起了对故人的怀念，写了一篇《思旧赋》。刘禹锡借用这个典故怀念已死去的好友王叔文、柳宗元等人。另一个人是晋人王质。相传晋人王质上山砍柴，看见两个童子下棋，就停下观看。等棋局终了，手中的斧柄已经朽烂。回到村里，才知道已过了一百年，同代人都已经亡故。诗人借这个典故表达自己遭贬23年的感慨，也表达世事沧桑，人事全非，暮年返乡恍如隔世的心情。23年，风云变幻，万事变迁，诗人挑出两件大事浓缩万千悲苦，伤身伤心，断肠裂肺。故旧凋零，生命无常，人生如梦；告老还乡，满怀疲惫，身心憔悴。人生又过去了23年，已如生命晚秋，所剩光景不多，万事不尽如人意，想来何等悲凉，何等失败。注意两个字“空”“翻”，前者写出昔人已去，物是人非，万念俱空，失望至极。念也无用，吟也无聊，不见故友，不见前程，落魄潦倒，痛何如哉！后者写出神仙一盘棋、世上百年秋的恍然大悟，变化之大，生命之重，心灵之痛，希望之微，无以复加！

诗歌前半部分，沿袭好友白居易诗歌的情感内容，一脉相承，声息相应，心意相通，同悲共忧，同病相怜。足以看出诗人与朋友之间的理解与信任、帮衬与共勉。是的，一个人陷入人生低谷，山重水复，走投无路，最需要关怀，需要分担，更需要帮助，需要激励。刘禹锡和白居易是幸运的，落难时刻，彼此宽慰，共渡难关，也许没有物质上、金钱上的巨大援助，但是，这种精神上的呼应，心灵上的默契，生命中的共勉，比物质和金钱更为重要，更能激励一个人战胜苦难，走出低谷。一个人的痛苦，如果两个人来分担，那么痛苦就会减半。我相信，刘禹锡与白居易的感受是这样的。诗歌的后半部分则迥然不同于白居易的情感基调。一反悲凄，一扫愁苦，放眼春天，憧憬未来，给人以鼓舞，给人以欢悦。诗人讲，一条小舟也许侧翻，即将沉入水底，但是，不足为惧，你要看到，它的旁边，千帆竞发，不甘落后。一棵老树，也许伤痕累累，千疮百孔，行将就木，但是，你要看到，它的前面，万木逢春，欣欣向荣。不要老盯着自身艰难、生命坎坷，而要改变眼光，朝前看，朝侧看，看到光明，看到希望，看到生机。这是自己经历 23 年宦海沉浮之后的大彻大悟，看淡了过去，缩小了痛苦，着眼于未来，调整好心态，胸怀变得豁达与超脱，人生变得大度与明媚。这也是激励、鼓舞友人白居易，不要沉湎过去不能自拔，不要嗟愁叹苦，颓靡不振，要振奋精神，要看到希望。白居易怎么说了？“命压人头不奈何”“亦知合被才名折”，心比天高，命比纸薄，人生跌宕，无可奈何，全是悲凉，全是失望。相比而言，刘禹锡的境界与觉悟就比白居易更为积极，更为深刻，也更能激励人心。

最后，诗人回到酒宴，回到白居易的诗歌，回到他们的惊人相似的人生苦痛，宽慰朋友，今天，你我相遇扬州，从外地来，萍聚此刻，听你一曲歌，喝下一杯酒，消愁解闷，放下过去的包袱，背起明天的行囊，满怀信心，增长精神，激情高涨，阔步向前。前方，有春天；前方，有希望。不知道白居易听了刘禹锡的吟诵之后作何感想，我想，一定会为自己的沮丧灰心而愧疚，一定会为自己的颓靡不振而后悔，也一定会为朋友的激情鼓励而振奋。是的，人生路漫漫，不如意者十有八九，哪能一味愁眉苦脸、怨天尤人？相信风雨之后见彩虹，自信人生日日新。心不沉沦，希望就在。

时光流逝千年，昔人已逝千古。但是，“沉舟侧畔千帆过，病树前头万木春”，两句诗留给我们一片光明，送给我们一种精神：人生如舟，急流勇进；人生如树，逢春勃发。

不堪回首欲销魂

——周朴《春日秦国怀古》

荒郊一望欲消魂，泾水萦纡傍远村。
牛马放多春草尽，原田耕破古碑存。
云和积雪苍山晚，烟伴残阳绿树昏。
数里黄沙行客路，不堪回首思秦原。

······

什么人操什么心，古语云“不在其位，不谋其政”，《左传》有问：“肉食者谋之，又何间焉？”但是，有些文人志士，胸怀天下，悲悯苍生，人生百岁，心忧千古，天生不会事不关己高高挂起，天生不屑天下兴亡不关我事。晚唐诗人周朴虽然诗名没有李杜那样如雷贯耳，远扬天下，人气也没有元白那样粉丝万千，诗价倍增，但是，他一生傲骨傲气却让人肃然起敬，一心忧国忧民却让人赞赏有加。研读他的人生，资料不多，实在可怜。百度这样介绍：周朴（？—878），字太朴，一作见素；吴兴（今属浙江）人，一说桐庐（今属浙江）人。避地福州，寄食于乌石山僧寺，远尘俗。唐宣宗大中末年，福建观察使爱其才而延揽之，他固辞不就。

这段文字，看点有两个。看点一是人生卑微，渺无踪迹，千百年后，有心了解周朴者，犹如正在书写周朴的我，必定感慨唏嘘，悲不自胜。何故？其人生年不详，籍贯不明，生逢乱世，流离他乡。人命危浅，犹如蝼蚁，千百年后，消失于尘埃之中，谁人知晓？知晓何用？不过几个字，几句话，镌刻史书，供人猜读而已。

看点二是此人心高气傲，超凡出尘，自有清风怀抱，高远逸气。表字“太朴”，又字“见素”，源自庄子“见素抱朴，返朴归真”，即人生天地，怀抱本色之心，显现素朴之趣，如同赤子，不沾世俗尘埃，不染人间污浊，一生追求在于自然，在于本真。避乱人间战火社会动荡，远离名利纷争钩心斗角，寄居山野寺庙，与高僧为伍，与山林相亲。耳根清净，心念掏空。五脏六腑，沐浴清风，洗涤清泉，清爽愉悦，安宁丰盈。即便朝廷延揽，名利加身，也不为所动，更不屑为之。有一种清高傲气，有一种凛然风骨，不可侵犯，不可动摇。诚如李太白诗句“安能摧眉折腰事权贵，使我不得开心颜”，犹如老杜理想中的万千寒舍“风雨不动安如山”。

无独有偶，《新唐书》卷二二五下记载：“（黄）巢入闽，……求处士周朴，得之，谓曰：能从我乎？答曰：我尚不仕天子，安能从贼？巢怒斩朴。”闲居度日，不仕天子，不恋权贵，不屑荣华；改朝换代，不仕伪朝，不改志节，不动心念。即便要死，也无所畏惧，视死如归。如此风范，如此骨气，留存天地之间，激荡岁月风云。

如此心高气傲、远离尘俗之人，想来一般不会关怀天下、忧虑苍生，不会感慨兴亡、心系国运；但是，读周朴的咏史怀古诗歌《春日秦国怀古》，你就会认识到诗人入世至深，用情至诚，所思者大，所怀者深。一个晚唐诗人，站在春天的原野上，脚下是千年古秦帝国曾经的土地，远方是无限辽阔的春天。读诗歌题目，就有一种感觉，春光明媚，风和日丽，欣欣向荣，欢欣鼓舞，诗人凭吊古秦帝国的强大威武，繁华鼎盛，诗人歌赞春天的如诗如画、生机勃勃。

初读诗歌，不禁惊讶，哪里有风光，哪里唱赞歌，触目惊心就是一个“销魂”断肠，一个“不堪回首”，心碎欲裂，悲不自胜。何以如此？眼前的风景无声诉说着一个凄凉的故事。一片原野，荒芜丛生，铺向天边，一览无余。远处村落依稀可见，一条泾水清波，弯弯曲曲，绕村而过。那是渭水的支流，泾渭汇合，清浊分明，一线居中，成语“泾渭分明”由此得来。眼前风景，引发诗人的古今联想，泾渭一带，咸阳古都，强秦曾经在此建都，何等繁盛风光，又是何等兴旺发达。今天，此处亦是大唐都城郊野，却不见生机勃勃，不闻鸟语花香，原野一派沉寂，一派荒凉。古今对比，悲风猎猎，触目惊心。

拉近视线，放眼原野，因为牛马成群，春草几乎消失殆尽；因为春耕原田，古碑不时突露而出。这不是一般的原野，这是沧桑多难的土地，古碑见证了岁月烽烟，春草见证了春秋代序。年复一年，光阴不居，花朵在这里绽放，草木在这里凋谢。远处连绵起伏的群山，覆盖皑皑白雪，笼罩沉沉暮霭，是云是雾，分辨不清。空气中吹来阵阵清风，让人感到冷清寒凉。犹如白雪，冷寂了原野，也冷清了心灵。二月阳春时节，要是在中原内地，也许是春暖花开，桃红柳绿，莺歌燕舞，可是，这西北高原，却是寒雪未融，春风未暖。稍近一点，是村落人家，有绿树昏鸦，有炊烟袅袅，有残阳西下，有黄昏暮色，所见所感，依然凄凉，依然冷寂。

残阳如血，冷光如水，不像朝阳那般热力四射，温暖光明；不像火焰那般熊熊燃烧，热情洋溢。在清冷春风吹拂之下，在暮色苍茫之中，在群山肃穆之时，残阳走向衰落，走向昏暗，也走向黑暗。于人而言，日薄西山，气息奄奄；于国而言，气数将尽，江河日下。多少悲风扫过原野，回荡衰飒之音；多少归鸦凄厉鸣叫，刺痛敏感的心灵。诗人怎么了，找不到春天的风景，满目秋冬的悲凉。一个人踽踽独行，行走在数里黄沙道中，行走在千年古老秦原上，自己漂泊算不了什么，自己挣扎也不以为意，难就难在无法超脱心中翻涌的愁思。眼前的风光景物，萧索、荒凉、衰败，死气沉沉，毫无生机，烘托出一种破败、凋零、凄惨的氛围，也传达出诗人感伤风景、感伤现实的复杂情绪。

没错，诗人不堪回首眼前一切，包括冷寂无人的荒原，残破不堪的古碑，白雪皑皑的群山，有气无力的残阳。这是大唐的江山，这是大唐的春天，不复繁华似锦，不复歌舞升平，不复蒸蒸日上。诗人想起了霸秦，强势崛起，横扫千军，吞并六国，统一天下，定都咸阳。那个气势，那个规模，那个威风，早已一去不返，大唐早已不能比肩。兴亡之间，变幻无常，时移世易，沧海桑田，多少感慨丛生，多少忧思翻滚。这一回，诗人再也不是寄居深山古庙的高人，再也不是傲视王权富贵的志士。他满怀忧愁，心事重重。他忧虑一个王朝的兴盛不再，衰落到来。他感慨一个政权的兴废更替，变幻无常。他甚至痛感世事难料，人生渺小。一个人站在古秦大地之上，任凭清冷的春风吹动衣襟，任凭苍茫的原野迷茫双眸，任凭敏感的心灵沉落历史。他留给我们一片孤独的背影，他留给我们一缕清冷的春风。

不要责怪诗人远离尘俗，清静无为，不要责怪诗人多愁善感，哀叹兴亡，人都是这样，身在江湖，不由自主，心有所系，无以释怀，远离也罢，介入也罢，清高也罢，伤怀也罢，多侧面、多维度展示出诗人真实复杂的人生境况。我们读诗，读诗人的遭遇，读诗人的心灵煎熬，无疑也丰富了我们对人性的认识。

凤凰不见使人愁

——李白《登金陵凤凰台》

凤凰台上凤凰游，凤去台空江自流。

吴宫花草埋幽径，晋代衣冠成古丘。

三山半落青天外，一水中分白鹭洲。

总为浮云能蔽日，长安不见使人愁。

……

我们喜欢听神话传说，喜欢故事情节的离奇曲折、起伏跌宕，喜欢故事氛围的隐隐约约、缥缈不定；我们还喜欢将心血与生命投入传说的生命当中去，与他们同欢喜、共悲辛，沉浸其中，不能自拔，以至于我们将传说当生活，将自己当主角。诗人读传说故事，感发万端，寄慨遥深，所思所想迥然不同于我们的体验与理解，他们更喜欢从自然的演变、历史的发展、社会的变迁、生命的荣枯来看传说故事，真正将传说看作一个永恒的折射真理、窥见世态的故事。且听李白怎么登金陵凤凰台，怎么极目高天、神驰天外，怎么心游万仞、视通万里吧。其诗歌《登金陵凤凰台》将传说故事信手拈来，于婉曲慨叹之中透露内心情志，于大开大合之际隐现阔大豪迈胸襟。

据说该诗创作源自诗人李白的一次游历武昌黄鹤楼的经历。李白登上黄鹤楼，看到崔颢题诗其上："昔人已乘黄鹤去，此地空余黄鹤楼。黄鹤一去不复返，白云千载空悠悠。晴川历历汉阳树，芳草萋萋鹦鹉洲。

日暮乡关何处是？烟波江上使人愁。”（《黄鹤楼》）李白惊讶不已，赞不绝口，叹为观止。同时心中也暗自不服，发誓一定要写出一篇佳作来与之比肩。但是，文思泉涌、才华横溢的李白一时半会儿无言以对、无处下笔。这个念想一直萦绕诗人心头，久久挥之不去。直至几年以后，诗人游历金陵凤凰台，突然灵感激发，妙想神悟，挥笔写下这首《登金陵凤凰台》。此诗的确别具匠心，意味深长，与崔颢诗歌各有千秋。

李白俯仰古今，落笔时空，追怀传说典故，描绘风光景物，勾连历史变迁，表达情思意蕴。构思类同崔颢诗歌，也是触景生情，就境发感，也是咏叹时光流转，历史变迁，也是折射出苍凉博大的个人情怀。诗人追述当初，许久许久以前，一个重要的时间节点上，金陵古都、王朝故地，一只神奇的凤凰降临此地，给国家和人民带来好运和吉祥，带来幸福和安康。凤凰飞走以后，人们据此建立高台楼阁，美其名曰“凤凰台”，纪念此事。可是，时光如水，滔滔东流，斗转星移，春秋几度，祥瑞不再，风物不存。诗人看到，凤凰远去，消失得无影无踪。楼台依旧，久久耸立在长江之畔。楼台空荡，不见神鸟风采；江流永恒，还是涛声依旧。变与不变，在与不在，一来一去，一古一今，在这里奇妙交会，在这里彼此呼应，留给诗人无限感慨，引发诗人对于悠悠时空、漫漫天道的无尽联想。崔颢笔下的黄鹤楼，有神仙降临，有神鸟飞过，有长江流淌，有白云悠悠，时至今日，人神俱往，江云尚在。世事无常，天道永恒。李白笔下，有神鸟飞过，有楼台耸立，有江流奔腾，有长风浩荡，时至当下，江流不变，楼台仍在，凤凰飞走，一去不返。世道无常，人事沧桑。无论李白，还是崔颢，一道感慨，一同嘘唏。善感的读者，自然不难从中体会诗人的浩荡之叹，幽深之感。看李白说长江滔滔东流，“自”古及今，没有变化，“自”个流淌，不理会风去台空，不理会风云变幻，不理会时局盛衰，不理会王朝更迭，道出沧桑无情，道尽变迁之大。李白说楼台，凤去台空，落一“空”字，字面而言指楼台空旷，不见人踪，不睹凤飞；生发而论，隐含人生沮丧，空茫失落，一无所有，一心灰暗。何以如此，读者自然可以勾连背景思考就里。李白诗歌首联两句，暗含一组对比，昔盛今衰，世道无常。也流露出诗人感叹命运无常，人生难测的隐忧。

首联着眼传说，感叹无常，暗含隐忧。颔联追忆历史，古今对照，不胜唏嘘。金陵古城，六朝故都，曾经繁华鼎盛，风光无比。殿阁楼台，雕梁画栋，彩绣辉煌，熠熠生辉。达官显贵，冠盖如云，人流如织，热闹喧哗，盛极一时。可是，历史过去几百年之后，置身大唐的李白看到的景象却是草木丛生，杂花遍地，荒山野地，断壁残垣，满目萧然，凄凉至极。那些煊赫一时的王朝不见了，那些名躁一时的人物不见了，那些金碧辉煌的宫殿不见了，那些万紫千红的花园不见了，一切富丽豪华都已经烟消云散，无影无踪。诗人久久站立高台之上，目送长江东流，目送长天飞鸿，目送烟云消散、心头涌上一阵苍凉，生命瞬间变得脆弱，人生顿时显得渺小。是啊，面对永恒无常，面对沧桑正道，微弱的人生又算得了什么呢？谁又能阻挡历史的洪流滚滚向前？每一个生命，不管怎样飞黄腾达，不管怎样落魄潦倒，都避免不了归于岁月云烟深处的命运。李白是在感叹王朝兴废、富贵存亡、人事变迁、世道沧桑，其实，李白也是在慨叹人生的卑微脆弱，时光的仓促短暂，命运的苍凉无奈。一首诗，一些风景，一些画面，潜藏着厚重情思，隐喻着无尽凄凉。读李白这些句子，有的时候，你不要去当历史学家考证一个王朝的更替，不要去做考古学家研究一些古迹的沿革，不要去做一个哲学家思考人生的去向，你只要站在那些风光景物之中，吟咏诗句，悬想诗人的命运，悬想自己的人生，你会打通古今，交接来往，你会渐渐被一种氛围所感染，不由自主暗自伤神，甚至愁绪万千，忧心忡忡，不只是为自己，更为古今相同的生命，还为万千未曾到来的生命。不得不承认，诗仙李白的襟怀博大，忧虑深广。不在飘逸，不在豪放，反见沉重，反显怆然。

传说悠悠，历史悠悠，已然过去，不复存在，无所祈求。诗人也明白，只是置身情境，多愁善感，触物生情，不能自已。一旦神思清爽，回到现实，诗人所见所感，所思所虑，必定不同于传说的缥缈与历史的空茫。登临凤凰高台，放眼长江西岸，三座山峰并列耸立，南北相连，直插云霄，加上烟云缭绕，虚无缥缈，给人以时有如无、半隐半现之感。山朦胧，水朦胧，天也朦胧。青天晴朗，峰峦模糊，江流涌动，草木隐约，视野宽阔，情怀超迈。是为明丽壮阔之景。一水奔流，沙洲中分，江流环绕，潺潺而过，晴日朗照，波光粼粼。是为平和宁静之景。均在心安江畔，均是远眺所见，处处折射出诗人极目长天、心旷神怡的心理感受。注意诗句之中的"半"字与"中"字，前者以实写虚，虚实相生，点染西南三山云遮雾绕，水流环抱，似有若无，时隐时现的朦胧状态。后者描写沙洲分流，一分为二，平分水色，各有千秋，凸显洲水相接、历历分明的明丽状态。同为西南之景，同为阔远视野，隐隐折射诗人心胸豁达，视界高远的生命境界。读到此联，似乎给人欣悦，给人鼓舞，山也罢，水也罢，山山水水总相连，一山一水见豪情。诗句之中，色彩对比，也很鲜明。青天辽远，明媚生辉。白鹭飞翔，翩翩作态，动静相宜，远近相谐。构成一幅色彩分明、立体多维的风景画。似乎可以想见王勃笔下的优美诗句"落霞与孤鹜齐飞，秋水共长天一色"。

山水如此明丽壮观，江天如此辽阔高远，诗人的联想从沉思历史转向忧虑现实，从神话传说转向人生命运，他透过历史烟云看到繁华褪尽、权贵消逝，想到大唐帝都长安，云遮雾绕，日月无光，隐隐担忧，忧心忡忡。透过浮云蔽日，时空阻隔，想到朝中奸邪作乱，蛊惑君王，而自己生不逢时，怀才不遇，报国无门，一时间千愁万恨，翻涌心间。到底不能忘却现实，到底不能释怀于心，多少年的企盼与追求，多少年的等待与寻找，不就是盼望得到机会，施展才华，报效君王，建功立业，扬名立万吗？可是，命途多舛，身不由己，竹篮打水一场空忙！诗人直言人生永“愁”，不见长安“愁”，不睹君王“愁”，浮云蔽日“愁”，不遂己愿“愁”，时光蹉跎“愁”，机会渺茫“愁”，恰似一江春水向东流，滔滔不尽、源源不绝啊。一个“总”字，不但强调程度，常常如此，总是如此，百般无奈，一筹莫展；也突出频率，老是这样，长久如此，未见晴朗，未见光明，沮丧失望，怨愤不平。诗中浮云、红日另有寄意，长安是大唐都城，日是帝王的象征。陆贾《新语》曰：“邪臣之蔽贤，犹浮云之障日月也。”李白诗歌结句显然是在暗示君王被朝中奸邪包围，自己无由觐见，抱负无处施展的内心苦闷。李白得意的时候也说“两岸青山相对出，孤帆一片日边来”（《望天门山》），说自己乘着一叶轻舟，从太阳升起的地方向我们驶来，隐喻梦遇日出，人生腾达，万分振奋，万分自信。可是，《登金陵凤凰台》一诗中，结句表达的却是不见日月、不遂理想的愁闷与失落。

千余年前，李白一个人登临金陵凤凰台，他想看到祥瑞之神鸟凤凰转世，他想看到万众游历的盛况，他想看到大唐的兴盛繁华，他想看到六朝故都的风光鼎盛，他想看到自己怀抱壮志，振翅高飞，犹如一只金色凤凰，翱翔云天，高蹈尘外。但是，他没有看到他想要看到的一切。历史留给他苍凉的忧患，现实又击碎了他的梦想，他是不是也应该像那只凤凰一样，振翅高飞，一去不返呢？

高寻白帝问真源

——杜甫《望岳》

西岳崚嶒竦处尊，诸峰罗立似儿孙。
安得仙人九节杖，拄到玉女洗头盆。
车箱入谷无归路，箭栝通天有一门。
稍待西风凉冷后，高寻白帝问真源。

· · · · · ·

和我们每一个平凡的生命个体一样，大唐诗人杜甫既有裘马轻狂、壮志满怀的飞扬之举，也有人生失意、远离尘俗的沮丧之态。读他写于中年时期的诗篇《望岳》，感觉迥然有别于写于青年时代的《望岳》，后者年轻气盛，热血沸腾，壮志远大，雄视天下，藐视千难万险，满怀必胜信念。前者则是纵情山水，寄意风云，寻仙问道，逍遥自得，处处流露出对现实的失望，对人生的无奈，对未来的悲观。诗歌作于诗人被贬官华州、途经道教名山华山之时。远眺西岳华山，拔地通天，高耸入云，为巍巍高山叹为观止，为神秘仙道心向神往，为人生坎坷哀怨不平。读诗句，望华山，品人生，老杜的一腔热血和一腔失望灌注字里行间，动人肺腑，揪人心怀。

老杜诗歌，字字句句，蕴含深意，一字千金，不可移易。标题《望岳》是远眺西岳华山，是心向神往、一往情深，是渴盼登高望远、居高临下，是胸怀天下、视通万里。境界阔大，襟怀爽朗。但是，结合诗歌内容来看，却远远没有如此气魄，如此情怀。倒是诗人早年所写《望岳》，眺望、登临东岳泰山那首诗歌，气势雄浑，格调高昂，情绪昂奋，气度恢宏。诗句“会当凌绝顶，一览众山小”成为千古名句，激励人们奋发向上，积极进取，开创美好明天。这首《望岳》写得虚无缥缈，云遮雾绕，给人一种飘飘欲仙、轻盈飞动之感。何以如此，还得要透过文字表象深入领会诗人的情感与态度。开篇即夸赞华山雄奇高峻，昂首云天。西岳主峰耸立在三秦大地之上，直插云霄，高高在上，俯视众山，傲视苍穹。宛如一位德高望重的老祖宗，端坐高堂，气定神闲，语态威严，神情庄重。主峰周围的其他山峰则环绕主峰整齐排列，宛如满堂儿孙环绕左右，虔诚膜拜。山本无情，峰峦无意，诗人笔下，巧加构想，随性点染，将山峰写得有情有意，有滋有味，有灵有性。读到此处，不只看山之巍然高耸、峥嵘不凡，还可分享天伦之乐、幸福之美。于此还可体会出诗人对于华山的喜爱与赞美。敬仰华山，赞叹华山，郁积于心，不着一字，让人于山势崔巍、峥嵘多姿之中意会得出。可谓高明过人，匠心独具。诗中“竦处”言华山高峻突兀、突如其来之态势，给人以猝不及防、大为惊讶之感。“崚嶒”描绘山势高峻，突兀狰狞，令人叹为观止。“尊”字极言居高临下，威严尊贵，很容易令人联想到德高望重的长者或是养尊处优的贵者。“罗立”是环绕成圈，有序排列，强调规矩与秩序，突出恭敬与庄重。也隐隐透露出诗人对华山主峰的仰慕与敬赞。诗人也像一位孙子，毕恭毕敬，顶礼膜拜，面对慈祥而又威严的老祖宗。山的姿态与神情折射出人的虔敬与礼赞。

西岳华山既然如此高峻突兀，如此气势非凡，如此令人神往，接下来，诗歌颔联就描述诗人的想象。他想，仅仅凭借人力，艰难步行，努力攀登，是无论如何登不上华山之巅的。怎么办呢？需要借助仙人的力量，需要得到仙人手里的九节杖，拄着它，不畏山路陡峭，不惧山势高峻，不怕千难万险，一杖在手，身轻如燕，步履生风，如履平地，快步如飞，不要多少工夫，即可抵达最高景点——洗头盆。像李白一样，杜甫此处展示出奇想妙思，出尘脱俗，飘逸不群，具有浓郁的主观感情色彩。李白当年神往、仰慕、攀登天姥山，“我欲因之梦吴越，一夜飞度镜湖月。湖月照我影，送我至剡溪”“脚着谢公屐，身登青云梯，半壁见海日，空中闻天鸡”，心向天姥神山，梦飞皓月千里，脚着谢公木屐，飞身陡峭山崖，看海日初升天地灿烂，闻天鸡高唱回荡黎明。何等神奇，何等豪迈，又是何等浪漫。不过，李白与杜甫同为浪漫、欢畅，同为想象、虚幻，还是各有侧重，情味有别。李白更多借助梦境和心中偶像的力量奋力攀登，更多看到天地奇观，更多居高临下、登高望远的恢宏博大境界。杜甫则是希冀求助仙人魔杖，飞身华山高位，品味仙女洗头的奇观，欣赏华山一路的风景。更多凸显仙道色彩，更多表达神往之意，诗境没有太白诗歌高远阔大，格调没有太白诗歌雄奇奔放。杜甫只是寻找、追求，尚未得到，仙道何在，神杖何在，玉女何在，洗头盆又是何等奇观，诗人一路又是看到怎样景致，一切未知，一切缥缈，一切令人神往。注意，“神往”而已，寻而不得。期盼的美妙反衬出现实不能如愿的失落与怅惘。相比而言，李白没有这份情绪，杜甫倒是失落与希冀并存，困惑与向往同在。此中隐隐透露出杜甫现实遭遇挫折、失望郁闷、急于解脱的心态。

车箱谷是华山一大景点，诗人想象自己踏入车箱谷，险象环生，深不可测，有去无回，毛骨悚然。路径之狭窄，山崖之陡峭，深渊之恐怖，令人望而生畏，不寒而栗。再说，跋涉峡谷，如履薄冰，小心翼翼，屏息静气，抬头望天，一线相通，好似一支利箭横亘苍穹，光照十分有限，环境异常幽深，无不令人胆寒心悸。车箱谷，源出有典，据《太平寰宇记》记载：车箱谷，一名车水涡，在华阴县西南二十五里，深不可测。祈雨者以石投之，中有一鸟飞出，应时获雨。一线天，仰望如通天之门，山高狭深，崖陡光暗，奇险莫测，令人目眩。山谷也罢，山崖也罢，惊心动魄，危险万分。处处暗示出诗人跋涉的艰难困窘，也隐喻诗人仕途挣扎、处处碰壁的潦倒境况。山崖的陡峭，路径的逼仄，深渊的幽暗，既写实，又见虚，暗示诗人失望、沮丧、苦闷、惆怅的心理。仕途如山谷，吉凶祸福，不可卜测，令人不安，甚至惊悸、胆寒。杜甫不像李白，描绘山水形胜之后，总喜欢来几句直抒胸臆的笔墨。杜甫则将自己隐藏得很深，尽量避免情意直露，让读者在对景物文字的品味之中体察诗人的心曲。

诗歌尾联还是写景，还是抒写自己的憧憬。等待西风浩荡之后，天地清新，身心清爽，自己再飞升高位，拜谒白帝居所，询问仙道真源。高蹈云端，飘飘飞举，俊逸生辉，潇洒自如。我们看到了一个浪漫、飘逸的诗人形象，截然不同于忧国忧民、心事重重的沉郁诗人的形象。如此轻盈缥缈，如此寻仙访道，恰恰反衬出杜甫现实遭遇挫折、人生失意的悲凉心态。一句话，中年杜甫望岳，望到了高山悬崖，望到了天地奇观，更望到了神仙缥缈、仙风道骨，更流露出飘飘欲仙、远离现实的意愿。望岳只是一种姿态，逃避现实，皈依仙道也许才是诗人的真意。华山还在，仙道还在，诗人已去，留给我们无穷的回味与伤怀。

蝴蝶梦中家万里

——崔涂《春夕》

水流花谢两无情，送尽东风过楚城。
蝴蝶梦中家万里，子规枝上月三更。
故园书动经年绝，华发春唯满镜生。
自是不归归便得，五湖烟景有谁争？

……

春来春去，年复一年，日月如梭，光阴荏苒，漂泊在外的游子免不了思家念亲，回想故园；如果人生失意，仕途坎坷，前程渺茫，无疑又加重了这份乡愁。不知道崔涂经历了多久的江湖流离，仕途沉浮，不知道崔涂人生又有怎样的变故与磨难，读他的诗歌《春夕》，只是感觉，一景一物皆关乡愁，一言一句痛彻肝肠。出门在外，身不由己，千难万难，千愁万苦，纷至沓来，翻涌心头，构成了崔涂诗歌悲愁哀怨，失意郁闷的感情基调。

阳春三月，江南大地，草长莺飞，桃红柳绿，到处一派明媚春光，本是人见人爱、人欢人笑的美景，可是，漂泊在外、心意郁结的诗人崔涂更多却是看到流水落花春去，东风浩荡乡愁。诗歌一开篇就大发感慨，说流水无情，流走了美丽的花朵，流逝了宝贵的春光，流逝了青春岁月。说落花无情，原本绽放枝头，芬芳吐艳，笑傲春光，可是，春风一来，花朵凋谢，或落地腐败，或落水飘零，或随风远逝，不知所踪，散尽芳华。流水也罢，落花亦然，不懂诗人之心，不懂珍惜春光，似乎格外寡义薄情，惹恼诗人，刺痛诗心。诗人哪里舍得美好春天的消失，哪能容忍美丽花朵的凋谢。说它们无情，其实是诗人内心凄凉失意的写照。是诗人迁怒于花，恨天恨地的情感外泄。诗人在斥骂这个社会，这个对他造成重大打击，让他看不到希望、看不到光明前景的社会。到底是什么挫折或坎坷，诗人不说，隐忍心中，久久郁积，似乎也不便明说。所以，触景伤情，触物伤怀。流走的不只是如诗如画的春天，还有如花似梦的年华，还有如水似玉的时光。一个有才华、有抱负的诗人，怎么能够容忍时不我待，岁月无情呢？诗人似乎在追随春光，送别春风，与春天一到游走于荆楚大地。你看，经过楚城，陪伴东风，作别花朵，作别流水，依依难舍，深情款款。一个“尽”字，告诉我们，不是一般的送别，要诚心诚意，尽心尽意，用情之深，用心之苦，不难想见。东风走了，完全走了，春天走了，彻底走了，诗人还留在楚城，像在送别一个朋友，朋友远去，诗人却是久久站立，目断神枯，怅然若失。诗人心中，春天已然离去。留下无限伤感。

时光流逝，人在漂泊，诗人会想，春天尚且有个归宿，有人送行，我的归宿又在哪里，何时才能回去，不知不觉，思乡念亲之情油然而生。那天晚上，就在楚城，一个古老的地方，诗人不知投宿哪家客栈，太累了，太倦了，一倒下就呼呼大睡，酣然入梦。梦中，他回到了家乡，与亲人团聚。白发老娘端详着他的面目，牵着他的手，久久不愿放下，久久不愿相信，儿子，你回来了，这是真的？不是在做梦吧？温柔妻子睁大眼睛，打量着他混浊的眼眸，泛起幸福的泪花。天真的小孩两手紧紧抱住父亲的腿，身子贴着父亲，生怕父亲一出门又是很久很久不见。他也是百感交集，潸然泪下。这是幸福的泪花，这是激动的时刻，盼星星，盼月亮，盼了多少个日日夜夜，多少个冬去春来，才有今天，才见亲人啊。可是，也许太高兴、太激动，这个甜美的梦竟然一下子就醒了。回到夜晚，回到冰冷的客栈。诗人还是直挺挺地躺在床上，神思恍惚，意态朦胧。家在远方，亲人在远方。千山万水，遥不可及。现实的冷峻与梦幻的甜美形成鲜明的对比，让诗人久久喟叹，无可奈何。这个梦犹如当年庄周梦蝶一样，既虚无缥缈，转瞬即逝，又美妙无比，令人神往。庄周变成了一只蝴蝶，翩翩飞舞于花海丛林，徜徉于山河湖畔，穿越于大漠草原，自由无拘，飘飘似梦。可是，梦一醒来，庄周还是庄周，蝴蝶还是蝴蝶，庄周没有变成蝴蝶，蝴蝶也没有变成庄周。梦境无比美好，现实依然无比黑暗。崔涂做梦，不羡慕庄周的浪漫与自由，只想早点与亲人团聚，享受天伦之乐，可是，梦醒之后，落寞依然，孤独照旧。非但如此，深更半夜，不眠难熬，不时听到子规啼鸣，声声归去，触动心弦，备添乡愁啊。冷月在天，清辉朗照，子规在枝头，啼鸣在耳畔。心烦意乱，愁肠百结。一直熬到天明，一直凄冷寒心。

注意诗中“子规”意象，子规又名杜鹃，有杜鹃啼血之典故。相传，古时候蜀国的帝王杜宇客死他乡之后，魂魄化为杜鹃，叫声凄厉，很像“不如归去”，常啼至流血。后人又称呼此鸟为“子规”，“子规”谐音“子归”，暗示游子思乡念家。这个典故常被用来形容思乡心愿难偿。李白有诗句：“蜀国曾闻子规鸟，宣城又见杜鹃花。一叫一回肠一断，三春三月忆三巴。”李商隐也有诗句：“庄生晓梦迷蝴蝶，望帝春心托杜鹃。”秦观的词句：“可堪孤馆闭春寒，杜鹃声里斜阳暮。”文天祥有诗句：“从今别却江南日，化作啼鹃带血归。”这些名句都引用了“杜鹃啼血”的典故来表情达意。崔涂诗中特别提出子规啼鸣，自然也是暗示诗人思乡心切，回家不得。同时，深更半夜，梦醒时分，辗转不眠。突然听到子规鸣叫，其声凄厉，其情哀怨，多少让人心生紧张、恐惧。诗中“月”未落，不但暗示时间很晚，更突出思乡心切。月挂西天，光照天地，游子望月怀远，自然引动乡愁。

诗人思乡念家，虽不能回，却无时无刻不想获知来自家乡的讯息，无时无刻不想告知亲人自己漂泊无依的情况。正如王维《杂诗》云：“君自故乡来，应知故乡事。来日绮窗前，寒梅著花未？”又如岑参《逢入京使》

云："故园东望路漫漫，双袖龙钟泪不干。马上相逢无纸笔，凭君传语报平安。"可是崔涂比王维、岑参更不幸，他没有遇到来自故乡的人，也没有遇到前往故乡的驿使，漂泊在外，远离家门，久别亲人，杳无音讯，两相隔绝。时局动荡，人生颠簸，心灵失落，前景黯淡啊。揽镜自照，两鬓秋霜，满头华发，一脸沧桑，一身风尘，奔波在外，辗转江湖，何等艰苦，何等不易。适逢春天，万物苏醒，欣欣向荣，可是，诗人没有春天，诗人的春天正在失去，诗人心中唯有惆怅与失落，头上唯有秋霜与白发，一个"唯"字透露出无限悲凉，无限酸楚。时光易逝，人生不顺，功业无成，仕途坎坷，流离江湖，疏远家园，诸多失意与不幸蕴含其中，可谓哑巴吃黄连，有苦说不出啊。

诗人常想，何不抛下一切功名牵念，抛下一切仕途挣扎，来一场"说走就走"的回家呢？像陶渊明一样，不为权贵折腰，不屑官场苟且，不愿委屈自我，何等潇洒，何等自豪。可是，诗人崔涂不能，人在江湖，寄人篱下，身不由己，甚至仰人鼻息，都很难说。诗人只用一个"自"字，暗示不能回去，自然而然，理所当然，时所必然，并非如己所愿，想回就回。原因何在，不得而知，似乎不便明说，或者说也无用，万千的苦楚，万千的泪水，只能诗人咽下心间，自己消化。越是如此，越是想回家，越是想回到亲人的身旁。诗人突然想起了春秋时期的范蠡，辅佐君王，成就霸业，审时度势，急流勇退，散发扁舟，逍遥五湖。多么希望自己也像范蠡一样，四面碰壁、灰头土脸之时，退隐家园，逍遥山林。诗人不直接说自己的渴盼，而是转换角度，对面落笔，说家乡山水美如诗画，烟雨江南，旖旎迷人，无人与我争抢，正在等我回去呢。

天涯游子已经听到故乡的呼唤，失意心灵已经感受到亲人的心跳，还不回去吗？诗人没说，我们寻思，一个出门远游的人，能够回家吗？每一个人都是江湖游子，每一个人都漂泊在尘世，每一个人都渴盼回家，只是，很多时候，我们回不去，永远挣扎在回家的路上。是的，在路上。

流离江湖念故乡

——陈子昂《晚次乐乡县》

故乡杳无际，日暮且孤征。
川原迷旧国，道路入边城。
野戍荒烟断，深山古木平。
如何此时恨，噭噭夜猿鸣。

……

人在江湖，身不由己，辗转奔波，漂流浪荡，举目所见皆是他乡风物，张耳所闻皆为异土乡音，心头所想无时不盼回家，无处不望团聚。乡愁如巨石沉沉压在游子心头，离别如毒蛇死死缠绕诗人步履。举步维艰，千难万难。读唐代诗人陈子昂的诗歌《晚次乐乡县》，你会随诗人一道体验远离故乡、久别亲人的人生隐痛，也会随诗人一道感受孤独远行、恐惧迷茫的心灵凄凉。不知道陈子昂从哪里来，要到哪里去，又是为何步履匆匆，风尘仆仆，只知道一天傍晚，日落西山，夜色苍茫，诗人不得不投宿一座古老破旧的城池，一家简陋的客栈。那一晚，和许多马不停蹄的夜晚一样，他无眠，他惆怅，他恐惧，他特别想回到家乡，与亲人团聚。他的情意深深打动人心，他用诗歌记录了这段刻骨铭心的体验。于人而言，眼睛是心灵的窗户，一眼可以透视心灵的精神气韵；于诗而言，标题是诗歌的眼睛，一字可以明了诗歌的魂灵。陈子昂看似不经意写下“晚次乐乡县”五个字，其实暗藏心路险恶，暗喻人生苦况。

“晚”是交代时间，已经很晚，不能继续前行，黑夜茫茫，人生地僻，凶险多多，不得不停下，不得不投宿。透露出昼夜奔波、行踪不定的艰难与困窘。“次”是停留、驻足的意思，暂时停下匆匆步履，暂时歇宿荒野客栈，暂时缓解疲惫不堪，等待天亮，又要赶路，又要走向远方。“乐乡县”是一个陌生的地名，是一个偏远荒凉的地方，今生今世，陈子昂也许是第一次抵达，也许是最后一次经过，也许是唯一一次相遇，都是缘分，都是记忆。简简单单五个字，传达出人在路途的艰难困苦，心在漂泊的孤独无奈。

古老《诗经》有言“日之夕矣，牛羊下来”，陶渊明诗云“山气日夕佳，飞鸟相与还”，唐代诗人崔颢亦有诗云“日暮乡关何处是，烟波江上使人愁”，是的，太阳落山，牛羊归栏，飞鸟投林，人亦思家。家在哪里，亲在何方，远天远地，隔山隔水，千里万里不见，三年五载不回，陈子昂一开篇就默念故乡，一上路就回望家园。他看到了什么，地老天荒，时空渺远，日落西山，山林昏暗，夜色渐渐加浓，行人处处稀少，这个世界，只有他还在行走，匆匆忙忙，踽踽独行。走向漆漆黑夜，走向茫茫远方，没有人陪伴，没有人接应。一个人的世界只有一个人面对。太阳落下去，世界黑下来，远方还很远，旅途很艰难，渲染出一路前行的紧张、忧虑与不安。不只是前行之路，更是人生之途。前景渺茫，心灵黯淡，情绪低落，精神不振。一上路，一出场，诗人给我们勾勒出来的就是这样一个身心交瘁、情意低迷的赶路人的形象。

走过了山川原野，走进了夜色朦胧，心中所想故园风物早已模糊，先前所见异乡风景渐渐暗淡，行之若迷，恍惚如梦，身心即将陷入无边黑暗。沿着小路，匆匆前行，直达偏僻荒远的小城——乐乡城，一切风景陌生，一切风物荒凉。不像在故乡，所见所闻，乡土乡音，备感亲切。诗人离开故乡越远，孤独也就愈加强烈；离开亲人越久，内心也就愈加冷清。越是置身他乡异地、荒野小城，心中也就越发思念故乡。诗人似乎带着故乡远行，将乡音装进耳朵，将风物装进眼帘，将乡味融进舌头，将乡愁融进心间，走到哪儿，停歇下来，都会想起家乡，想起亲人。是的，乐乡小城，曾经出现在陈子昂的生命世界，曾经在一个夜晚深深触动了诗人的乡愁。其实，每一个漂泊的游子都是陈子昂，你是，他是，我也是，不论古今，不分中外，不管来自何方，不管又要奔向哪里，离开了家乡，都要经过一些陌生的地方，都会投宿黄昏的客栈，都会经历一个晚上的不眠与惆怅，第二天，我们继续赶路，带上行囊，装满乡思，走得越远，心头越沉。年轻的时候，也许意气风发，四海为家，不以为意，可是，终有一天，你会感觉到树高千丈，叶落归根，人走四方，魂归故里。谁能失去故乡，谁又能忘却故乡呢？诗人陈子昂之所以对沿途风物如此敏感，如此在乎，其实骨子里是因为看不到故乡，听不见乡音的缘故啊。

即将接近这座陌生的城市，即将安顿这颗疲惫的心。诗人看到，荒郊野外，戍楼荒烟，丝丝缕缕，渐渐模糊，以至消失不见。回首刚才走过的深山老林，参天古木，参差不齐，也慢慢变得朦胧一片。何故？天地昏暗，夜幕降临。一切即将陷入无边的黑暗。诗人的心也感到更加孤寂而冷清。一个人面对一座陌生的城市，一颗流浪的心面对一夜无眠。注意两个字“断”“平”，前者描写戍楼荒烟，一丝一缕，突然不见，触目惊心；后者描写参天古木，蓊蓊郁郁，如烟似雾，渐次模糊。用词极为准确，传达出特定环境之下诗人的敏锐感受与惊悸心理。诗中意象“野戍”“荒烟”“深山”“古木”，远近配置，动静结合，既写出了夜色加浓，黑暗来袭的紧张恐惧，又暗含僻远幽深，悲凉孤寂的心理感受。感觉诗人一路匆匆，担惊受怕，时而走过深山老林，不见人影；时而走过荒野戍楼，紧张不安；时而抬首黄昏，天地暗淡。一个人就这样行走在白天与黑夜交替的时空节点，惊慌失措，无所适从。那种不安与担心，那种焦急与顾虑，那种迷茫与困惑，安享天伦之乐，久居故乡之人，又如何能够体会得到？可以这么说，陈子昂越是置身荒野，置身黑暗，置身异地他乡，也就越加思念亲人、怀想故园。是啊，在家千日好，出门时时难，谁不羡慕居家自由、自得其乐的生活呢？

一颗失落的心需要得到安慰，一个孤独的生命需要得到温暖，可是，不当不对，偏偏此时，声声猿啼破空而来，来自深山老林，来自漆漆黑夜，来自荒凉古道，触动了诗人敏感的心弦，诗人脑海浮现出许多温馨的画面：家人围炉而坐，叨念远行的游子；母亲白发苍苍，缝补岁月的沧桑；妻子一脸憔悴，操持繁忙的家务；小孩睁大天真的眼睛，不知道父亲去了哪儿；故乡的早晨，公鸡打鸣，日头高照；故乡的黄昏，牛羊归栏，归鸦投林。温馨美好，静谧安详。可是，这是梦幻，这是泡影，这是永远的痛啊。此时此刻，心头翻涌离愁别恨，耳边回荡声声猿啼。这颗心如何安宁？注意诗中的意象“鸣猿”，凄厉刺耳，惊悸痛心，备添恐惧，备感寒凉。汉乐府民歌云“巴东三峡巫峡长，猿鸣三声泪沾裳”，杜甫《登高》云：“风急天高猿啸哀，渚清沙白鸟飞回。”白居易《琵琶行》写道：“其间旦暮闻何物？杜鹃啼血猿哀鸣。春江花朝秋月夜，往往取酒还独倾。”李白《长干行》云：“十六君远行，瞿塘滟滪堆，五月不可触，猿鸣天上哀。”猿鸣声声，刺破夜空，反衬宁静，增添悲凉，烘托恐怖。诗歌就在声声猿啼之中戛然而止，留下无穷韵味。我在想，如何此时恨，偏偏碰上猿啼，表达何意呢？此时此刻，恨意绵绵，恨满天地，恨山恨水，恨云恨雾，恨花恨草，触目皆恨，触景伤怀。何以如此？心有郁结，乡愁难遣，人在江湖，身不能回，心急火燎，烦躁不安，梦魂飞渡，重逢故园。一腔幽恨写满黑夜，一缕乡愁飘洒天地。这一晚，读陈子昂的诗歌，重温游子离乡的心灵隐痛，恍恍惚惚，云里雾里，似乎自己也变成了故乡的客人。是的，我们日益远离故乡。

天下谁人不识君

——高适天《别董大》

千里黄云白日曛，北风吹雁雪纷纷。

莫愁前路无知己，天下谁人不识君？

……

人生一世，草木一秋，辗转江湖，颠沛天涯，免不了萍聚萍散，免不了悲欢离合。亲人之间也好，故旧之间也好，夫妻一场也罢，情人一时也罢，都会留下离别伤心绝唱，都会流下至真至情的泪水。你站在杨柳依依的长亭古道边，折一枝青青翠柳，赠别远行从军的情郎。白发慈母伫立村口参天古树之下，亲手将一个装满衣物与干粮的包裹交给年轻的儿郎，目送意气风发的他去寻找远方的青春。宽袍大袖、衣袂飘扬的诗人设宴城郊酒楼，饯别远游他乡的朋友，喝得酩酊大醉，昏天暗地。每一个场景，每一段时光，每一片风云，都见证了离别的深深情意，都折射出人世的千姿百态。王维送别元二出使安西，“劝君更尽一杯酒，西出阳关无故人”，借酒浇愁，借醉留别，千杯万盏不嫌多，只怕时光匆匆过。王勃送别杜少府，“海内存知己，天涯若比邻。无为在歧路，儿女共沾巾”，劝勉朋友志存高远，四海为家，只要心心相印，纵然天涯海角，也是咫尺之邻，不必作态儿女，潸然泪下。李白送别偶像孟浩然，“孤帆远影碧空尽，惟见长江天际流”，孟浩然走了，带走了漂流天际的最后一道孤帆背影，留下一座孤零零的楚山，让李白神往又伤感。数不胜数的送别诗，情意丰富，辞采飞扬，描述离别为绝唱，定格瞬间为永恒。

读高适的《别董大》，尤其感动于诗人的博大胸襟与高远眼光，尤其震撼于诗人的气势磅礴与积极乐观。董大是唐代大名鼎鼎的音乐家，在兄弟之中排行第一，故称“董大”；又是诗人高适的挚友，两人相聚不久，又将离别，高适送别董大，慰藉友人不畏风雪，高歌猛进，祝福朋友前程无量，积极乐观。诗题是“别董大”，顾名思义送别董大，自有依依不舍、忧念牵挂之情意，董大要到哪儿去，去干什么，未来迎接他的是好运还是磨难，不得而知，留下悬念。其实，我们读完诗歌之后，也不明白董大所往何事，只是从字里行间隐约感觉到人生的严峻黯淡，前景的不甚明了。首句写景，大笔勾勒，浓墨重彩，极力渲染出辽阔苍茫、雄浑壮观的图景。长空高远，乌云遮天，日光映照，一片金黄，壮丽辉煌，触目惊心。

“千里”是夸张，极言天空乌云堆叠、绵延不断，形成低垂遮天、暗淡万物的场景。李贺诗云“黑云压城城欲摧，甲光向日金鳞开”，侧重表现乌云滚滚、铺天盖地而来，几乎压垮城池，渲染出“山雨欲来风满楼”的氛围，暗示一场恶战即将来临。李贺诗歌写乌云，重在突出低垂沉重，突出人的压抑感受。高适的诗歌写乌云，重在突出时空邈远，场面壮观，让人产生悲壮之感。诗中“白日”指夕阳，日薄西山，天地暗淡，烘托人物迷茫困惑的心理。注意，诗人不用“红日”“夕阳”之类的词语，而用“白日”，耐人寻味。“白日”写阳光闪烁，晶莹透亮，给人以如日中天、天地光明之感，暗示一种玉宇澄清、王朝兴旺的气象。高适这首诗歌虽然免不了送别朋友的离忧与伤感，但是整体来看，境界恢宏辽阔，情调开朗乐观，高适与董大又是生逢盛唐，盛唐的发达兴旺气象多少会在词句当中体现出来。同样，王之涣的诗歌《登鹳雀楼》也是使用“白日”意象：“白日依山尽，黄河入海流。欲穷千里目，更上一层楼。”尽管夕阳落山，天地暗淡，但是，诗人壮怀豪情，登楼远眺，目送夕阳落山天地相接之际，心追黄河波涛汹涌东入大海，意气飞扬，精神振奋。再说，王之涣也是生逢盛唐，国家鼎盛，自信满满，激情洋溢。与此情意相协调，诗人自然会使用“白日”，而不用“夕阳”或“落日”之类的词语。后者平实俗套，暗含沉落消灭、冷寂苍凉之意味。

次句写景，紧承首句，粗描重绘，北风凛冽，寒云凝冻，大雁出没，大雪纷飞，天地空茫。天气暴烈、反常，环境冷峻、凄清，令人感到透骨寒心，透心悲凉。似乎也隐喻董大此去，前路茫茫，前程未卜，平添忧虑与不安。但是，换个角度看看，一天狂风呼啸，一天大雪纷飞，一天乌云低垂，一只大雁远去，意境壮阔，情调激越，情绪慷慨。多少给人悲壮之感。少了对恶劣环境的畏惧与惊惶，少了对前路茫茫的迷茫与困惑，多了几分仰天长空、直视飞雪的豪迈与果敢，多了几分无惧无畏、无忧无虑的从容与洒脱。诗人牵挂朋友，关注未来，一片赤诚含蕴风景之中，朋友大胆向前，积极进取，一腔热血隐藏风雪之下。这样的时节，这样的天气，送别朋友，诗人感觉冷风扑面，如同刀割；读这样的诗句，我们感觉冷，寒风刺骨，大雪冷心。一样的冷峻，一样的苍凉，同时也一样的壮怀激烈，雄风大振。我想起自己于寒风呼啸、大雪纷飞时节，爬上岳麓山顶，鸟瞰长沙全城，无惧风雪，无畏高山，迎风傲雪，扬眉吐气，何等威武，何等风光。是恶劣的风雪成就了我的豪迈，是巍巍高山成就了我的伟岸。我想说，高适诗歌，不写登山，不写行军，只写送别，用一天风雪严寒来凸显诗人的豪迈情怀，用一只大雁出没风雪来暗示前程的迷茫未知。相信董大是能够懂得高适的，一声祝福，一场考验，一番鼓励，全在风雪茫茫之中。

诗的一、二两句写景，烘托环境气氛，暗示人物豪迈激越的心情。及至诗歌三、四两句，才逼出全诗最为精彩、最是警醒人心的句子："莫愁前路无知己，天下谁人不识君？"男儿立志，志在四方，四海为家，前程无量，功名可待，只要积极进取，勇敢挑战人生的种种磨难与挫折，就一定能够成就事业，就一定能够光照千秋。不要担心没有知己相伴，不要担心前路茫茫，天下之大，神州之广，立志奋发，功成名就，同道多多，可以引为知己啊，更何况王勃早就说过"海内存知己，天涯若比邻"。谁不欣赏这种追求志存高远、拼搏进取的人生姿态呢？我高适虽然不能随你远去，可是，我的心与你相通，我的思念与你相伴，共勉人生，一路高歌。高适劝勉朋友，放眼天下，豪迈乐观，胸怀大度，恢宏大气，没有愁眉苦脸，没有离歌缠绵，没有悲观颓丧，相反，送给朋友一天风雪，送给朋友一腔豪情，也送给朋友一片天地，那里，每一个人都可以纵横驰骋、大展宏图；那里，每一颗心都激情燃烧、熠熠生辉。董大不愁，董大无忧，同样，千年以后，我们读诗，依然不难感觉到，诗人是在送别每一个朋友，送别我们每一个读者，有了高适的热情似火的开导与鼓励，我们漫漫的风雪人生路无疑增添了一道亮丽的色彩。

夜半钟声到客船

——张继《枫桥夜泊》

月落乌啼霜满天，江枫渔火对愁眠。

姑苏城外寒山寺，夜半钟声到客船。

……

张继科考落榜了，但是我们记住了他，这个闪闪发光的名字，当然不是因为他落榜，而是因为一首由落榜催生出来的诗歌《枫桥夜泊》。万千举子科考金榜题名，扬名天下，但是，岁月荏苒，时光流转，我们却记不住他们，连一个名字都记不来，因为他们没有给我们留下一首痛入骨髓、揪人肺腑的诗篇。《枫桥夜泊》28个字，像一串珍珠，字字珠玑，熠熠生辉，闪烁在凄冷的黑夜，抚慰万千失意的心灵；像一阵凄厉的号角，声声刺耳，痛断肝肠，回荡在古老的夜空，回响在读者的耳畔。诗歌的魅力在于点化几个意象，烘染某种氛围，将读者带入其中，沉思玩味，感同身受。这首《枫桥夜泊》不以情节取胜，不以思考见长，更多描绘一幅又一幅的画面，一个又一个的意象，让你流连其中，久久回味，情不自已，百感丛生。

读诗的人喜欢诗意的标题，这首诗歌有一个凄美而诗意的题目，一看就喜欢，一念就动心。枫桥应该是一座古老斑驳的桥，历经了风霜雨雪，沉淀了岁月流转，见证了人世沧桑，时代变迁。桥边应该有枫树，秋风瑟瑟，凉意阵阵，经霜的枫叶一片火红，随风飘落，片片惊艳，形成一道风景。不同于杜牧笔下的红叶，“停车坐爱枫林晚，霜叶红于二月花”，这里是层林尽染，万山红遍，壮丽辉煌，灿烂天地。张继的“枫桥”不同，潺潺秋水流过，瑟瑟秋风刮过，片片红叶飘落，阵阵寒意袭来，一天秋色，一天寒凉，红叶经霜，不见生机与活力，不见灿烂与辉煌，更多黯淡与愁苦，更多忧郁与悲凉。“夜泊”不仅交代了时间和状态，更传达丰富意味。你想想啊，深更半夜了，异地他乡，江湖之上，浓霜时节，诗人还随一叶孤舟漂泊流荡，辗转无眠，何等寂寥，何等冷清，又是何等痛楚，何等可怜。我读出了一种人在江湖、身不由己、与世沉浮、漂泊无依的况味。一般而言，深夜静悄悄，万户人酣眠，可是诗人还在奔波，还在流浪。一个“泊”字，当然不是永久的安顿，欢悦的休息，而是暂时停靠，不得不歇息，天已经黑，夜已经深，身心疲惫，小憩一晚，泊舟江面。等待天明，又要出发，又要奔波，去向何方，停靠何时，不知道。人生就是一个远离家乡、久别亲人、永久漂泊的过程，其间苦楚悲辛只有亲身经历者才可以体会得到。短短四个字，蕴含无限诗意，品味之余，心生悲凉，怅然若失。

那一年秋天，草木萧索，秋风瑟瑟，应考落第的张继，驾着一叶孤舟，漫无目的地漂泊。来到姑苏城外的时候，正逢深夜，繁霜暗结，寒意袭人。张继没有靠岸，没有投宿人家，偌大的姑苏城没有一个人欢迎这位落第的举子。张继只能泊舟岸边，稍作停歇，安顿身心，休养生息，等待又一个明天到来，再作考虑。月亮已经偏西，慢慢落下去，昏暗的月光投射在水面上，泛起一层朦胧的光，迷离天地。江边枫树上，一阵乌鸦惊飞鸣叫，恓恓不安，是害怕月光的悄然隐去，还是恐惧秋夜的寒气袭来。飞旋一圈，又停落树枝，慢慢安静下来。张继感到紧张、恐惧，心神寒凉，不知道为什么。其情其景，好比王维诗歌所写，“月出惊山鸟，时鸣春涧中”，又如贾岛诗句“鸟宿池边树，僧敲月下门”，深更半夜的几声鸟鸣反衬出夜的幽深寂静，神秘莫测，甚至让人产生几分恐惧。你想想，当我们置身无边黑夜或是深邃山林，四周静悄悄，死一般沉寂，突然听到一两声鸟鸣，你不感到毛骨悚然才怪呢。张继也是这样，惊闻乌啼，触目黑夜，感受凄寒，漂泊江面，身心悚然，坐卧不安。黑暗无边，越发浓烈，越发凄冷，铺天盖地，严严实实裹紧诗人，压迫诗人。诗人对未来、对前途，感到迷茫、困惑。

江岸生长着许多枫树，正是时节，秋霜弥漫，枫叶泛红，秋风猎猎，片片飘零，窸窸窣窣，落地有声。晚上，诗人泊舟岸边，置身漆漆黑夜，谛听冷风嗖嗖，谛听细叶窸窣，谛听流水脉脉。身也寒冷，心也凄凉。不远处的江面，还有一叶轻舟漂荡，一灯如豆，光影摇曳，是勤劳的渔民撒网捕鱼，还是不眠的游子移舟靠岸？是无边黑暗仅有的一点灯火照亮夜空，激动眼眸，还是广漠的漆黑包裹灯火，压抑心灵？张继不知道，只感觉，这个晚上，就这样，泊舟岸边，对着渔火，对着江枫，怀抱愁苦，和衣而卧。虽然躺下，可是无眠。是的，怎么能够酣然入眠呢？按理说，一天奔波，一心枯寂，疲惫不堪，是要休息一下的。可是，诗人不是金榜题名，光宗耀祖，载誉归来，而是科考落第，人生蒙尘，失意漂流，脸面无光啊。多少年月寒窗苦读，多少夜晚梦寐以求，多少心血倾注诗书，孤注一掷，全力以赴，为了圆梦，为了实现自己飞黄腾达、光耀门楣的远大理想。可是，命途多舛，人生不遂，面如刀割，心如箭穿，有家不敢归，有亲不敢见，灰头土脸，无精打采，一副落魄潦倒样子，流落江湖，流离天涯。找不到方向，寻不着归宿，茫茫天地，漆漆黑夜，一个人，孤魂野鬼一般，游荡在异乡。那一星渔火，暗影幢幢，闪闪烁烁，鬼影一般，在秋风之中晃动，莫非也在恐吓诗人？那一叶渔舟，也在漂泊，夜深人静，忙忙碌碌。是满载而归，大喜过望，还是一无所获，满腹失望？是开网捕鱼，跃跃欲试，还是静观情势，等待时机？也让诗人产生敏感的联想，物伤其类，恨屋及乌，诗人心灰意冷，目光浑浊，所以，我们宁愿相信，他看到了满船空落，无边黑暗，他看到了江流动荡，小舟沉浮，他的心也和江流一道沉浮。萍聚萍散，流离不定的人生就是这样，天天如此，年年如此，何时才可以功德圆满，安享荣华呢？黑夜留给诗人黑色的答案。

这是姑苏城外，这是寒山古寺，这是江流天地，一叶孤舟，一位举子，一夜黑暗，交会在一起，交会在千年古寺旁边，交会在深更半夜之时。江天肃静，秋霜暗结，寒气袭来，冷风凄凄，不眠的张继躺在船舱内，想自己的心事，就连翻身也不愿意。他想到了什么，流落他乡，潦倒人生，有一座千年古寺在等待一位失意的举子，诗人会在此安顿心灵吗？寒江流逝，孤舟漂泊，诗人会像一片浮萍一样随水沉浮，流浪天涯吗？夜色茫茫，长天空旷，诗人会像一只孤独的大雁惊飞哀鸣，失魂落魄吗？思绪万千，辗转反侧。突然一阵钟声隐隐传来，来自寒山古寺，来自遥远天际，来自漆漆黑夜，像一阵寒风，呼啸而过，扫落枫叶，也扫落诗人满身风尘，满脸沧桑。又像一阵冷雨，噼里啪啦，挟风而来，震响江天，回荡在诗人的耳畔，敲碎诗人的多愁善感的心。

千年前那个夜晚，姑苏城外，寒山古寺，一阵钟声敲响，回荡江天之间，整个大唐都沉睡了，整个姑苏城的人都在做梦，只有张继一个人，躺在船舱内，睁开眼睛，毫无睡意，他刚刚经历了一场挫折，一场人生出道以来最大的打击，他在想他的明天在哪里？他是不是也要一生一世，就像今晚一样漂泊流离，居无定所？这个问题折磨着他，直到天亮。天亮以后，张继没有告诉我们他和他的小船流向何方。他的一生就只留给我们一首诗歌《枫桥夜泊》，就只留给我们一个夜晚。但是，我们陪着诗人一夜无眠，一生不宁。

有人怀疑张继搞错了，怎么会深更半夜听到寺庙传出钟声呢？有人很在乎这个声音的真假，专门引经据典分析考证，证明张继没有听错，那个晚上是有钟声。有人甚至怀疑，一场科考让张继人生癫狂，意态恍惚，以致神经兮兮，产生幻觉，半夜时分竟然听到了钟声。感谢这些好心人、热心人，可是，如此求真务实，真是冤枉了张继。从文学艺术的角度看，以诗歌的名义看，张继一生失意，一夜无眠，那个夜晚，听到什么声音已经不重要，重要的是，不管听到什么声音，不管声音来自哪里，都会深深刺痛他的耳膜，触动他的敏感而脆弱的心灵。我宁愿相信，钟声来自深夜，来自水天茫茫之际，深深触动诗人的心灵，也曾温暖过诗人的孤独和落寞。是的，这些钟声一直响起，千年不衰，永久回荡在我们的耳畔。

人间有味是清欢

——李白《与夏十二登岳阳楼》

楼观岳阳尽，川迥洞庭开。

雁引愁心去，山衔好月来。

云间连下榻，天上接行杯。

醉后凉风起，吹人舞袖回。

……

文人登高，游目骋怀，仰观宇宙之大，俯察品类之盛，视通万里，神驰八方，无限快意涌向心间，无限喜悦挥洒天地。为诗为文，抒情言志，手舞足蹈，放浪形骸，好不欢畅，好不清爽！李白生性豪放，浪漫多情，奇想多姿，即便是临流赋诗，登楼览胜，总要开怀痛饮，引吭高歌。一首《与夏十二登岳阳楼》所写不过就是一次普普通通的登楼远眺，却被李白演绎得奇幻壮丽，多姿多彩。品读吟咏，沉潜玩味，你会随同李白一道欢歌痛饮，临风起舞，你会随同李白一道飘飘欲飞，高蹈尘外，你甚至分不清身在云天还是脚踏大地，云里雾里，恍恍惚惚。李白就有这样的魔力，他用想象和激情调动读者的身心能量，拉扯你和他一道体验别样的刺激、别样的情怀。

此次登楼，好歹有个伴，可是，你看李白诗歌，完全忘记了朋友，忘记了现实世界，我行我素，随心所欲，畅饮畅想，天马行空。一开笔就把自己抬升到一个高高在上、俯视山河的位置，远离人间，远离尘俗，昂首天外，遗世独立。远眺岳阳，楼阁林立，街道纵横，村郭散布，绿树成堆，无边美景扑面而来，尽收眼底。远眺洞庭，江流远去，渔帆点点，烟波浩渺，水天相接，无限风光投怀送抱，闯入心间。诗人激动不已，兴奋莫名。

辽阔的视野开阔诗人的心胸，高远的江天引动诗人的才情，无边的美景刺激诗人的灵感，诗人真想张开双臂，敞开心扉，对着高天厚地，对着八百里洞庭，大喊几声，释放激情，宣泄快意。让喊声回荡江天，让喊声回荡天地。在李白看来，世界有多大，心怀就有多么宽广。声音有多响亮，自信就有多么饱满。天地大舞台，铿锵李白声。

诗人极目江天，心潮翻滚，逸兴横飞。看到天边大雁飞过，慢慢消失在水天相接之际，不去想万里之外故园书信，不去想戴罪之身流寓天涯，却感觉大雁轻飞曼舞，带走了愁苦，带走了郁闷。知我者谓我心忧，不知我者谓我何求。大雁啊，祝你好运，一路顺风！我心早已随你，飞越江河，飞越山岭，飞向蓝天。

看看黄昏，夜幕降临，夜色渐浓，月出东山，银辉四射，朗照天地。深蓝天空一片明澈，浩阔洞庭波光粼粼。上下天光，一碧万顷，浮光跃金，静影沉璧，何等壮观，何等辽阔！

特别喜欢诗人笔下的青山，似乎有情有意，衔月而来，朗照天地，灿烂诗心。而且，这个“衔”字极具图画美，青山起伏，蜿蜒连绵，山岭凹处宛如山口，月出山口，冉冉升起，岂不妙似青山衔月，或是青山吐月？轻灵空明，曼妙生辉，实在美丽极了。苏子瞻有言，“月出于东山之上，徘徊于东牛之间”，写月，顾盼词人，临照江流，不忍离去，难舍难分。苏子笔下，明月多情。同样，李白心中，明月有意，青山有情，为了诗人这次登临，为了今晚美好享受，山也好，月也好，都要呈现最美好的风光，满足诗人心愿，快乐诗人心情。

面对良宵美景，面对清风明月，面对烟波粼粼，岂能无酒？岂能无歌？岂能无诗？于是诗人安排酒宴，开怀畅饮，借酒抒怀，借酒言志。好友相伴，美酒助兴，美景纷呈，兴致大发，豪气冲天。一杯一杯复一杯，千杯万杯不言少。醉意醺醺，醉眼蒙眬，诗人觉得，我们不是住在人间旅馆，不是宴饮地上酒楼，是在云间下榻，是在天上豪饮。不是在和朋友畅饮，不是在和凡尘交往，是在与神仙聚会，是在与风月交流。飘飘忽忽，冉冉飞升，魂消魄散，快乐至极。看看，这就是李白，几杯酒后，醉意大发，可以上天成仙，可以摘星揽月，可以轻舞飞扬。李白远离了凡俗，远离了人间，一颗心早已飞升天际。我们这些天天挣扎滚滚红尘的人们，除了仰慕，除了激动、向往，还能怎样？

不仅如此，兴致来了，李白情不自禁手舞足蹈，欢歌曼舞。凉风袭来，衣襟飞舞，髯须飘动，李白干脆随风起舞，对月放歌。不再是对影成三人，我歌月徘徊；不再是众鸟高飞尽，孤云独去闲；不再是孤独寂寞，失意沮丧。是忘乎所以，兴会淋漓；是歌舞张狂，心花怒放；是乘风起舞，神采飞扬。不在人间，远离世俗，李白自由，李白快意。随心随性，我歌我舞，我飞我乐，无须顾及世俗的眼光，无须考虑清规戒律，一个人的世界要多精彩有多精彩，一个人的天空要多自由有多自由。

岳阳楼没有李白想象中那么高，拔地通天，直插云霄，不过三层，几十多米，但是李白酒后，兴致特好，他可以大笔一挥，拔高楼层，涂染色彩，渲染气氛，制造神奇，硬是将岳阳楼说成是天上仙宫，云间殿堂，其间歌舞畅饮的主人就是他自己。何等神奇，何等潇洒。眼高楼才高，心宽天才宽，千年楼阁，经过李白这样的大诗仙一站，顿时顶天立地，昂首云天，成为一道永远闪烁光芒的风景。

蜀道风光美如画

——李白《送友人入蜀》

见说蚕丛路，崎岖不易行。
山从人面起，云傍马头生。
芳树笼秦栈，春流绕蜀城。
升沉应已定，不必问君平。

· · · · · ·

现代社会，资讯发达，联络方便，迎来送往，礼尚往来，已是家常便饭，不少人以为表情达意非要名贵礼品，金银珠宝才可出手，亦有将昂贵字画、文物古董、名优特产、名烟名酒作为厚礼相赠，大有摆阔炫富、趋炎附势之嫌。其实，礼品馈赠，并非昂贵为好，要视情趣、品位而定，有些时候，心志相通，情趣相同，一册线装古书，一幅素描特写，一首清新小诗，一张精致卡片，都可以是不错的选择。最近重读李白诗歌《送友人入蜀》，颇有感慨。朋友要到巴山蜀地去，李白送行，免不了一番劝慰，一番祝福。没送贵重礼物，没送风物特产，就境设想，触景生情，开口咏诗，送给朋友一幅画卷，描绘蜀道奇险风光，寄托殷殷深远祝福，情真意切，动人肺腑。

朋友要到蜀地去，那是一个怎样的地方啊？说起来，令人毛骨悚然，胆战心惊。李白从小生活、读书，成长在蜀地，对那里的山石峥嵘，水流急险，民风强悍，习俗野蛮，耳闻目睹，耳熟能详。怎么说呢？较之中原文化，那里落后蛮荒，极不开化；较之中原客子，那里神奇古老，令人着迷。单说那条连接长安与蜀中的官道吧，始建于传说中的开国君王蚕丛，翻山越岭，过河涉险，悬崖修栈道，沟谷架木桥，千里迢迢，险象丛生。崎岖不平，艰难不易。自古以来，早有感叹。李白自己曾在《蜀道难》一开篇就大发感叹："噫吁嚱，危乎高哉，蜀道之难，难于上青天。"一起笔就是五个感叹词，惊叹连连，高不可及，又高度夸张，蜀道难行简直比登天还难。想想看，古人哪能登天，何时登过天，不像今天天宫一号遨游太空，轻而易举，这岂不是说蜀道难行几近绝路吗？

这首诗中，李白说得委婉宽泛，单就一个"崎岖"了事，似乎有意淡化或降低蜀道之行的难度，以免吓倒朋友，引起恐慌。不过诗人还是确切表达了自己的感慨。道听途说蜀道艰难而已，并非真见，更非亲身经历，给人一种苍茫邈远之感，加之"蚕虫"一说，似乎有意渲染旅途的久远苍茫，神奇莫测，虚实真假，扑朔迷离，难以定夺。相信朋友听闻此说，不会吓破胆，倒会兴致勃发，一探究竟的。

山路崎岖，艰险难行，表现在哪里呢？李白发挥想象，生动夸饰，通过一幅雄奇壮观、震撼人心的画面来突出蜀道之难。蜀道盘旋崇山峻岭之上，弯弯曲曲，螺旋上升。人行其上，两股战战，心直哆嗦。山崖峭壁扑面而来，古藤老树横空出世，脚底碎石跌落悬崖，着实叫人大吃一惊，恐高胆怯者不敢前行，胆大心细者小心翼翼。当然，换个角度欣赏，如此陡峭，如此险峻，走过之后，心有余悸，还会惊叹连连，大呼刺激、过瘾。人总是这样，挑战自然，挑战自我，自信满满，力量倍增。李白相信，走过蜀道的朋友必定能够走过人生的任何艰难险阻。

再看看云海，远眺，云海苍茫，滚滚涌动，如江如海，如涛如浪，诡谲变幻，神妙莫测。太美丽、太神奇了。近看，人行栈道，云雾缭绕，如烟笼罩，如雾缠身。高头大马，或见马头，不见马尾；或见马腿，隐去马尾；或现马背，模糊首尾。如在雾中行，如在云海游。近在咫尺，小心移步，稍不留神，滑落深谷。雄奇壮观，惊险万分。

想起了张家界黄狮寨的迷魂台。晴朗日子，立足高台，俯瞰群山苍茫，绿树森森，犹如千军万马列队布阵。阴晦天气，云遮雾罩，白云缭绕，不见树木，不见峰峦，高台犹如孤悬云海，摇摇欲坠，飘飘欲仙，那种感觉真是神奇美妙。名曰“迷魂台”，名副其实。蜀道云海美轮美奂，天下奇观。只有不畏艰险，意志坚强，力量强大的人，才能穿行栈道，饱览奇险风光。王安石有言：“世之奇伟、瑰怪、非常之观，常在于险远，而人之所罕至焉，故非有志者不能至也。”蜀道奇观，等待有志者，等待探险者，也等待西行的好朋友。

拉远视线，眺望栈道，可以发现，山崖叠翠，苍藤横空，老树盘根，旁逸斜出，枝繁叶茂，郁郁葱葱。狭小的栈道被苍翠树叶笼罩，似乎依傍绝壁，缠绕山崖，穿越绿海。形似一条飞龙，腾云驾雾，贴崖欲飞。又似腰肢粗壮的巨蟒死死缠住山腰，毫不放松。似动似静，欲飞不飞，形象宏伟，气势壮观，不禁叫人啧啧称叹。山崖之下是万丈深谷，激流滔滔，汹涌咆哮，沿着山谷冲向山外，流向美丽宽阔的成都大平原。可以想见，山峦变小，最后平缓，化作一马平川。水流冲出山谷，流向大地，变得宽阔、平缓，绕城而过。平原宽阔无垠，江流如带环绕，良田整齐分布，稻浪滚滚翻涌。画面壮观辽阔，景象震撼人心。巴山蜀地，高山峻岭之内，峡谷密林之外，有良田万顷，城市、村落散布其间，江河、溪流纵横交错，可谓天下奇观，世间美景。朋友所去，就是这样一个风光如画、美丽富饶的地方。令人羡慕，令人神往。

巴蜀大地，山雄云幻，树绿水清，栈道蜿蜒，城池静立，花草鲜美，稻浪翻滚，风光美如画，景象豁胸怀。诗人劝告朋友，西行成都，一路风光，赏玩不尽。人生理当亲近自然，投身自然，感受勃勃生机，领略奇幻风采，这才过瘾，这才畅快。千万别去劳心劳力，钻营拍马，追求什么功名利禄，权位升迁。千万别去费尽心思，耗尽精力，追求什么金银钱财，荣华富贵。人生皆由命定，该你的拒绝不掉，不该你的强求不得，想通达些，升降沉浮，荣辱贵贱，皆由命定，不必访道拜巫，占卜打卦，不必预测吉凶，推知祸福。以坦然心态面对，一切顺其自然，生活自然潇洒快意。最好像我所说，游山玩水，沉醉自然。自然如画，风光如诗，朋友啊，应当怀揣心间，时常赏玩。

落尽东风第一花

——许浑《客有卜居不遂薄游汧陇因题》

海燕西飞白日斜，天门遥望五侯家。

楼台深锁无人到，落尽东风第一花。

……

风景是心灵的写照，每一次花开花落，每一次风来风去，每一次日升日落，每一次燕飞燕舞，都在展示自然季节的轮回更替，都在流露出某种心灵的隐痛悲欢。读唐代诗人许浑的小诗《客有卜居不遂薄游汧陇因题》，我就有这种感觉。

标题是诗歌的眼睛，许浑创作这首诗有其特定的缘由——为客而作。朋友卜居京师不遂，也就是到京城求取功名禄位，没有成功，诗人有感于此而作。白居易16岁时曾携诗稿去拜谒诗坛名流顾况，顾见其名，开玩笑说，长安米贵，白居不易，及至翻阅诗稿，读到“野火烧不尽，春风吹又生”时，叹之曰，有如此才华，居亦不难。应该说，白居易的经历和许浑诗中这位朋友的情况类似。卜居不遂，心情不好，发发牢骚，伤感身世，悲叹命运，这很正常。于是“客”人就去长安西边的汧水和陇州一带游玩，借此散散心，排遣心头的郁愤不平。

朋友如此境况之下，如此心情不好，诗人敏感体察，将心比心，写下了这首诗。不知道是诗人自伤身世命运，还是在抒写他人的心情，抑或是二者兼而有之，这并不重要；重要的是，我们读这首诗，读这些诗中的风光景物，走进了一个失意不平的心灵世界。

“客人”此行，是离开京师，离开繁华喧闹却又找不到自己安身立命之处的京师，前往长安西边的汧州、陇州一带游玩，当然是带着失意和孤愤而去的。如果是金榜题名，或是被某位王公大人赏识拔擢，那么心情肯定不会像诗中景物描写流露出来的那么黯淡压抑。时间是白日西斜，将近夜晚，客人回头遥望，望到的是京都长安五侯之家。五侯是达官显贵的代名词，据史书记载，东汉时桓帝曾同日封宦官五人为侯。联系唐代历史来看，自安史之乱以后，宦官的权势越来越大，后来连军队的指挥、皇帝的废立等大权也落到他们手里。

诗人特意点出日落时分望眼五侯，一者见出失意之人对帝京繁华，对权位功名的眷恋不舍，无可奈何；二者暗含唐帝国江河日下，国运颓废。尤其是宦官把持朝政，扰乱朝纲，致使朝廷一派乌烟瘴气。诗句貌似平和温婉，实则暗寓讽刺。

不独如此，诗歌三、四两句还在第二句的基础上，进一步扩展深化。在豪门大户，在高楼深院，失意之人想到（或许也是看到），重楼深院，无人居住，草木繁茂，无人欣赏，任春风吹落姹紫嫣红，任庭院荒芜几度春秋。何故？这都是统治者挥霍钱财、大兴土木的结果。诗人拈出楼台，任其废置，拈出花草，任其凋落，流露出无限惆怅和惋惜，也有愤愤不平之意。杜甫曾经为天下寒士鸣穷叫苦，“安得广厦千万间，大庇天下寒士俱欢颜”（《茅屋为秋风所破歌》），许诗人这里所写却是，有豪门深宅千间万间，却任其空置，无人居住，也不让天下贫士居住，世道不公，穷达悬殊，令人愤慨，令人失望！

再看看“客”人自己，诗中没有直接点明“客”人的处境，只是描写了日斜燕飞之景，其实是以景寓情，托景见意。周邦彦词《满庭芳》

“年年，如社燕，飘流瀚海，来寄修椽”几句以燕喻人，但周词中的“燕”还有修椽可寄，而许诗中所写的“燕”则因无椽可寄而孤飞远去。“西飞”而不是东飞或南飞，大概与“客”人的行踪有关，“客”人离京西去，前往汧陇，二地在京师西边，所以，诗中写海燕西飞，实际上是影射 “客” 人卜居不遂的处境。

一方面，“客”人寒窗苦读，饱览诗书，学富五车，却在偌大京师找不到用武之地，找不到栖身之所；另一方面却是高楼深院，比比皆是，空置无人，任其荒芜：多么不合理、不公平的社会现象啊！

此外，“落花”意象的运用也颇有深意，繁花盛开，绚丽多彩，当然是一种令人赏心悦目的美景，可是正如汤显祖《牡丹亭》所说的“原来姹紫嫣红开遍，似这般都付与断井残垣”，令人感伤，令人叹惋。春风渐起，花谢花飞，似乎又隐喻着美好事物的陨落、消逝，“客”人纵然学识渊博，抱负远大，不也正如这随风凋零的繁花一样凋落在这个不合理的大唐社会吗？诗人强调“第一花”，迎风先陨，尤其可怕，尤其可悲，内心的孤愤不平，尤为强烈。

全诗写景，景物暗淡，情调悲凄，时间是白日西斜，季节是春风落尽，所见之景是海燕孤飞，无人关注，重楼深锁，无人居住，客人心境是寄居无门，怀才不遇，真可谓“一腔忧愤与谁说，痛哭东风落花枝”啊！

沦落天涯奏心曲

——王昌龄《听流人水调子》

孤舟微月对枫林，分付鸣筝与客心。

岭色千重万重雨，断弦收与泪痕深。

……

人们都熟悉唐代诗人白居易的《琵琶行》、李贺的《李凭箜篌引》和韩愈的《听颖师弹琴》，这些篇章都是描摹音乐形象的杰作。其实，七绝圣手王昌龄的《听流人水调子》同样也是一首描绘音乐，抒写人生的佳构。

诗歌大约作于王昌龄晚年赴龙标（今湖南黔阳）贬所途中，内容大概是写诗人听筝乐而引起的人生感慨。标题“听流人水调子”暗含了特定情思意蕴。“流人”指流落江湖、四海漂泊的乐人，多是失意不顺，人生坎坷。“水调子”即水调歌，属古乐府商调曲，曲调哀切、凄楚。诗人赶赴贬所，不闻欢快愉悦之声，不见赏心悦目之景，没有知音同道相随，更无亲朋故旧相送，长路漫漫，形影相吊，邂逅“流人”，吩咐弹筝，才演绎了一曲“同是天涯沦落人，相逢何必曾相识”的悲切乐章。

第一句描写环境，寓情于景，情景交融。诗人并置三个意象“孤舟”“微月”“枫林”，涂染色调，烘托情思。“孤舟”写诗人水路漂泊，心绪不宁，有贬官降职、流落蛮荒的痛楚，也有无人伴随、独向天涯的孤寂，还有前途未卜、不知所终的隐忧。一叶孤舟承载一位失意的诗人，也承载一颗流浪的心，驶向沉沉暮色，漂向渺茫未来。“微月”泛光，朦朦胧胧，隐隐约约，有几分凄冷，有几分残缺，游走在天边，映照着江水；它无声无息，穿云破雾，似乎在倾听流水滔滔，又似乎在倾诉心事重重，没有人能读懂它，除了诗人，也没有谁能懂得诗人，除了月亮。月是相思人，人是知心月，这个夜晚，月光作证，诗人肯定在怀想远方的亲人。行程越行越远，思念愈加强烈。枫树林，生在江边，恰逢深秋，风起林梢，瑟瑟有声，沐浴月光，暗影幢幢，真叫人感到“青枫浦上不胜愁”呢！孤舟、微月、枫林构成晚秋江景，色调暗淡，情意凄清，为下句鸣筝演奏营造了一个典型环境。

第二句排遣愁苦，鸣筝传情，心心相印。也许是一路孤寂，一路愁苦，无人相诉，无处排遣，诗人想到要让这位不期而遇的“流人”，演奏一曲。乐发心声，情通心意，或许流人的音乐能够给诗人带来稍许安慰，稍许宽解。这实在也是没有办法的办法啊！试想，苍茫月光之下，浩渺江波之上，置身漂泊孤舟之中，流放蛮荒的诗人邂逅流落江湖的乐工，不需通报姓名籍贯，不需区分等级地位，同是天涯沦落，总有知心话语，那么，就让一曲水调子表达两种沦落情吧。

“分付”是刻意为之，郑重嘱咐，意在赏音遣愁，听曲解忧。“与客心”无浅吟低唱之柔婉，亦无轻歌曼舞之空灵，而是表达心心相通、情意相达的共鸣。流人弹奏，感伤身世，声声含悲；诗人听音，触耳生情，感时伤身：两个苦命人就在这月夜清曲之中，找到了心灵的共鸣。

第三句通感绘景，声色并重，情景交融。流人的演奏，低沉抑郁，动心动情，引起诗人的心灵共鸣。诗人沉浸其中，不能自拔，似乎眼前出现一道幻觉：千山万岭，雨雾蒙蒙，高天旷野，冷月凄凄，天地一派阴霾，心中一片愁惨。音乐本是无形无状，无色无味，诗人却以形象画面来描绘，沟通视觉、听觉，移情山水天地，烘托愁苦情思，的确别具一格，耐人寻味。山有色，雨有声，雾有形，月有光，声光色态，浑然一体，营造迷蒙冷凄意境，凸显诗人迷茫纷乱情感。以形写声，以境传情，这是王昌龄描绘音乐形象的高妙之处。

诗歌最后一句把演奏推向高潮，也把情感推上高潮。演奏者沉迷其中，情难自抑，激越高亢之处，筝弦突然断裂，声音戛然而止；听者也是情绪激动，不能自控，早已泪如雨下，哽咽无语。弹者和听者都一时茫然，手足无措。江上孤舟，月下青山，愁云笼罩，惨雾弥漫。

诗人说“泪痕深”，不言“泪如雨”，也不言“泪纷飞”，自有新意，字面上写泪雨滂沱，实际上暗示心灵巨创。“痕”是印记，是沟辙，也是心灵的伤痕，情感的印记，它让人体会到诗人由于官场不顺带来的巨大心灵创伤。“收与”又勾连前面的“岭色千重万重雨”，与“泪雨”形成对比，一边是幻觉中的千山淋漓，天地迷茫，一边是现实中的情不自禁，泪湿衣衫，两相比照，似乎天地含悲，山水含愁。这种由此及彼，由虚入实、彼此勾连、虚实相通的笔法，恰切有力地表现了诗人内心的巨大痛苦，当然也从侧面表现出音乐的感人力量。

千年前的一条江水，承载过一位失意的诗人；千年前的残缺月光，映照过一颗破碎的心；千年前的一个晚上，诞生了一首感伤的诗。如今，斯人已去，斯水已尽，斯月不存，我们心中还在隐隐作痛，因为这首诗，因为王昌龄。

心绪逢秋总摇落

——苏颋《汾上惊秋》

北风吹白云，万里渡河汾。
心绪逢摇落，秋声不可闻。

······

文人总是多愁善感的，临风怀想，望月伤心，见花坠泪，逢秋生悲，尤其是在国家不幸、自身不顺的情况下，这份隐忧、伤感更为强烈，更为凄怆。唐代诗人兼官人苏颋写过一首《汾上惊秋》，借自身流离天涯、沉沦下僚的悲惨遭遇，为万千文人抒悲泄愤、排忧解愁，堪称经典。

诗人拟定了一个很伤感的标题，暗示流离之苦和失望之痛。“惊”是关键，逢秋即惊，莫名伤感，秋之惨淡枯索关合诗人的命运走向。刘禹锡笔下之秋是“晴空一鹤排云上，便引诗情到碧霄”，笔下之秋的劲健清朗，生机勃勃，折射出诗人心中之秋的昂扬奋发、积极乐观。苏颋笔下之秋的北风劲吹、草木摇落则折射出诗人心中之秋的暗淡凄凉和伤痛失望。“汾上”不是诗人的温馨家园，不是皇宫朝廷，而是贬谪之地，荒蛮之乡，诗人身为官员，出京外放，投身蛮荒，不知何日能重返京师，不知何日能与故人团聚，的确令人困惑、绝望，前路茫茫、前途未卜啊！

再看诗人心中的秋天吧，北风凛冽，冰冷刺骨，如刀剑割面，隐隐作痛；白云无助，四分五裂，似漂泊游子，无处安身。白云敌不过北风的疯狂肆虐，白云挡不住寒风的无情摧残，诗人心中的白云是悲惨的，可怜的，任凭秋风无情扫落叶却一筹莫展，任由秋风大发淫威而目瞪口呆。白云的无助无奈折射出诗人的落寞凄凉。此时的诗人，早已不再是踌躇满志的官员，也不再是才情喷涌的诗人，而是一个困守蛮荒的罪人，一个老迈衰弱的游子。诗人万里迢迢，一路奔波，辗转漂泊，才来到这个地方，而且河汾一带也不是诗人的贬谪所在，前路不知还有多远，前途更不知在哪里。

河汾，兼指汾水和黄河，汾水在今山西省，河汾应指汾水流入黄河的一段。诗中出现这个地名当是诗人外放途中的一处所在，只是万里投荒，前路漫漫，只是急流大浪，汹涌澎湃，让人惊惧，让人恐慌，诗人悬着心，一路走来，不知翻过多少高山大岭，不知越过多少沟谷急流，还将继续走下去，直至穷乡僻壤的贬所为止。寒凉的北风冷彻他的心扉，冰冷的河水浇灭他的热情，他像一朵无根底的白云，无头无脑地飘，他又像一株孤弱无依的小草，无声无息地挣扎。是的，诗人只是一个无人过问的行路人。

秋天，诗人在赶路，带着沉重的心事，怀着绝望的心情。他看到万物凋零，落叶纷飞；听到秋声凄厉，刺耳痛心。他一个人面对秋天，也是一个人承受痛苦。他的言语只说给自己听，猎猎秋风早已淹没他的声音，他只能默默地忍受，忍受落叶纷飞的失落，忍受欲言又止的苦闷，忍受投诉无门的凄惨。他害怕看到秋天的草木，因为他的心灵早已变得一片枯瑟；他害怕听到秋天的声音，因为他的心灵早已沉寂无声。

天地之间，凛凛寒风，片片落叶，让他触目惊心；人世间，浊浪滚滚，仕途凶险，让他不寒而栗。一个人仕途困顿，暮年失意，被遗弃在秋天，被留滞在天涯，他的心中哪还有春天、还有希望呢？

宋玉有言“悲哉秋之为气也，萧瑟兮草木摇落而变衰”；杜甫有言“无边落木萧萧下，不尽长江滚滚来”；苏颋咏叹“心绪逢摇落，秋声不可闻”。历来文人对秋的体验大都如此，苏颋的不幸在于，壮士暮年、壮心不已的他赶上了人生之秋，其悲自然就更为沉重，也更为惨彻！

风云激荡老杜心

——杜甫《秋兴八首》（其一）

玉露凋伤枫树林，巫山巫峡气萧森。
江间波浪兼天涌，塞上风云接地阴。
丛菊两开他日泪，孤舟一系故园心。
寒衣处处催刀尺，白帝城高急暮砧。

· · · · · · ·

范仲淹有言：“居庙堂之高则忧其民，处江湖之远则忧其君。”中国儒家思想的处世之道是“达则兼济天下，穷则独善其身”。可是我要说，对于唐代大诗人杜甫来说，不管是朝廷为官，还是避乱江湖，也不管是飞黄腾达，还是落魄潦倒，心中总是装着黎民苍生、家国大事、时局治乱和壮志悲情，近日重读他的流离乱世之作《秋兴八首》（其一），对此感受尤深。56岁的老杜，避乱夔府，漂泊不定，年纪已是生命之秋，身体依然多病丛生，时序恰逢萧森之秋，有感家国动荡，触景生情，寓情于景，挥笔写下了沉郁苍凉、遒劲有力的《秋兴八首》（其一）。

首联写景，渲染气氛，烘托悲情。深秋时节，白露为霜，西风凛冽，万木凋零，落叶纷飞，整个夔州不论是峰峦连绵的巫山群峰，还是白浪滔天的江流峡谷，无不笼罩着一片萧瑟枯淡、阴森愁惨的浓浓秋气。诗人置身其中，不仅身受寒凉砭骨之苦，寒风割面之痛，而且心感凄神寒骨之冷，意涉落寞悲怆之愁。于个人而言，颠沛流离，居无定所，才情东流，壮志未酬，人生之秋所剩无几，死亡之神随时垂青；于国家而言，外敌侵扰，内战不息，黎民涂炭，生灵遭殃，大唐王朝摇摇欲坠，动荡局面危机四伏。于己于国，今秋绝非天朗气清，惠风和畅，此地亦非太平盛世，秩序井然。羁旅漂泊之苦，身世坎坷之忧，家国动荡之虑，融贯其中，托之于景。我们读老杜的秋天，实际上是在分担一个灵魂的巨大痛苦和一个王朝的缓缓衰落。

颔联写意，境界宏阔，忧虑深远。江间承巫峡，激流澎湃，白浪冲天，涛声如雷，气壮山河，似乎天翻地覆，乾坤错位；塞上承巫山，阴云密布，惊雷滚滚，西风猎猎，天幕低垂，几乎风云匝地，寒气森森；浪高千丈，吞天吐地，风卷残云，动地惊天，老杜故作夸张语，实写眼前景，道尽胸中情。以风云激荡，江流奔涌，来映衬时局动荡，社会不宁，也折射出诗人内心深处翻江倒海的忧患之思，当然诗人那种眼观天下、情系家国的博大胸怀也由此展露无遗。老杜的江天风云不是局限于个人圈子里的自哀自叹，悲悲切切，也不是延伸到亲朋好友范围内的患难与共，甘苦同担，而是忧念战乱、悲悯苍生，而是心系家国、关切时局。胸襟之博大，情意之仁慈，境界之崇高，人格之伟大，可敬可叹，可歌可泣！

颈联忆旧，老泪纵横，忠心可鉴。杜甫本来是离开成都避乱江湖，去年寓居永安，今秋漂泊夔府，赏菊饮酒，坠泪惊心，去年如此，今年亦然，颠沛流离，无止无休；况且自己又是老迈体弱，自病缠身，菊开二度无穷已，生命之秋有尽头。如此想来，怎不令人肝肠寸断，泪流满面呢？再说诗人孤舟羁旅，天涯漂泊，心系故园，忧念家国，而时局却是兵荒马乱，硝烟弥漫，诗人与家人兄弟、亲朋好友，相隔相阻，音信杳无，与故国皇都、国君主上，万里相望，心泪成灰。心中之痛，岂止是“剪不断，理还乱？”又岂止是“这次第，怎一个愁字了得？”混浊的老泪折射出一个时局的动荡，飘摇的孤舟承载了一缕漂泊的灵魂，真是欲哭无泪、欲泣无声啊！兴许秋霜零落，丛菊绽放，对别人来说是良辰美景，赏心悦目，可是对于老杜来说却是添愁惹恨，坠泪惊心。我们悲壮地看到，一颗心在滴血，为这个国家，为这个民族。

尾联咏事，春秋代序，寒凉彻骨。白帝城和夔门府依山傍水，隔江对峙，诗人置身夔府，目接长空，耳闻惊涛，沐瑟瑟寒风，发时局忧叹。时令已是深秋，天气寒凉彻骨，各家各户都在赶制寒衣，捣衣之声声声入耳，如急管繁弦，催人思亲；举刀捉尺，量布裁衣，如火烧火燎，刻不容缓。劳作的节奏就是思亲的节奏，时光的催促就是人生的催促，诗人为这些普通百姓的苦寒劳作而伤心悲悯，诗人也为兵戈不息、生活离散而痛心忧叹，诗人更为天下动荡、民不聊生而焦虑困惑，是啊，什么时候才是天下太平、万家团圆的时候呢？什么时候才是国泰民安、人生兴旺的季节呢？思绪在风中飘扬得很远、很远；灵魂在暮夜里战栗得很慌、很乱……

读完老杜，读完秋天，我只有心乱如麻，无语悲伤；走过巫峡，翻过巫山，我只有心重如山，静默似夜。如果能够，如果可以，回到千年前的战乱时代，我多么希望为老杜，也为这个苦难的国家分担些什么，我想起了美国总统的一句话，不要问祖国为你做些什么，而要问你能为祖国做些什么。

回家的路有多远

——刘皂《旅次朔方》

客舍并州已十霜，归心日夜忆咸阳。

无端更渡桑乾水，却望并州是故乡。

……

诗人没有故乡，诗人以天地为家，漂泊为乡，一生辗转奔波，颠沛流离，走走不完的路，想想不完的家，用眼泪和血水涂抹乡愁，用绝望和悲怆慰藉心灵，给人留下了肝肠寸断、裂肺撕心的篇章。年关岁末读刘皂的《旅次朔方》，我有一种寒凉碎心、相思透骨的感觉。贾岛这首诗表达了一些普通而永恒、深刻而复杂的人生体验。

首先，思乡与距离密切相关。距离有三种，时间距离、空间距离和心理距离，前两种距离合称时空距离，指由于时空阻隔而形成的客观存在；后一种心理距离指作为生命个体的人对客观世界的主观感知。心理距离与时空距离的关系可以是正比（心理距离与时空距离成正比，时空距离越近，心理距离也越近，时空距离越远，心理距离也越远），也可以是反比（时空距离越近，心理距离却越远，时空距离越远，心理距离却越近）。顾城有一首诗《远和近》巧妙地揭示了这两种距离之间的关系："你／一会儿看我／一会儿看云／我感到／你看我时很远／你看云时很近。""你"和"云"的空间距离很远，但心理距离很近，那是因为"你"和"云"（隐喻人和自然的关系）有一种本能的亲近契合；"你"

和“我”的空间距离很近，但心理距离很远，那是因为“你”和“我”（隐喻人和人之间的关系）有太多的隔膜和障碍，即使两人相距咫尺，也有天各一方之感，相反，两个人若心有灵犀，心心相印，哪怕天各一方，也会感觉到比邻之近。王勃的诗“海内存知己，天涯若比邻”表达虽远犹近的心理感觉；王建的诗“长安不相识，百里即天涯”则表达虽近却远的心理感觉。人对故乡的感情也是这样，一般来说，离家越久，离家越远，思乡则越切，反之，足不出乡，生死于斯，倒有可能不觉思乡，不会思乡。刘皂的《旅次朔方》就表达了这种漂泊久远、思乡心切的感受。诗人身居并州（山西太原），历时十年，不觉其亲，反觉其疏；诗人远离咸阳（故乡家园），历时十载，不觉其远，相思愈切，日日夜夜，时时刻刻，归心似箭，乡思难熬！咸阳和并州，空间距离东西千里，诗人离乡已是十年，时空的久远隔断不了诗人对家园亲故的思念，而且愈远愈久，思念愈加强烈。诗歌后两句进一步表达了离愁渐行渐浓，归家日趋绝望的痛苦体验。桑乾河是指位于太原以西数百里处的永定河，过了此河就是荒凉塞上了。诗人渡河北上，黄沙茫茫，风霜扑面，满目萧然，满心伤悲。回首南望，并州渐行渐远，思念之情也愈来愈强，以至于把久客十年的并州也当作故乡来思念。身在塞外，心在并州，一个人在一个地方生活久了（尽管这地方不是诗人的故乡），也会对这里的一切慢慢产生感情，也会渐渐适应这里的风土人情，及至离开时，又有千丝万缕的不舍和思念，贾岛毕竟在并州生活了十年，感情不可谓不深，思念不可谓不切。十年了，人生都又有多少个十年呢？塞外和并州，南北相距遥远，却阻隔不了诗人对并州故乡一般的深厚感情。空间距离的遥远反衬出诗人心理距离的近便。更耐人寻味的是，一个人错把他乡当故乡，其间折射出回乡无望或无乡可回的孤寂幻灭之感，这种越来越远的行走奔波，何时才是归程？何日才能停歇？诗人不知道，我们也不知道，人生就是这样一道永远无解而永远神秘的方程！综观全诗，不难发现，诗人其实表达了一种体验，人生就是一种行走，在时间和空间的长河中作绝望而幻灭的旅行，乡愁的痛苦永远折磨着诗人，也永远折磨着人类。

其次，人生的确是一种艰难、困苦、尴尬、不安的存在。人生在世，身不由己，面临着社会巨大的无形压力，为生计而奔波，为功名而搏击，为理想而打拼，为明天而奋斗，太多的规则和压力把人严严实实地囚禁起来，剥夺了自由，窒息了性灵，掩没了心灵。人被社会排斥，却又不得不想方设法去适应社会，人是自由的，却又无时无刻不被枷锁捆绑着。人很无奈，无助，孤弱，势单力薄，不堪一击。诗人刘皂这首《旅次朔方》就表达了这样一种艰难的生存状态。诗人留恋家园却又不得不客居他乡，而且一居十年，以至于两鬓秋霜。思家心切，归心似箭却又不得不滞留异地，苦度时光。十年了，流走了青春韶华，流走了理想抱负，流走了人世沧桑；十年后，诗人又要行舟客路，奔波塞外，就连客居十年的异地也不能待下去了，哪里才是身心安顿的地方？何时才是结束奔波的日子？什么时候才能回到故乡？故乡又在哪里呢？诗人厌倦了，诗人疲惫了。无端，无缘无故，没有来由的意思，其实诗人这种奔波肯定是有缘故的，只不过，人生失败，诸事不顺，诗人才斗气一说。更渡，又渡的意思，不止一次，经常如此，这种居无定所、辗转漂泊的生活对诗人来讲已不稀罕，早已习以为常，其间又有多少无可奈何的苦况啊！刘皂的奔波不是离家越来越近，而是越来越远，刘皂不愿意如此劳心劳力，马不停蹄，可是又迫于现实，无可奈何。人总是被一股无形的力量所操控着，由不得自己做主，人类的命运似乎也是冥冥之中早有注定，不以人的意志为转移，人被挤压，被排斥，被驱赶，不停地奔跑，直至生命和肉体消亡为止。人生是悲凉的、痛苦的，生命是渺小的，无助的，人是一种多么可怜的存在啊。这首诗以奔波的乡愁揭示了人类形而上的终级命运，千秋万代，令人共鸣。

羁旅愁思人生路

——温庭筠《商山早行》

晨起动征铎，客行悲故乡。

鸡声茅店月，人迹板桥霜。

槲叶落山路，枳花明驿墙。

因思杜陵梦，凫雁满回塘。

……

俗话说，在家千日好，出门时时难。这个“难”主要不是指生活环境的艰难困苦，更多是侧重人们在社会这个强大异己的压力下所产生的内心的凄苦悲怆。社会是一个战场，一个人拼尽自己的心力和智慧，总是以失败和绝望收场，内心的沉重、压抑、忧郁、悲伤，是可想而知的。人在江湖，身不由己，殚精竭虑，徒呼无奈，这是我读温庭筠的千古名篇《商山早行》的内心感受。我觉得，诗人不仅刻画了一幅清秋早行、奔波劳碌的生活图景，更是描绘了一种马不停蹄、心力交瘁的人生况境，颇具形而上的终极关怀意味。

首联点题，直写悲情。天刚破晓，客人们就翻身起床了，旅店外面早已叮叮当当，响起了当马套车的声音，有人准备起早赶路，即将开始一天长路漫漫的奔波。诗人耳闻铃铎之声，心有万般不愿，想想故乡的日子，自己不必四处劳心，也不必起早远行，免去了劳困之苦，心力之累，而今，却不得不追随这划破清晨的车马之声，匆匆上路。到哪里去呢？为什么要去呢？又何必走得这样匆忙？还来不及做完昨晚的梦，就醒来了，这又何苦？千头万绪，千悲万愁，奔涌心间，诗人一派困惑迷茫！总之，他得走了，他得骑着瘦马，独行古道，迎向嗖嗖寒凉的秋风，走向茫无方向的天涯。故乡，渐行渐远，渐远渐悲，凝结成诗人心中一块永远的痛！

颔联绘景，冷寂凄清。鸡鸣报晓，声声催人；茅屋野店，残破不堪；一弯残月，高挂天空。这个山野客栈，弥漫着萧索荒凉、冷寂空旷的气氛。山间小道，足迹斑斑；木板古桥，沧桑依旧；秋霜满空，寒意袭人。这条古道，写满了起早贪黑、风尘奔波的人生苦况。这两句诗是千古传诵的名句，通过意象的叠加组合，道尽羁旅野况，给人以凄神寒骨、触目惊心之感。鸡声，如果出现在山野村落，出现在故乡家园，给人的感觉是静谧平和、悦耳动心的。可是，这里出现在深山野岭，出现在秋天早晨，给人的感觉自然就是冷寂落寞，无语悲伤了。茅店，简陋寒碜，将就凑合，没有别的选择，诗人只好暂时安顿下来。其间有日暮投宿的幸运和欣慰，更多的是无可奈何的停滞和苍凉。月挂天空，低垂茅檐，孤寂清冷，徒添悲凉。人迹，是人过板桥，独行古道所留下的串串脚印，足见旅途奔波之苦。板桥，是山间小溪就地取材，随意架接的木桥，既古朴深远又沧桑斑驳，很容易勾起行人的漂泊辗转之忧。霜，自然是弥漫天空，寒凉透骨，冷彻心肺。两句诗，六个意象，冷色调，凄清情，无不烘托出羁旅行人的漂泊辛苦，愁惨悲凉之思。古代诗词常常具有这样的特点，以少胜多，以一当十，一两个意象引发人们的丰富联想，把人带入彼时彼地，彼情彼境之中，从而使人产生和诗人一样的心灵体验。温庭筠这两句诗就有这样的表达效果。

颈联描景，扣住“早”字。槲树落叶纷飞，满地皆是，枳花凌寒绽放，放光耀眼，这是天刚明亮时诗人的印象感触。不过，落叶的枯黄凋零，枳花的鲜艳亮丽，一景一明，形成对比，暗示冬去春来，万物变化，时光流逝，离乡久远，让人感到游子久行不归，辗转漂泊的苍凉无奈。这两句诗貌似道出出发时的路上景、眼前物，实则隐喻人生奔波的艰辛不易，字里行间流露出一种凄怆和悲凉。

尾联借梦发感，思乡心切。旅途早行的景色，使诗人想起了昨夜在梦中出现的故乡景色。春天来了，故乡杜陵，回塘水暖，凫雁自得其乐；而自己却离家日远，在茅店里歇脚，在山路上奔波呢！“梦”不仅是昨夜所梦，更是魂牵梦萦，回归故乡的强烈思念。一个人出门在外，旅途奔波，时时刻刻叨念的、梦想的依然是自己的家园亲故，可以想象，纵然离家千里万里，游子依然走不出家园的期盼。尤其是在封建社会游子漂泊江湖，功名未遂，仕途坎坷，更容易在这种困顿不安中想起故乡，忆念亲人，也许，亲情，这个时候是他们唯一的慰藉。这首诗通过诗人的真切体验表达了万千游子这种刻骨铭心而又凄怆悲凉的人生体验，千百年后，我们为了博取功名而辗转他乡，依然有这种无奈凄凉之感，不能不感谢温庭筠，一千年前说出了人类永恒的生活体验！

【第三辑】

独立苍茫天地间

独立苍茫天地间

——陈子昂《登幽州台歌》

前不见古人，后不见来者。

念天地之悠悠，独怆然而涕下。

……

坐在飞驰的高铁上，透过窗户看外面的风景，正是清明时节，万物欣欣向荣，生机勃勃，无数的树木和花草飞快地朝身后闪过，无数的树木和花草又飞快地朝眼帘扑来，一来一去之间，不过就是几秒钟的光阴，转瞬即来，稍纵即逝，来不及预告，不需要道别，每一棵闪现的草木都是一片掠过眼帘的风景。

人生在世，百年光阴，亦如草木过眼，云烟消散，想要挽留，想要等待，想要期盼，都是一件极为艰难的事情。特别是对于那些心高气傲、才华横溢、志比云天的人来说，时光的流转，人事的变迁，社会的迁延，更容易引发他们的生命感慨与心灵隐痛，诗词歌赋之间，杯酒风流之时，免不了长吁短叹，免不了问天求索，一声声叩问天地的呼喊，一声声抒发苦闷的质问，穿越邈远的时空，回荡在今人的耳畔，回荡在心灵的天空。

唐代诗人陈子昂是大唐王朝万千壮志凌云、豪气干云的热血青年中的一个。他学富五车，才高八斗，志比天高，初登文坛，一声长啸，哀转久绝，震撼心灵。

好多人去考证陈子昂写作这些诗句的时代背景和人生境遇，写下了数以千计的研究论文，深刻解读诗人的雄心抱负和生命隐痛，深入体验诗人的情感煎熬与人生困顿，将一个历史的陈子昂复活在世人面前。我敬佩诗人的伟大与孤独，我敬佩研究诗歌的学人的深刻与悲悯，我除了与大家一道共鸣诗人的生命哀乐与人生沉浮之外，我更愿意将目光投向时空，投向历史，投向遥远的未来，投向永恒的人类终极。我想，陈子昂作为一个生命个体，他的呼唤与悲号不只是道出了他的生命困惑，更道出了古往今来漫漫时空长河之中万千俊杰英才的生命剧痛与无助苍凉，是的，时不分古今，地不辨南北，每一个不甘平庸的生命，每一颗激动不宁的心灵，都会感发万千，仰天叩问。一俯仰，一问天，一浩叹，生命精神得以延续，血脉气韵得以扩散。

很多人以为陈子昂追问历史，仰慕先贤，徒生感慨；很多人以为陈子昂遥望未来，不遇知音，不逢适时；很多人得出结论陈子昂悲愁浩叹，怀才不遇，四顾无人，旷野荒凉。我承认诗人的天地孤独、洪荒寂寞，但我更感觉是句子中还有一种源自人生起落、宦海穷达的豁达与透彻，更有一种超越自我与时代局限的辽远与永恒。想想看，古人是谁？固然是陈子昂多首诗歌中反复咏唱的燕昭王、燕太子丹等礼贤下士、广纳英才的贤明君王，诗人希望自己生逢盛世，得遇贤君，大展宏图，快意人生；诗人伤心于自己直言进谏、触怒权要，诗人失望于自己一腔抱负化为泡影，诗人愤慨于世道不公，才华埋没。一切与诗人的人生境遇、功名前程相关联的郁闷、愤慨、失意、绝望均在“古人”之中。诗人是在借古人之酒杯浇自己胸中之块垒。

但是，很明显，经历过人生沉浮、宦海凶险的诗人，应该也是看得开阔，想得通达的，一个人不能左右时代与社会，不能牵制身边的政权与体制，胳膊扭不过大腿，还能怎样呢？不只是我陈子昂一个人是这样的命运，历朝历代，志士失路，虎落平阳，比比皆是啊。这个时候，换个角度想想，不去争强好胜，不去扭转乾坤，不去较劲过去，过去就让它过去，烟消云散，风清日朗，一身轻快，一心释然，又何尝不是一种智慧，一种洒脱呢？往后看，往千秋百世看，能遇知音，异代共鸣，阴阳默契，当然九泉之下无比欣慰。但是，不要忘了，俞伯牙鼓琴，钟子期听音，峨峨兮志在泰山，洋洋兮志在江河，一声一应，彼此契合；钟子期死后，俞伯牙痛失知音，摔琴绝弦，终身不弹。人生在世知音难求，何况异代阻隔、阴阳两界呢？诗人慨叹不见“来者”，来者是谁？是诗人敬仰万分的贤明君王，是与诗人志同道合、命运类似的落难英雄，是一切时代心灵呼应，生命同构的每一个高贵而伟大的魂灵。可是，“来者”看不见今者，今者看不见来者，古人看不见今人，今人看不见古人，异代相隔，时空邈远，如何相遇，如何呼应呢？所谓吊古伤今，伤时感怀，不过是含沙射影，一厢情愿而已。如此看来，每一个不甘平庸的生命，每一颗兀傲不屈的灵魂，都是孤独的、隔膜的，都难以遇到知音，都没有绝对意义上的心魂相悦，灵犀相通。人生短暂，生命脆弱，放在历史的长河之中来看，注定孤独而落寞，注定无助而凄凉。

换个角度看，即便是人生得意，踌躇满志，大功告成，安享荣华富贵，安坐华屋楼阁，就一定内心丰盈、生命辉煌吗？就一定有风光八面、神气十足吗？外在也许如此，繁华过后必定凄凉，威风消散必定落寞，没有人一路追随你，没有人一心喝彩你，成功也难免凄凉。古人，今人，成功，失意，都只能一人承受，一人体验，世无知音，人心落寞，实乃永恒之定理。陈子昂望古望后，寻东觅西，一无所获，一心沮丧。将失意孤愤倾泻进历史长河，将达观释然投射久远时空，诗人是站立的，犹如一尊雕像，俯仰历史，俯仰时空，四野无人，寂寞一世。他的寂寞与郁闷，他的悲愤与达观，表征了人生的局限和人类的卑微，是的，面对浩渺时空，悠悠历史，我们除了谦卑敬畏，因势处顺，坦然面对，还能怎样呢？

诗人发自内心的感慨，天地诞生于我之前，时间无始无终，永恒流逝，空间无边无际，无穷无尽，天地悠悠，包罗万象，何其辽阔，何其邈远。人海茫茫，红尘滚滚，无人知晓我的生命与灵魂，无人分担我的痛苦与忧伤，无人抚慰我的失意与绝望，何等无奈，又是何等苍凉。天地悠悠，是仰天长叹，浩然长问，是矢志求索遍体鳞伤的哀愤，是哀哀无告、走投无路的绝望。相比黄天苍茫，个体生命何等渺小，何等脆弱。李白曾经感叹，夫天地者万物之逆旅，光阴者百代之过客。杜甫曾经悲叹，飘飘何所似，天地一沙鸥。苏轼亦曾感叹，寄蜉蝣于天地，渺沧海之一粟。人类对于无限时空的探索从来没有停歇分秒，人类对于自身的认识从来都是透彻的。百年苦短，譬如朝露，生命局促，时光宝贵，有人立志奋发，赋予时光积极的意义，有人醉生梦死，及时行乐，以挥霍时光当作人生之意义。诗人陈子昂心绪浩渺，心情激动，一方面想指点江山，激扬人生；另一方面也洞达时势，无奈退出，内心矛盾、纠结，一团乱麻，一团迷雾。王朝的太阳照不进失落的心灵，君王的眼光看不见英雄的梦想。一生一世的苦楚只能自己咽下，和着泪水，和着心血。不过，这份慷慨悲叹，这份深广忧愤，不会让人感到颓丧、低迷，不会让人感到衰弱无力，相反，一个人承担一代人的悲苦，一个英雄承载一切英雄的伤心绝望，悲悯博大，恢宏磅礴，悲壮感人，激荡人心。

我们看到，诗人站在古老的幽州台上，在苍茫的高天之下，在浩渺的时空之中，俯仰古今，审视八方，黯然神伤，怆然悲悯，独自流泪。为自己一腔抱负化为幻影，为君王神圣不再，贤明不存，为权要嫉贤妒能，急功急利，为古往今来一切俊杰志士不遇知音，不逢其时，为时光深处一切人为的努力消弭于徒劳无功，为生命如孤蓬断梗、蝼蚁尘埃，为人生如过耳长风、过眼云烟，为一切虚无、孤独、短暂、落寞、局促、苍凉，诗人洒下伤心清泪，既像月光一样凄清，又像阳光一样火热。那座高台，因为大唐一位青年俊杰的生命浩叹而扬名天下，这首诗歌因为道出一种普遍而永恒的生命体验而熠熠生辉。

南风一扫胡尘静

——李白《永王东巡歌十一首》（其十一）

试借君王玉马鞭，指挥戎虏坐琼筵。

南风一扫胡尘静，西入长安到日边。

……

读多了李白的豪放飘逸，浪漫神奇，总在想，要是让李白披挂上阵，驰骋沙场，或是运筹帷幄，调度军马，那该是怎样一幅场景。知道将军和诗人有巨大的区别，也知道两种身份可以完美结合，但是，还是希望看到、读到李白指挥千军万马决战血海沙场的动人诗篇。

一向以为，将军也是诗人，只不过吟诗咏歌，抒情言志的方式与诗人不同而已。将军以刀剑为笔，以鲜血为墨，视战场为宣纸，视士兵为文字，驱烽烟造势，借杀伐助兴，纵马奔突，南征北战，横扫千军如卷席，威震敌胆似猛虎，鲜血凝固成壮丽的诗篇，刀剑砍杀出完美的结局。一场短兵相接、刀光剑影的生死搏杀，就是一篇雄奇壮丽、气势磅礴的诗篇。

诗人也是将军，从军入伍，大志欲为，挥毫泼墨，自铸伟词。用激情提振士气，用力量威慑敌胆，用文笔抵挡刀剑，用浓墨濡染烽烟，视文字为兵马，视宣纸为战场，随心所欲驱遣兵马，出生入死激战沙场。一首激情澎湃、热血沸腾的诗篇就是一场你死我活、喊声震天的拼杀，杀出豪气干云，杀出威风凛凛，杀出鬼哭狼嚎。

李白诗歌《永王东巡歌十一首》（其十一）就是这样一首融合诗意与杀伐，挥洒才情与豪气的军旅诗章。

天宝十四年(755)，安禄山在范阳造反，第二年攻陷潼关。京师震恐，唐玄宗仓皇出逃四川，途中命其第十六子永王李璘经营长江流域。十二月下旬，永王率水师顺江东下，途经九江，三次登门拜请李白出山，辅助大业。李白应召，入李璘幕府。随军东征，践行宏愿。此诗大约写于军旅途中。当然，李璘招兵买马，明为平定叛军，实为壮大力量，觊觎皇位，后来阴谋败露，李璘获罪。李白也受到牵连。肃宗以李白犯有附逆叛国之罪，将之流放夜郎。李白胸怀大志，急于建功，疏于研判，迷失方向，误入军旅，这是他的人生失误。但是，就其从军李璘，竭尽忠智，效命君王而言，却是肝胆可鉴，天地明察，感人肺腑，动人心弦。

李白不做一兵一卒，不为鞍前马后，甚至也不屑于平凡普通，他要指挥千军万马，搏杀沙场，铲除叛军，平定战乱。他要大敌当前，指挥若定，运筹帷幄，决胜千里。他要奋其智能，竭尽才华，使“寰区大定，海县清一”。实现这一宏伟抱负的前提条件是朝廷给他这样一个平台，一次机会。不然，一切均是梦幻，一切付诸东流。因此，诗歌一开篇，李白就高调宣言，君王在上，大敌压境，我李白需要国家授权，需要手握重兵，需要大战乱军。我不贪恋权位，我不羡慕富贵，我无政治野心，只不过，现在形势严峻，军情告急，我需要一支军队，大权在握，如此，自然可以替君王分忧解难，替国家平叛安民。喜欢李白的“玉马鞭”，白玉为鞭，光洁如雪，珍贵似金，扬鞭飞舞，飒飒有声，高头大马，凛凛生威，李白以此代指君王授权，自然可以看出，李白心中此等军权的神圣和威严，李白使命的重要和崇高。这不是小打小闹，不是寻常战斗，这场战斗关系国运安危，关系黎民苍生，十万火急，万分重要。战斗的核心，在李白看来，当然是君王授权。因此李白夸饰权力，美化权力，出之以金玉，用心良苦，用情赤诚。

坐上将军交椅，手握万千兵马，胸藏万卷兵书，洞察敌我军情，制订作战方案，排兵布阵，调兵遣将，对李白来讲，简直是小菜一碟，易如反掌。你看，诗人是如何描绘自己指挥战斗的？高坐华丽宴席，歌舞美酒助兴，心里明白，头脑清醒，于觥筹交错之间，于谈笑风生之际，运用谋略，指挥军马，决战沙场，完胜敌军。简直就是一位身经百战、经验老到的统帅，威风，神气，豪放，潇洒，不像在谋划战争，倒像在指挥一场交响乐演奏，不需殚精竭虑，呕心沥血，倒是轻松自如如同儿戏一般。这就是李白，书生从军，诗人打仗，风雅浪漫，豪情万丈。你看不到战争的残酷，伤亡的惨重；你闻不到火药的气味，鲜血的腥臭；你想象不到过程的拉扯，计谋的曲折。相反，一场战斗给人的感觉就是一场演出，出神入化，炉火纯青；一场战斗给人的感觉就是享受，大败敌军，痛快淋漓！相比一般作战，将军披坚执锐，跃马扬鞭，身先士卒，冲锋陷阵，可以鼓舞士气，张扬军威。这是一种风范。但是，像李白那样，坐观风云，成竹在胸，胜券在握，指挥若定，自信满满，又是一种风采。而且李白自命不凡，卓异超群，怎能等同流俗呢？壮哉，李白！快哉，李白！

这一仗打得如何？伤亡如何？结果怎样？当然牵扯人心，触动君王。李白倒是说得轻巧，就像天风卷残云，玉宇变澄清；就像狂风卷大地，尘沙变清静。转瞬之间，完败敌寇，清扫战场，天地肃穆。何等快捷，何等利索，何等神奇。李白不像在调兵打仗，更像在玩耍魔法，创造奇迹。暗淡了刀光剑影，远去了鼓角争鸣，隐灭了牺牲伤亡，褪尽了战火硝烟，李白留给读者一阵清风，几缕青烟，几粒沙尘。画面柔美曼妙，轻盈生动，意兴愉悦轻快，清爽舒畅。诗意替代了战火，风烟代替了刀剑，我们读不到战争的惨烈，我们只感觉到风轻云淡。诗中“南风”隐喻永王军队，因为驻扎南方，北向迎敌；又因为王军所向，势如破竹，威震敌胆，敌寇望风披靡，落荒而逃。王军如南风，南风所到，草木摧折，尘沙飞扬；王军所向，敌寇退却，兵败如山倒。一股南风，气吞万里如虎，横扫千军如魔。天下无敌，豪勇盖世。李白为自己而高兴，李白为铁军而自豪。

如此大破敌寇，如此惊世骇俗，如此不世之功，李白理当封官晋爵，出将入相，理当坐享荣华富贵，高居万众之上。一般文人，一生打拼，最大梦想就是如此。可是，你要是如此看待李白，那就大错特错了。李白不居功自傲，不贪恋富贵，不追逐权位，他只希望像战国时期的鲁仲连那样，功成身退，逍遥江湖，睡卧林泉。他一直希望能像范蠡一样功成不居，泛舟五湖，悠哉闲哉，快活一世。西入长安，捷报飞传，凯歌高奏，李白自豪狂喜，毕竟大功告成，理想实现。人生快意，可以理解，乐意分享。还要梦到日边，安于生活，急流勇退，逍遥度日。实在令人钦佩。淡泊名利，不屑富贵，藐视荣华，只图自由，只想自在，过自己想过的生活，活出自己的滋味和精彩。这才是真正的李白。这才是真性情的李白。

苍鹰搏杀显本色

——杜甫《画鹰》

素练风霜起，苍鹰画作殊。
㩳身思狡兔，侧目似愁胡。
绦鏇光堪擿，轩楹势可呼。
何当击凡鸟，毛血洒平芜。

· · · · · · ·

杜甫的题画诗以形象活脱、气韵生动见长。写鹰，有冲腾九天、搏击兔鸟之势。他早期的题画诗《画鹰》就是一首杀气腾腾、威风凛凛的言志诗。全诗赞美画师的技法精湛，深谙画理，描绘了苍鹰的威武猛鸷，气势非凡，表现了青年杜甫傲岸豪放的性格、自负不凡的气概和欲建功立业的思想。苍鹰的形象就是青年杜甫志比云天、气贯长虹的自我形象的生动写照。

首联渲染气势，先声夺人。诗人观画，凝神静气，意态恍惚。画布一片惨白，如皑皑雪原，寒光闪闪；风霜突然腾起，似阴风扑面，杀气森森：整个画面弥漫着一种风云激荡、霜飞木落的肃杀之气。何以如此？原来是矫健不凡的画鹰逞强显威、跃跃欲试的缘故。着一“殊”字，表面上是说“苍鹰画作，殊绝动人”，极赞画师写静求活、绘形显势的本领，实质上是凸显苍鹰挟风带霜、虎虎生威的气势。此联先以“风霜”造势，暗含风起生威、霜飞逞强之意，再以“画作”点题，赞画赞鹰，气势不凡，具有摄人心魄、扣人心弦的艺术功效。

颔联绘姿绘态，形神逼肖。画鹰挺起身体，侧目而视，随时准备捕捉狡兔。“竦身”是一种跃跃欲试，大展拳脚的预备动作；“侧目”是一种犀利如炬、寒彻似剑的警觉目光；“思”为“意在……”之意，表明画鹰全神贯注、孤注一掷的心理状态，也有几分伺机而发、置人于死地的阴鸷。“愁胡”指胡人，孙楚《鹰赋》有“深目蛾眉，状如愁胡”之说，因为鹰眼和胡人眼相似，所以有这样的比喻。全联以动写静，摹形绘态，凸显苍鹰蓄势待发、伺机出击的神韵。

颈联旁敲侧击，活现风采。绦是丝绳，镟是转轴，用绦缚住鹰足系在镟上。轩楹，堂前的柱子，是画鹰悬挂的位置，此处代画鹰。势可呼，是说可以呼唤出来，极言画鹰之逼真神似。这二句意思是说系着金属圆轴的苍鹰，光彩照人，只要解下绳丝即可展翅高飞；悬挂在轩楹上的画鹰，神采飞动，气雄万夫，好像呼之即出。此联以真鹰比拟，观之苍鹰几乎要破布而出，腾空而飞；思之几近让人毛血俱动，心潮澎湃。

尾联抒情写志，大气磅礴。写苍鹰，渴盼能够摆脱束缚，奋飞云霄，搏击凡鸟，杀得它“风毛雨血，洒野蔽天”！抒胸臆，希望自己志凌苍鹰，超拔尘俗，奋发有为，实现“致君尧舜，淳朴风俗”的远大理想。诗歌写鹰实乃写人，通过原野搏杀的场面，我们可以感受到诗人那种大志有为的热情和疾恶如仇的性格。“何当”可见志在云天，急于星火的心声。“凡鸟”，对比苍鹰而言的平庸之鸟，此处以鸟喻人，专指那些庸懦无为、品行糟劣的官吏。对于那些祸国殃民、作恶多端的“凡鸟”，杜甫是奋力搏杀，除恶务尽。其疾恶如仇之心，奋发向上之志，宛然可睹，振奋人心！

综观全诗，起笔突兀，气势逼人；颔颈二联摹形绘态，形神兼备；尾联抒情言志，寄慨遥深。诗人按照“画鹰—真鹰—自己”这样一个脉络，层层写景，一气呵成，最终达到咏物抒怀的目的。我们没有见到千百年前那幅画，也无由亲聆青年杜甫慷慨激昂的吟诵，但是沉默不语的诗句所传达出来的那颗乘风奋飞之心，那股疾恶如仇之志，却永远激荡在我们的心间！

登高壮观天地间

——畅当《登鹳雀楼》

迥临飞鸟上，高出世尘间。

天势围平野，河流入断山。

……

诗因楼出，楼因诗名，唐代两位诗人王之涣和畅当分别写过一首《登鹳雀楼》，由于王诗在前，名声较大，几乎湮没了畅诗的影响，后世论诗常把两首同题诗比较而谈，囿于成见，沿袭旧说，褒王抑畅者居多，论者认为畅诗不如王诗是因为畅当的《登鹳雀楼》纯粹写景（或者说景中少人），无理无情，无势无志；而王诗则是情景交融，虚实相生，理入景势，志由物出。果真如此吗？笔者经过反复再三的涵泳玩味，的确不敢苟同这种观点，试申述理由如下。

前两句写楼高以寄怀。鹳雀楼拔地而起，直插云霄，高空飞鸟似乎也只能望“高”兴叹，低栖其下。站在鹳雀楼上的诗人居高临下，纵目远眺，仿佛觉得万丈高楼，顶天立地，横空出世。这两句以飞鸟难以飞临反衬鹳雀楼高及云天，以尘世景物的低矮渺小反衬鹳雀楼的高高在上，夸张和想象相结合，静态和动感相交融，营构了一幅高远辽阔、雄浑苍茫的壮观图景。写楼，有远离飞鸟，出世超尘之想，写人有高蹈尘外、遗世独立之思，化静楼为动感，寓情势于景物。诗人孤高傲世、独步青云的风姿，诗人豪情满怀、壮志凌云的胸襟，诗人高瞻远瞩、超群脱俗的情志，在这精心营构的雄浑图景之中展露无遗。

后两句写四围景象以抒激情。崇山峻岭，连绵起伏，如铜墙铁壁锁住平原田野，似万千雄兵围抄高楼旷野；南来东向的黄河奔腾咆哮，如惊龙腾空，似银蛇起舞，排山倒海，呼啸而来，汹涌而去，以雷霆万钧之势，凭鬼斧神工之力，把横亘在前的山脉拦腰斩断。这两句概括描写，勾勒山河的形貌气势。以“围”写山，凸显山峦起伏，连绵不断的地理形貌；以“入”写河，彰显黄河万里奔腾，滔滔向前的强劲力量。“断”字入诗，耐人寻味。李白有诗“天门中断楚江开，碧水东流至此回”（《望天门山》），“断”字气贯长虹：长江汹涌澎湃，虎吼雷鸣，似倚天长剑把天门山一分为二。同样，畅当用“断”字也传神地表现出黄河惊天动地、摧枯拉朽的巨大力量，任何艰难险阻，任何崇山峻岭，都阻挡不了黄河一泻千里、滚滚向前的潮流。如此恢宏壮阔的场面，如此壮浪奇绝的气势，如此震天动地的伟力，活脱脱地烘托出诗人开阔高远的胸襟和激越奔放的豪情，这两句与前两句一气相贯，既已显出楼高望远，更能见出诗人志高气逸的情怀。

宋人沈括称赞这首诗和王之涣的《登鹳雀楼》都“能状其景”（《梦溪笔谈》），但景以情见，物由志显，能状壮阔山河，正因诗人胸怀高尚。畅当才情卓异，自视清高，不苟流俗，不甘困顿，有一股冲决樊篱、大展宏图的激情。因而登临赋诗，抒怀励志，瞩目高远，激情迸发。这种志存高远、积极进取、挑战困难、向往自由的精神，不是通过王诗“欲穷千里目，更上一层楼”这样的句子传达出来，而是作为一种情操气度渗透在山川景物当中，不可目遇只可神会，涵咏品味，自然能够体察出来。可见畅诗写景状物，图形绘貌之中亦暗含情志理势，绝非一般论者所言的“纯粹写景”。

壮志不移老杜心

——杜甫《江汉》

江汉思归客，乾坤一腐儒。
片云天共远，永夜月同孤。
落日心犹壮，秋风病欲苏。
古来存老马，不必取长途。

……

杜甫给人们的印象多是悲愁叹老，感时伤怀，嗟病怨苦，忧国忧民，你很难想象杜甫也有清狂得意、壮志凌云的时候，这不，他的五言律诗《江汉》就是这样一首悲而能壮、气势磅礴的沉雄之作，品读、玩味之余，我为老杜的孤寂落寞而悲哀，更为老杜的壮心不已而惊叹。不论飞黄腾达还是穷愁潦倒，杜甫都是忧国忧民，忠心不移，这种执着一念、孤注一掷的毅力，这种百折不屈、坚贞不渝的意志，足以催人泪下，动人心魄。下面对《江汉》稍作剖析。

前四句言“悲”，“悲”中有“壮”。“江汉”是诗题，也是诗歌首句开头用语，还是一个极易引发人们广泛联想的地名，寓含人在江湖，身不由己，漂泊流徙，四海为家之意，暗示了诗人客滞江汉的窘境。“思归客”三字饱含无限辛酸，因为诗人思归而不能，成为天涯沦落人，而且这种客居异地、颠沛流离的生活由来已久，仍将延续，似江汉流水绵绵不尽，如瑟瑟秋风哀哀不绝。“乾坤一腐儒”句，在“腐儒”前置一

"乾坤"，顿觉天荒地老，风云变色，人世沧桑，感慨万千。此句包含"自鄙而兼自负"这样两层意思。天高地阔反衬出人生的孤单渺小，微不足道；浩浩长天，茫茫宇宙，人生与之相比的确是沧海一粟，短暂而脆弱，这与杜甫诗句"飘飘何所似？天地一沙鸥"的意味颇为相似。另外，"腐儒"一词别有深意，杜甫身在草野，心忧社稷，孤忠永存，痴心不改，此等到老不衰、顽强不息的爱国思想，在常人看来，也许是冥顽不化，迂腐至极，可在老杜看来却是恪守不疑，矢志不移。试想，如此不分穷达，不顾流俗，殚精竭虑，效命尽忠，乾坤之内，能有几人？此腐儒颇有顶天立地、一往无前的志士风范。三、四两句借景抒情，托物言志。诗人写远浮天边的片云，隐喻自己漂泊不定、居无定所的流浪生活；写永夜孤悬的明月，暗示自己孤独冷清、无依无靠的悲苦处境。片云夜月与诗人同孤共远，可想而知人在旅途的艰辛困苦，也可见出诗人思归之情的急切、深沉。特别不可忽视的是，皎皎明月虽然远在天边，孤独落寞，可是它的银辉四射、朗照万物让天地生色，这分明又象征着诗人效忠君王、忧虑民生的耿耿忠心，换句话说，诗人的一片忠心像高天孤月一样皎洁明亮。王安石有诗云"春风又绿江南岸，明月何时照我还"。明月寄忠心，暗示诗人尽忠效命、重返朝廷的期盼。"明月"的隐喻意义与杜诗类同。

前四句诗写景言"悲"，有江海余生、思归无望的愁苦，有孤独落寞、穷愁潦倒的困窘，有辗转漂泊、颠沛流离的辛酸；但是更有孤忠长存、禀性不移的坚强和效命君王、许身国家的忠诚。品读深味，诗句悲中有壮，哀而不伤，颇有沉雄痛快之风格。

诗歌后面四句抒情言志，字里行间洋溢着一股昂扬奋发、积极进取的激情，给人以老当益壮、穷且益坚之感。面对年迈体弱、风烛残年，诗人不是哀愁叹老、颓唐不振，而是壮心不已、信心百倍，颇有曹操"老骥伏枥，志在千里。烈士暮年，壮心不已”的气魄；面对飒飒秋风，面对老病缠身，诗人不仅没有悲叹哀伤之感，反而觉得大病将愈，意兴盎然，这与李白“我觉秋兴逸，谁云秋兴悲”的思想境界颇为相似，表现出诗人身处逆境而壮志凌云的豪迈之情。如此壮怀激烈、跃跃欲试的诗句，怎不令人心动神驰、神采飞扬呢？“古来”二句，化用典故，再一次强化了诗人老当益壮的情怀。“老马”用了《韩非子·说林上》中“老马识途”的故事：齐桓公伐孤竹，迷惑失道。他采纳管仲“老马之智可用”的建议，放老马而随之，果然“得道”，走出困境。诗人以“老马”自况，强调古人存养老马，不是利用它的日行千里的功力，而是采用它的绝地制胜的智慧。我虽是“腐儒”一个，但心犹壮，病欲苏，跟老马一样，并非一无用处，关键时候还是可以凭借自己的经验和智慧为国家，为人民做事的。当然，老马自喻，也含有怀才见弃的不平之气。统而观之，四个诗句，触景兴感，用典设喻，没有悲凄惆怅的哀叹，没有临风伤怀的幽怨，只有报国思用的慷慨，只有竭尽忠智的殷殷期盼，对于一个穷愁老迈的诗人来说，还有什么比这种昂扬奋发、积极进取的人生姿态更可贵的呢？我们由此不也感受到了一种不甘平庸，不屑颓靡的豪雄之气吗？

和李白的昂首天外、高蹈尘世不同，杜甫总是头顶蓝天，足踏大地，把目光投向多灾多难的人民，沉郁顿挫，忧心忡忡，他的一江水、一片云、一轮月，他的一身病、一颗心、一匹马，无一不折射出诗人心忧国民、将以有为的情怀。我们体察得到他的忧愁苦恨，我们更感受得出诗人的雄心壮志，在那个兵戈满地、烽烟四起的年代，在那个亡命天涯、朝不保夕的时期，杜甫能够高瞻远瞩，励志奋发，承担家国大忧大患，喊出时代最强音，千秋百代之后的我们只能献上我们由衷的缅怀和崇高的敬意！

骏马奔腾扬壮志

——杜甫《房兵曹胡马》

胡马大宛名，锋棱瘦骨成。
竹批双耳峻，风入四蹄轻。
所向无空阔，真堪托死生。
骁腾有如此，万里可横行。

······

杜甫爱花，但不拈花惹草，而是借花木葱茏来抒发对于春天的喜爱；杜甫爱鸟，但不提笼架鸟，而是借百鸟飞鸣来抒写对生命的礼赞；杜甫爱酒，但不花天酒地，而是借酒入热肠化解心中的悲愁；杜甫爱马，但不溜须拍马，而是借骏马奔腾来抒发对未来的豪情壮志。青年杜甫才华横溢，壮志凌云，"望岳""画鹰"，特爱骏马。《房兵曹胡马》就是一首典型的跃马扬鞭、志在千里的狂放之作。品读杜甫笔下这匹虎虎生风、凛凛生威的骏马，我们会对杜甫有一个"清狂傲世"的印象。

这是一首咏物言志诗，注家一般认为作于开元二十八年(740)或二十九年，正值诗人漫游齐赵、飞鹰走狗、裘马清狂的一段时期。诗歌的风格超迈遒劲，生气勃勃，反映了青年杜甫锐意进取、一往无前的精神。前面四句正面实写胡马。先点"名"，房兵曹的这匹骏马，来自大宛(汉代西域国名，素以产"汗血马"著称)，毛发直立，汗液如血，体格健壮，耐力惊人。驰骋千里热气腾腾，威风凛凛，远非凡马可比。名，绝不是指称物种的名称而已，此处含有"胡马"大名鼎鼎、扬威天下之意。再画骨，瘦骨嶙峋，状如锋棱，神清气爽，坚劲挺拔。着一“瘦”字，暗示此马绝非膘肥体硕，臃肿虚浮，而是硬朗结实，强壮如钢筋铁骨，劲健如壁立千仞；妙用“成”字，呼应“名”字，强调此马似乎不是血肉之躯，实乃锋棱瘦骨构筑而成，稳健如山，坚硬似铁。骨相的瘦硬奇绝已让人领会到名马的非同凡响。次张“耳”，双耳大张，锐利劲挺，如刀削斧劈，似劲竹临风。一个“批”字写骏马双耳直竖，毛发伸张，给人以劲健挺拔的力度感，似乎可以想见其咴儿咴儿喷气、跃跃欲试的情状。后生“风”，骏马奔腾，四蹄腾空，凌厉矫健，胡马的“飒爽英姿”宛然可睹。“轻”字活画出骏马一日千里、风驰电掣的身影，令人过目难忘。四句诗文，写意传神，由面及点，先名后实。骏马的魁梧高大、气宇轩昂、威风凛凛给我们留下深刻的印象。

后面四句虚写品格，由前面的咏物转入抒情，颈联上乘“奔马”而来，写它纵横驰骋，历城过都，有着无穷广阔的活动天地；写它逾越险阻，所向无敌，有着托付死生的诚信品格。“无空阔”再现骏马势不可当、锐不可阻的神勇。“托死生”盛赞骏马与主人生死相依、患难与共的品质。这里看似写马，实乃写人，这难道不是一个忠实的朋友、勇敢的将士吗？尾联先以“骁腾有如此”总结上文，对马作概括，最后宕开一句：“万里可横行”，包含着无尽的期望和抱负，将意境开拓得非常深远。“万里”可见骏马跃马扬威、气吞万里之势。“横行”绝非逞霸称雄、蛮不讲理之意，而是勾勒骏马走大漠、上高山、闯火海、过平原的神奇本领。此联开合有度，语意双关，既是写骏马万里驰骋，也是期望房兵曹浴血奋战，更是诗人自己豪情壮志的形象写照。盛唐时代国富民强，开疆万里，杜甫用一匹骏马的万里奔腾写尽了一个国家蓬勃向上的风貌，壮哉！

老年杜甫笔下多病马，给人以江河日下、回天无力之感；青年杜甫笔下多骏马，给人以生龙活虎、蒸蒸日上之感。品读杜甫，品读骏马，我们理解了人生的深层意义。

豪饮放歌战地情

——王翰《凉州词》

葡萄美酒夜光杯，欲饮琵琶马上催。

醉卧沙场君莫笑，古来征战几人回。

······

美酒与和歌齐飞，豪迈与杀伐同在，这是我读唐代诗人王翰的千古名作《凉州词》的直观感受，那些高歌畅饮、一醉方休的场面，那些繁管急弦、万众欢呼的狂热，那些生死度外、兴会淋漓的豪情，读过之后，令人兴奋激动，回味无穷。我为一个时代，唐朝的蓬勃向上、自信满满而高兴，我为一种职业，军人的舍生忘死、醉卧沙场而激动。多少年了，斗转星移，中华民族在大唐王朝洋溢出来的那种超越生死、气贯长虹的精神姿态让人敬仰，让人感动，让人震撼。我乐意分享我的快乐与豪放，与王翰，与大唐将士，与千百年后的你我。

《凉州词》开篇描写的是荒寒绝域将士们欢歌畅饮的热闹场面，气氛之热烈欢快，情调之昂奋乐观，节奏之急促跃进，场院景之鲜活生动，历来边寒诗中少见，只有大唐，只有盛唐，一个民族昌明发达、威震四海的时候，才有这种气氛和旋律。诗歌首句放言葡萄美酒，以夜光杯来陪衬，红花还须绿叶陪，好马也须好鞍衬，诗人拈出夜光杯，周穆王时代，西胡以白玉精制而成的酒杯，有如“光明夜照”，是千古宝物，金光四射，给人的感觉是，西域盛产的惊世名酒——葡萄酒，只有千古名杯——夜光杯才配盛装，而夜光杯似乎也只装盛葡萄酒这类豪华名酒，一般的酒似乎远远轮不上用夜光杯来盛装。诗人一开篇，就用饱蘸激情的笔调，铿锵激越的音调和光华四射的词语，写下世间名酒名杯，呈现在人们眼前的是五光十色、琳琅满目、酒香四溢的盛大筵席。一个“光”字，不仅状杯之光华艳丽，通体晶莹，而且陪衬葡萄酒的生香活色，可口可谗，似乎给人一种浓香四溢、鲜艳欲滴之感。“光”字有质感，玲珑剔透，流光溢彩；有色泽，浓艳光华，灼灼逼人；有芳香，醇香扑鼻，令人嘴馋：写尽了杯酒之迷人醉心，魅力四射，光彩夺目。

诗歌次句写音乐，鼓乐齐鸣，琵琶合奏，呈现一派热闹欢畅、万众欢腾的动人场景。欲饮之时，将饮未饮，万事俱备，只欠号令：可见将士们的群情激动，欢呼载舞；可见战地生活的紧张动荡，难得一聚；也可见酒席的富丽豪华，排场阔绰。写马上琵琶，又是异域风情，胡人骑马弹奏，放歌长吟，骏马在草原大漠上驰骋，琴声在长空大地上回荡，胸襟之豪迈阔大，气度之放旷豁达，情调之高昂放纵，全在纵马放歌之中。“催”字不是军令号角，大煞风景，也不是催促征战，打扰兴致，而是极言琵琶弹奏之声，如繁管急弦，火爆热烈，激活气氛，调动意绪，鼓舞人心，张扬士气：可以想见，将士们耳闻阵阵欢快、激越昂奋的琵琶声，该是何等欢畅、兴奋！这句描写，落笔宴席，着眼声乐，渲染气氛，激活状态，旋律欢快急促，行止粗豪放旷，展示了边塞将士难得一见的昂扬乐观、大气磅礴的精神风貌。

诗歌第三、四两句侧重揭示将士们的内心世界。聚饮是无所顾忌，放旷不羁；劝酒是尽情尽兴，一醉方休。人人都知道，这样的机会，少之又少，难之又难，人生难逢开口笑，会须一饮酩酊醉。战士们是清醒的，他们南征北战、驰骋沙场的经历早就告诉他们，将军百战死，壮士十年归，出生入死，险象环生，这太正常、太自然了，军人是什么？军人意味着流血牺牲，军人意味着生死为国。战士们又是乐观的，他们决不恐惧战争的血腥残酷，决不忧虑生命的朝夕难保，决不厌恶戎马生涯的紧张忙碌。相反，对这一切，他们见怪不怪，习以为常，他们舍身为国，乐以忘忧；他们醉卧沙场，不惮生死；他们英勇无畏，视死如归！战死沙场，魂飞魄散，战争的残酷惨烈，他们视而不见，反而谈笑自如，镇定自若，这是怎样的精神姿态！这又是怎样的胸襟气度！一个人，效命疆场，忠心报国到了不惧死亡，甚至以死为乐的程度；一支军队，浴血杀敌，建功立业，到了生死度外，甚至乐生乐死的地步：这又是怎样一种惊天地、泣鬼神的境界。“莫笑”是旷达之语，更是攻无不克、战无不胜的豪迈宣言；“醉卧”是酩酊大醉，不胜酒力，更是杀伐征战，万死不辞，不以为苦，反以为乐的崇高境界。我们坚信，一支军队，一个王朝，有一种不畏生死、誓夺胜利的精神，这样的军队必将无敌于世界，大唐、盛唐，正有这样一支让中华民族引以为荣的威武之师。有人把结尾两句理解为“故作豪放之词，然悲感已极”，如果把这首诗放在宋朝，特别是南宋，那个积贫积弱的时代，我赞成；但是不要忘记，这是盛唐的声音，一种至大至刚、至尊至强的声音，我只承认一点，这支军队，这个王朝，是一个燃烧的梦想，中华民族千百年来难以企及的梦想，激情燃烧的年月，怎么会有衰弱叫苦的声音呢？

全诗写酒筵，不是宫庭盛宴，不是私人酒席，不是一两个人世间浅吟低唱，不是纤弱文人嗟穷叹苦。明快的语言，跳动的节奏，喷涌的激情，粗豪的举止，反映出来的是大唐将士高歌痛饮、壮志凌云的精神风貌，是大唐军队无敌天下、唯我独尊的自信宣言。诗歌留给人的永远是一种激动和向往，留给历史的永远是一份雄放和震撼！

孤舟独钓寒江雪

—— 柳宗元《江雪》

千山鸟飞绝，万径人踪灭。

孤舟蓑笠翁，独钓寒江雪。

· · · · · ·

《江雪》是柳宗元的名篇，名篇给人的感受是百读不厌，常读常新，我喜欢比较阅读不同版本、不同注家的《江雪》，我更喜欢立体多维、层层深入地解读《江雪》，在我看来，与其说《江雪》是一首千古传诵、脍炙人口的诗篇，倒不如说它是一幅泼墨写意山水画，一则对比天成励志铭，一曲抗争权贵战斗歌，一篇昂首天外的生命宣言。何以见得？听我慢慢道来。

《江雪》是一幅山水画，画出了诗人神游天地、歌赞荒寒的审美情趣。柳公用如椽巨笔，饱蘸情思，泼墨写意，营构了一个洁白空明、纤尘不染的美丽世界。你看，千山万岭，白雪皑皑；千道万径，冰雪覆盖；人踪鸟影，全然不见；只留下一片空阔无垠、浩瀚无边的天地，一个万籁无声、空灵一色的世界，一江冷漠凄凉、无声无息的风雪。我惊赞天地间有如此圣洁而广阔的山水，我歆羡世界上有如此垂青荒寒，迷恋死寂的心灵。渔翁披蓑戴笠，凝神端坐，静观默会，执竿垂钓，他是在钓鱼吗？醉翁之意不在酒，在乎山水之间也。渔翁沉浸在眼前的山光水色、风舞雪飘当中，渔翁痴迷于这片不为人知、不为人赏的冷峻天地。他专注，他忘情，立身天地，融心风雪，他在欣赏，也在礼赞天地间这份美丽超俗的风景啊！

《江雪》是一则励志铭，涤荡诗人的私心杂念，功名利欲；激励诗人远离尘嚣，洁身自好。柳宗元匠心独运地虚构这样一个超凡脱俗，纯洁干净的世界，很容易让人们想起中唐官场乌烟瘴气、龌龊不堪的现实，很多人为了功名富贵，权势利益，或钻营拍马，极尽阿谀奉承之能事，或落井下石，尽露心狠手辣之卑劣，或造谣诽谤，妄图置对手于死地……群魔乱舞，丑态百出，守正不阿的诗人置身官场，耳不忍闻，目不忍睹，愤怒、失望之余只好退回内心，淡泊明志，宁静致远。这纯洁无瑕、一尘不沾的白雪，这无声无息、沉敛静默的世界，这不惊不喜、兀傲不屈的渔翁，不也分明透露出诗人恪守心灵、追求高洁的情怀吗？

《江雪》是一曲战斗之歌，歌赞诗人挑战权贵、坚强不屈的人格风范。柳宗元参加王叔文领导的“永贞革新”运动，触犯了权贵者的利益，受到当权者无情的排挤和打压，谪居永州的十多年的时间里，他创作了大量寄情山水、咏志抒怀的诗文。《江雪》写于谪居期间，风舞雪飘的沉重冷酷，大地孤舟的旷世幽独，无一不暗示出诗人周围的邪恶势力的残暴强大，几乎可以说是白色恐怖无处不在，阴风惨惨无孔不入，天罗地网密不透风，但是面对这一切，渔翁兀兀独坐，不畏风雪，不惧孤独，不动声色，表现出一副冷酷绝世、孤傲冲天的模样。显然，这正是诗人“立根原在破岩中……任尔东南西北风”的精神写照，诗人不与世俗同流合污，不向权贵点头哈腰，不惧流言蜚语，不畏打击排斥，他发誓，要以微弱之躯和刚正之心，与无边黑暗战斗到底，哪怕粉身碎骨，也决不妥协屈服。《江雪》是赞歌，是气贯长虹、义薄云天的战斗之歌！

《江雪》是一篇生命宣言，它以寒江独钓的形象，宣示了天地之间，作为万物之灵长的人类不惧困难，不可战胜的生命豪情。纵然冰天雪地，寒风凛冽；纵然飞鸟绝迹，人影消失；纵然孤舟一人，江心独钓……渔翁不惊不惧，不喜不乐，以沉默坚贞来对抗风雪严寒，以兀傲不屈来驱散孤独落寞。他是凝神端坐，冷眼旁观，他又是顶天立地，傲视风雪。在我们心中，他早已成了一座闪耀生命光辉的丰碑，他早已化成了一尊写满生命沧桑的雕像，从他身上，我们感受到了生命的圣洁和高贵，自由的兀傲和执着以及人格的崇高和伟大。我们坚信，在漫漫长夜里，严寒风雪封杀不住自由的灵魂，孤独寂寞摧残不了坚强的意志，阴森冷酷打垮不了伟岸的身躯！那么，就让我们为自由和独立，为尊严和高贵，为生命和心灵，纵情高歌吧，不为别的，只为柳公这位卓绝一世的孤胆英雄！

惊心动魄抒豪情

——祖咏《望蓟门》

燕台一去客心惊，笳鼓喧喧汉将营。
万里寒光生积雪，三边曙色动危旌。
沙场烽火连胡月，海畔云山拥蓟城。
少小虽非投笔吏，论功还欲请长缨。

· · · · · ·

有些景象极目远眺可以让心如止水者变得慷慨激昂，让浑浑噩噩者变得壮志满怀；有些声音张耳细听，可以让怯懦无能者变得勇敢无畏，让碌碌无为者变得志存高远。祖咏的边塞诗《望蓟门》就为我们描绘了这样惊心动魄而又催人奋进的壮阔景观，读来令人气血震动，豪情勃发。

开篇一句，“燕台”破空而出，气势磅礴，发思古之幽情，显山川之壮丽。燕台原为战国时期燕昭王所筑的黄金台，意在招揽天下英才，共创统一大业，这里代称燕地，泛指大唐东北边境平卢、范阳一带。地域辽阔，山川险要。诗人久闻大名，初来乍到，游目纵观，势必心潮翻滚，激情喷发，滋生杀敌报国，建功立业的雄心壮志。“客心惊”不是胆战心惊，毛骨悚然，而是壮怀激烈，气贯长虹；不是仓皇失措，瞠目结舌，而是豪情勃发，气雄万夫！首句以“燕台”造势，有燕赵大地慷慨悲歌之遗风；以“心惊”煽情，有震撼人心，催人奋进之情韵。下文围绕“惊”字分五层展开行文，再现边地奇异风光，渲染英雄豪情。

一“惊”大唐军营战鼓擂动，响声震天。“喧喧”鼙声，震天动地，气吞山河，彰显大唐官兵军纪严明，军容严整的精神面貌。以“汉”代唐，唐承汉脉，威震四海，无敌天下，扬大唐军威，张大国之实力。说“汉军营”，很容易让人联想到历史上的大汉王朝，兵精将广，且能征善战，赫赫有名；窦宪、李广、卫青、霍去病等，英雄豪杰，数不胜数，他们杀敌报国，建功立业，名垂青史，光耀千古。诗人多么希望像这些大将军那样驰骋沙场，保家卫国啊！笳是军乐，鼓是号角，奏出了赫赫军威，吹出了雄心壮志。大唐之师是威武之师，无敌之师。二“惊”是塞外积雪万里绵长，寒光刺目。冬季本来甚寒，何况大雪纷飞；不是一天两天短时片刻之雪，而是十天半月历时久长之积雪；不止一处两处下雪，而是连绵千里万里的大雪；不说雪冷，换言“寒光”，可见白雪皑皑，凛凛生寒，寒光闪闪，刺目惊心，冷峻彻骨之中蕴含着不可动摇的意志，眼花缭乱之中饱蓄着不可侵犯的刚强。此句极言边地环境的苦寒恶劣，反衬大唐将士吃苦耐劳、战天斗地的大无畏精神，也烘托出诗人以苦为乐、砥砺自我的英雄情怀。三“惊”营中军旗，猎猎飘扬，杀气森森。朦胧曙色中，一切都显得模模糊糊，唯独鲜红的旗帜，在半空中高高飘扬。红旗壮我士气，扬我军威，是鲜血染成的战斗誓言，是青春铸就的胜利大旗。不同于“半卷红旗临易水，霜重鼓寒声不起”的连夜行军，不同于“纷纷暮雪下辕门，风掣红旗冻不翻”的冰天雪地，祖咏此处是红旗迎风招展，高高飘扬。一个“动”字无可替换，有凝重、严整、气派的意思，用于描写唐军旗帜风中之姿，可谓尽出大国之风度。四“惊”沙场烽火连着胡地之月色。银辉四射，大漠如霜，烽火映雪，熊熊燃烧。雪光、月光、火光交织在一起，织成一幅万里雪原万里清辉的壮丽图景，没有塞上苦寒的荒凉景象，没有寒彻刺骨的凛冽北风，只有辽阔苍茫的壮丽雄奇，只有天地空明的皓月银辉：如此奇观，反倒更能激发将士们的战斗豪情。好奇的祖咏看到如此美景，绝对是心神振奋，大惊大喜！烽火连月，烧及胡地，是为攻势，从一个侧面展示大唐军队雄强进取、战无不胜的风姿。五“惊”山川险峻，坚不可摧，牢不可破。蓟门之南为渤海，北边是燕山山脉，蓟门依山傍海，拱卫大唐，如铜墙铁壁，稳如磐石。此句言守势，突出山川形势对大唐极为有利，给人以大唐江山岿然耸立，不可撼动之感。

写完“五惊”，诗人笔力急转，借景咏志，让诗人之儒雅形象，在如此辽阔激荡的风景中焕然一新。诗人虽则早年并不如东汉时定远侯班超初为佣书吏（在官府中抄写公文），后来投笔从戎，定西域三十六国，可是见此三边壮气，却也雄心勃勃，要学西汉时济南书生终军，向皇帝请发长缨，缚番王来朝，立惊世奇功。全诗落笔军事，勾画山川形胜，意象雄浑阔大，格调高昂豪迈，读之激荡人心，振奋精神；思之，慨以当慷，内气澎湃。不愧为边塞诗中的杰作。

少年精神属王维

——王维《使至塞上》

单车欲问边，属国过居延。
征蓬出汉塞，归雁入胡天。
大漠孤烟直，长河落日圆。
萧关逢候骑，都护在燕然。

······

梁启超《少年中国说》有云：“少年盛则国盛，少年强则国强”，我想把这句话反过来说：“国盛则少年盛，国强则少年强。”这非常符合大唐士子的边塞情结。开元盛世，国力强大，社会稳定，民生富足，这种国运兴旺、百业蒸腾的气氛激励着每一个有志建功立业的文人，少年王维就是万千热血男儿中的一个，他的《使至塞上》记录了诗人第一次远赴塞外宣慰边关的见闻感受，抒发了诗人热情奔放、昂扬进取的豪迈情怀。

首联交代地点、事由，平白叙来，无遮无拦。“单车”，既明写车马，又暗代诗人，隐含诗人此行任重道远、势单力孤之意，颇有几分“浩然赴边关，万里可横行”的气势。“问边”，即宣慰边关，察访军情（王维当时是以朝廷命官监察御史的身份出使塞外的）。“单车”与“问边”对举，前者暗示使者远道而来的疲惫和孤独，后者则暗示塞上天地的辽阔无涯，内蕴张力。“欲”，是一个表心志追求、情态反映的动词，以“欲”

来连缀“单车”和“问边”，突出了诗人不畏艰险，勇于远征的精神。“单车”而欲“问边”，表面是写征程的辽远，实际却暗说大唐声威远播，疆域辽阔。诗人单枪匹马，驱车远行，历千山万水，越雄关险隘，和大唐猎猎雄风同呼吸，与大唐茫茫疆域共胸襟，一匹战马开拓出一个广阔的世界，一位诗人谱写出一曲盛世强音！

颔联描绘塞上风光，意境开阔，气象恢宏。“征蓬”指随风飘飞，万里远去的蓬草，古人常以蓬草随风飘转比喻游子行踪不定，辗转奔波；“归雁”南来北往，候时迁徙，容易引发旅子的思乡恋旧情怀。“征蓬”与“归雁”相对，一是远赴天涯，一是万里归飞，既对比鲜明，又浑然一体，既见诗人“单车问边”的艰辛不易、去国怀乡的淡淡忧思，又显诗人志存高远、四海为家的英雄本色。“出汉塞”与“入胡天”意思相同，字句相对，“出”此“入”彼，由“汉”到“胡”，化远为近，变难为易，万里征程，千般险阻被诗人说得如此轻而易举，不在话下，可见王维纵马驰骋边关塞处，扬鞭跨越万水千山的豪迈心情。“汉塞”对举“胡天”，可“出”可“入”，可往可返，足见大唐王朝名播四方，威震蛮胡。诗人为自己的神圣使命而高兴，更为身后的强大帝国而骄傲。

颈联展现瀚海风光，格调明快，意境宏阔，气象雄浑。边疆沙漠，浩瀚无边，足见其“大”；边塞荒凉，无景可观，唯见烽火浓烟冲天直上，耀人眼目，可见其“孤”；孤烟直上，劲健挺拔，暗示长天空明，大地无风。黄河横贯沙漠，似巨龙腾飞，如银蛇舞动，犹天外飞流，像万马奔腾，壮观图景全收眼底：一个“长”字拓宽了视野，开阔了心胸，写足了黄河的气势。夕阳西下，余晖返照，天空泛红，大地生辉，呈现在诗人眼前的是一个流光溢彩、粉红灿烂的空明世界；那轮圆日染红天空，辉映大地，给辽阔单调的大漠，给奔腾喧嚣的黄河，也给心旌摇荡的诗人，带来热情，带来温馨，带来光明，成为一个辉煌壮美的形象，永远定格在诗人的心中，乃至千百年后的我们一说起王维就自然而然地在脑海中浮现出那一轮光芒四射的红日！

尾联叙事作结，寄寓雄心壮志。诗人途经萧关，遇见候骑，得知都护统帅俏然在燕然前线浴血奋战。此处“燕然”，指燕然山，即蒙古人民共和国境内的杭爱山，此用东汉车骑将军窦宪的典故，他曾击破北匈奴，登燕山刻石记功而返。王维的诗意，一在暗示大唐将军保家卫国、开疆拓土的辉煌胜利，二在表明自己立志边关、建功立业的远大抱负。平实的叙事当中寓含壮烈情思。

纵观全诗，叙事、写景、抒情水乳交融，浑然一体。叙事巧用动词，环环相连，步步深入，从“欲”到“过”，由“出”而“入”，自“逢”及“在”，全方位、跨时空展示了诗人历尽艰辛、勇赴塞外的战斗豪情，以及大唐王朝权倾四海的赫赫声威；写景触目成彩，落笔生情，抒写诗人心中天地山河的壮美风光，蕴含积极向上、大展宏图的进取精神。抒情妙用典故，自然如行云流水，无声却惊心动魄！全诗写大漠风光，虽然时空辽阔，景物单调，却显得大气磅礴，壮怀激烈，的确是一首振奋人心的好诗！

少年游侠竞风流

——王维《少年行》

新丰美酒斗十千，咸阳游侠多少年。

相逢意气为君饮，系马高楼垂柳边。

……

虽然萍水相逢，素不相识，却是肝胆相照，意气相投；虽然涉世未深，历练短浅，却是义重如山，豪气干云：这就是王维笔下游侠少年给我留下的深刻印象。少年王维用青春热血和似火激情写下了一组盛赞游侠少年的诗篇《少年行》，共有四首诗，分咏长安游侠少年高楼纵饮的豪情，报国从军的壮怀，勇猛杀敌的气概和功成无赏的遭遇。四首诗各自独立，又浑然一体，完整地展示了长安少年游侠的精神风貌。

前两句分写“新丰美酒”与“咸阳游侠”。新丰风物，成千上万，“美酒”入诗，价值不菲，可谓“新丰美酒甲天下，万里飘香万里情”；欣喜之意，垂涎之态，活灵活现。京华宝地，人杰地灵，“少年”入诗，气宇轩昂，堪称“强中更有强中手，少年心事当拿云”；钦赞之情，仰慕之心，溢于言表。二者并不一定相关，这里并列对举，给人如此感觉：新丰美酒，天下闻名，是酒中之冠，长安游侠，意气风发，为人中之杰，人酒相映，相得益彰，似乎新丰美酒天生就为少年游侠增色而设，少年游侠本来就为新丰美酒驰名而生，二者的关系犹如“快马须健儿，健儿须快马”那样，密不可分，息息相关。“斗十千”极言美酒价格昂贵，可见少年们的豪纵不羁之气，挥金如土之概；“多少年”，放言少年风流快意，显示人物生龙活虎之态，敢为人先之势。开篇两句，酒壮少年，英气勃勃，侠走笔端，风调绝俗，凸显少年游侠独立不羁，风流自赏的形象。

第三句“相逢意气为君饮”写少年纵饮的场面，“意气”关涉人物精神气度。轻生报国的壮烈情怀，重义疏财的侠义性格，狂放不羁的气质，使酒任性的作风，路见不平、拔刀相助的热情，正道直行、磊落大度的胸襟，等等，都是游侠少年的共同特点，都可以包含在这个似乎无所不包的“意气”之中，而这一切，对于侠少们来说，无须经过长期交往，不论关系亲疏远近，不讲门第身份贵贱，他们游走江湖，四海为家，只要相逢片刻，攀谈数语，就可以彼此倾心，一见如故。路逢知己，千杯嫌少，他们彼此都感到要为对方干上一杯又一杯，为萍水相逢、眼熟心热干杯，为济困扶危、行侠仗义干杯，为志趣相投、意气相通干杯……一次普普通通的相逢论交，充分反映出游侠少年的精神气度和生活情调。“为君饮”，口语入诗，声态活现，形神并茂，突出少侠们重意气，重感情，重精神的品格。

第四句“系马高楼垂柳边”宕开一笔，不写觥筹交错、酒酣耳热的宴饮场面，转写高楼宴饮的周围环境，侧面一笔，精彩传神，空灵飘逸，展示少年游侠诗意的生活情调和风流洒脱的精神气度。高楼、垂柳和骏马组成一幅画面。骏马，是侠客不可分的伴侣，写马，用以衬托侠少的英武豪迈。高楼，当为处于豪华闹市的名贵酒楼，垂柳与之相映成趣。它点缀了酒楼风光，使之在华美、热闹之中显出雅致、飘逸，不流于市井的鄙俗。一幅诗情画意的图景从侧面展示了少侠们的精神风貌。

全诗正侧运笔，虚实相生，借一个场面（宴饮）展示一个群体（侠少）的精神风貌，洋溢着一种欢快明朗、乐观自言的调子，不为别的，因为王维精神就是侠少精神，侠少精神就是盛唐精神！

吞天吐地孟浩然

——孟浩然《望洞庭湖赠张丞相》

八月湖水平，涵虚混太清。

气蒸云梦泽，波撼岳阳城。

欲济无舟楫，端居耻圣明。

坐观垂钓者，徒有羡鱼情。

……

古人为显声扬名或经世致用而求见达官显贵，希望他们能够赏识自己，荐举自己，这类题材的诗谓干谒诗。唐玄宗开元二十一年(733)，孟浩然西游长安，写了这首诗投赠当时位居宰相的张九龄，想得到张的赏识器重。干谒诗的文思情采最能看出作者的风骨人格。有满篇卑躬屈膝，奴颜媚骨；有满篇叫苦不迭，乞人怜悯；也有自命清高，恃才傲物。而这首干谒诗写得情采飞扬，不卑不亢，点到为止，含而不露，实为干谒诗之精品。

前面两联写景，即景生情，寓情于景；壮景造势，势涉情思。八月秋高，湖水盛涨，与岸齐平；远远望去，烟波浩渺，水天一色。“涵”字点明洞庭湖汪洋浩阔，与天相接，吞天吐地，包容万象的恢宏气度，颇似范仲淹《岳阳楼记》的描写：“衔远山，吞长江，浩浩汤汤，横无际涯，朝晖夕阴，气象万千。”“平”字横向着眼，极见湖水浩渺开阔。“太清”纵向描绘，给人天高地阔，玉宇澄清之感。开头两句写得洞庭湖极开朗也极涵浑，润泽千花万树，容纳千溪万河。三、四两句实写洞庭。

水汽蒸腾，如烟似雾，仿佛江边湖畔的沼泽地带，都受到湖水的滋养哺育，才显得那样草木繁茂，郁郁葱葱。湖水翻江倒海一般澎湃汹涌，稳固如山的岳阳城好像瑟缩不安地匍匐在它的脚下。“蒸”字渲染一种湿漉漉，水淋淋的气氛，给人以孕大含深，蒸蒸日上的动态感；“撼”字犹如万钧雷霆，“炸”得岳阳城天摇地动，几近坍塌，极显湖水喧嚣动荡，桀骜不驯的自然伟力。这两句锤炼词语，以静衬动，凸显洞庭秋水虎吼雷鸣的勃勃生机。

四句写景，看似不涉干谒，不关情思，其实不然。才情卓异，奇思妙想如孟浩然者泼墨如水，浓描洞庭，决不是等闲之笔。孟浩然的高明在于表达心意，旁敲侧击而不显山露水。这天地之间的浩荡汪洋的一湖秋水，既烘托出作者经世致用的凌云壮志，又暗示张九龄海纳百川的胸襟气度。壮景奇观，惊天动地，隐喻风流俊杰即将横空出世。此为借景传情，托水言志！

诗歌后面四句，转入抒情。“欲济无舟楫”，触景兴怀，就近设喻。诗人面对浩浩湖水，想到自己满腹经纶，满怀壮志，却无人知赏，不禁悲从中来，正如想渡湖却没有船只一样。“端居耻圣明”，意谓在这个伟大光明的太平盛世，自己本该一展宏图；现在却是闲居无聊，浪费光阴。诗人心有不甘，气有不平而备感愧疚。这两句是正式向张丞相表白心志，说明自己心向神往出仕求官，却找不到门路。最后两句，诗人向张丞相发出呼吁，意思是：德高望重的张大人啊，您能出来主持国政，造福万民，我十分钦佩，不过，我是在野之身，不能追随左右，只有徒表钦羡罢了。谦卑的字句之下暗含隐忍待发，将以有为的心机。

纵观全诗，写景过半，干谒心明。浩浩湖水，垂垂而钓，气定神闲，雍容大度，称颂对方，极有分寸而又不失身份；波澜动远空，“欲渡无舟楫”，阐述心声，不卑不亢，露壮志才情，隐寒碜卑微，委婉含蓄而又大气磅礴。如此干谒，实为天地之间第一等文字！

许浑潼关唱大风

——许浑《秋日赴阙题潼关驿楼》

红叶晚萧萧，长亭酒一瓢。
残云归太华，疏雨过中条。
树色随关迥，河声入海遥。
帝乡明日到，犹自梦渔樵。

· · · · · · ·

许浑（791—？）字用晦，武后朝宰相圉师之后，祖籍湖北安陆（江陵），自徙居润州丹阳，遂为丹阳人。他少时虽家道中落，但始终以“戴儒冠”“事素王”而建功立业，曾宣称：“会待功名就，扁舟寄此身。”（《早发寿安次永济渡》）然而，许浑置身晚唐时代，纵有凌云之才，也必然是襟抱难开，徒怀壮志。他初入科场是元和初年（810），其时约20岁，其后，屡试不第，饱受凄苦，大和六年（832）方一试及第。前后经历20余年。在这段时期，他曾经长期往返于途经潼关的长安道上，并为自己屡屡仕进不遇而感慨万端，赋诗抒怀。诗集中压卷之作当推《秋日赴阙题潼关驿楼》，绘山川形胜，发人生感慨，诗风高华雄浑，直追盛唐，成为千古传诵的名篇。

潼关，位于陕西境内，南障秦岭，北阻黄河，东连函谷，西拱华山，历来被誉为“三秦锁钥”“四镇咽喉”的天险重关，是通往关中长安，乃至西北、西南的一大门户。它依东可以攻西，据西可以扫东，凭南可以御北，仗北可以阻南，四面八方，无不有险可守。许浑此诗就是歌咏潼关险峻雄胜的名作。首联大笔绘景，工笔叙事，情景交融，意绪苍凉。深秋潼关，万山红遍，层林尽染，秋风瑟瑟，落木萧萧；驿站离亭，寂寞诗人，举目四望，临风怀想，对酒消愁。寥寥十字，真真切切，凄凄寂寂，把我们带进一个秋浓似酒、旅况萧瑟的境界，天涯游子的奔波之苦、离别之恨尽在不言之中。红叶，经秋霜染，凋零衰败，苍凉如血；长亭，迎来送往，暮色笼罩，离愁无限。萧萧，见落木万千，显秋风凄凉；瓢酒，说旅途劳顿，含万千苦况。两句诗一远一近，一阔一狭，融会秋风人事，凸显悲凉意绪，情境远阔，凄婉动人。

中间两联写潼关的壮丽山河，苍茫宏阔，气势磅礴，风云变幻，气象万千。颔联诗句里诗人登高远眺，只见太华在西，拔地通天，高入云霄；中条居东，连绵起伏，莽莽苍苍。东西相距百二十里。西边，乱云飞渡，聚拢太华，云愁雾惨，天阴地暗；东边，风挟雨势，翻越中条，铺天盖地，扑面而来。高天阔地，风起云涌，万山淋漓，渲染出一幅恢宏辽阔、雄奇壮观的山雨图，折射出潼关秋意的万千气象。云“归”雨“过”，生气流注，意脉贯通，显示出山川之气度和自然之奇伟，锤词炼字，功力不凡，令人称绝！颈联谓诗人转首仰望关西，则树色苍苍，高接云端，渐行渐远，目断天涯，故有第五句“树色随关迥”之说。潼关故城相对地势较高，须仰视才见，直到民国时，有人曾站在风陵渡河上，亲身感受过关上别样景致，谓其“潼关树色，高入云中”（俞陛云《诗境浅说》）。第六句言诗人回首俯视东方，只见大河横亘关前，急湍如箭，猛浪似奔；只闻河水咆哮轰鸣，滔滔东去，遥通沧海。山河之险峻，气势之磅礴，尽现笔端，因而曰“河声入海遥”。一“迥”一“遥”，东西反向，拓展空间视野，驰骋心灵想象，凸显潼关古隘高峻险要的地貌形势，也可看出诗人目接天涯、耳纳涛声的痴醉神态。这两联横扫离愁苦恨，尽显澎湃心潮，意境雄阔，气格高迈，山川形胜，风云秋雨，展现出一种奇异风采。我想到：许浑在衰乱晚唐沐浴到了一股盛唐流风！

尾联方言赴阙事，诗意发生转换，由写景状物进而言事抒怀，前面八句写景为后面抒发感慨做了很好的铺垫。“帝乡明日到，犹自梦渔樵。”心想明天即可启程，赶往京城长安，然而不知何故，夜里做梦还在家乡过着打鱼砍柴的生活。这两句揭示了诗人欲仕欲隐的矛盾心理。既对“帝乡明日到”充满希望和憧憬，意欲仕进，大济苍生；同时又为自己能否取得成功缺少十足的把握，表现出不能仕进则退隐的想法。日有所思，夜有所梦，诗人把他的思想很委婉地以梦见“渔樵”生活而传达出来。这显然是未曾仕进时的想法，但在他步入仕宦人生后，其屡进屡退的做法也证明了他是一个居官思隐、处隐谋官的人，这两种思想也时时困扰着诗人。因而可以说，这首诗的尾联实际是对诗人人生轨迹和思想的一个预示。

一路高歌向天涯

——韩愈《次潼关先寄张十二阁老使君》

荆山已去华山来，日出潼关四扇开。

刺史莫辞迎候远，相公新破蔡州回。

· · · · · · ·

这首七绝，写于元和十二年(817)的冬天，韩愈年过五十，垂暮之人，却豪气不减，写出了“平生第一快诗”(蒋抱玄语)。这一年，韩愈以彰义节度行军司马的身份，随当朝宰相裴度统军扫平淮西叛镇，献俘长安。叛镇闻风丧胆，河北诸镇纷纷献地表示臣服，山东淄青相继剿灭，故淮安一役于“元和中兴”至为关键。对于国家来说，这是具有历史意义的大事；对于韩愈个人来说，胜利把他推上了颇为自得的政治巅峰，更是快事。所以他引吭高歌，大展豪情。

从诗题来看，此诗当写于班师途经潼关之时，时张贾任华州刺史，韩愈以诗代信，派快马飞递华州。前两句描绘凯旋之师一路歌舞开进潼关的壮观景象。荆山，在今河南灵宝境内，与华山相距200余里，华山在潼关西面，巍峨耸峙，俯瞰秦川，辽远无际；倾听黄河，波涛澎湃，景象十分壮阔。潼关在荆华之间，二山巍峨，相距遥远，但对于胜利之师来说，“过都越国，蹶如历块”(王褒《圣主得贤臣颂》)。“去”“来”二字，妙用拟人，化静为动，赋物以情，渲染一幅千山飞动、万马奔腾、气贯长虹、威震天地的恢宏画图，凸显浩浩大军所向无敌、一往无前、建功立业、无限得意的豪迈情怀。开笔纵目千里，气象开阔，意境雄浑，格调高昂，气势磅礴，真乃韩愈如椽巨笔于尺幅小诗见波澜汹涌也！杜甫咏昭君故地“群山万壑赴荆门，生长明妃尚有村”（《咏怀古迹》其三），构想千山竞势，万水奔流的雄奇壮丽之景，烘托窈窕红颜身行万里，远赴塞外的惊天动地之功！李白抒豪迈人生“两岸青山相对出，孤帆一片日边来”（《望天门山》），目睹青山妩媚、万峰挺出的江上美景，倾泻诗人乘风破浪、心驰神往的壮志情怀。三位大师都写到了群峰竞走、心海涌潮的情景，但构思立意，各有侧重。老杜是定点观察，幻想造境，意在用高山大川来烘托千古红颜；李白是舟行江上，游目换景，重在借青山挺立抒写人生快意。二人歌咏的对象均是个人天地，自家情怀，而韩愈则是策马奔腾，极目生辉，让万千山峦迎来送往，低眉折腰，字里行间洋溢着一股居功自豪，得意忘形的狂放之情。而且，这种豪情已远远超出了小家天地，韩愈是在为一次战役而放歌，是在为一支王朝军队而放歌，更是在为一个强大的帝国而放歌！其境界之高远远超出李杜。

次句变换描叙角度，抓住关键意象展现迎师凯旋的壮丽情景，场景壮观。旭日东升，霞光万道，冰雪消融，万象更新，潼关古城，四扇城门大开，天地之间弥漫着欢庆胜利的热闹氛围。“日出”被纳入诗中和具体的历史内容相结合，具有丰厚的意蕴，太阳东升，驱散阴霾，象征着藩镇割据，烟烽四起的局面一时去不返，“元和中兴”由此实现。“潼关”古塞，沐浴阳光，喜气洋洋，由“狭不容车”的险隘一变而为庄严宏伟的“凯旋门”。此句虽不直接写人，但欢庆王师的壮观图景却蕴含其间，给人留下广阔的想象空间：军旗猎猎，鼓角齐鸣，浩荡的大军抵达潼关；地方官吏，远出关门，夹道欢迎，箪食壶浆，载歌载舞，百姓奔走相告……“写歌舞入关，不着一字，尽于言外传之，所以为妙”（程学恂《韩诗月臆说》）。李贺描写唐军守城迎战的情景有千古名句“黑云压城城欲摧，甲光向日金鳞开”（《雁门太守行》），刚刚是乌云滚滚、天昏地暗的景象，一下子变成丽日晴空，战士们披坚执锐，严阵以待，李贺借日光来显示守军的阵营和士气，情景相生，奇妙无比。情调肃穆庄重，和韩诗的欢悦喜庆大不相同。此外，关于韩诗中潼关城门是“四扇”还是两扇，清代诗评家曾有争论，其实诗歌不同于地理志，是不必拘泥于实际的，改为“两扇”，气象狭小，诗味不足，加倍言之，则气象、境界全出，吟咏之间给人以城门洞开、四通八达、倾城出动、热闹非凡之感。

第三句运用第二人称语气，以抒情笔调通知华州刺史张贾准备犒军。潼州离华州尚有120里地，故曰“远”，远迎凯旋将士，本当不辞劳苦。不过这话得由出迎一方道来，才近乎人之常情，而此处“莫辞迎候远”，却是接受一方的语气，完全抛开客气俗套，却更能表达得意自豪的情态和反客为主的襟怀。韩愈的胜利也是张贾的胜利，都是国家的胜利，他们是在为平定叛乱，恢复安定而欢呼啊！末句点明主帅名字，“相公”指平淮大军的实际统帅——宰相裴度，淮西大捷与他运筹帷幄密不可分。“蔡州”原是淮西强藩吴沅济的老巢，元和十二年十月，唐将李愬雪夜攻破蔡州，生擒吴元济。这是平淮关键战役，所以诗中以“破蔡州”代指淮西大捷。“破”字写足了王师攻无不克，战无不胜的英雄气概；“新”字则暗示决战刚刚结束，王师建立了赫赫战功。韩愈由衷赞美主帅，表达出自己对削平藩乱，统一江山的殷殷期盼，字里行间洋溢着一种胜利、自豪的喜庆气氛。全诗至此，方点出人物，我们终于明白，山岳为何奔走，阳光为何高照，潼关为何大开，官民为何远迎……一场战役，一路高歌，谱写了大唐王朝昌明兴旺、势不可当的雄风元气！

纵观全诗，大处取景，巨笔泼墨，以山岳奔腾、络绎不绝来烘托王军排山倒海、横扫千军的气势，以红日高照、天地生辉来映衬万民狂欢、天下统一的喜庆，以宰相挂帅、踏平贼寇的战功来抒写英雄气壮山河、志比云天的豪情。韩愈不仅带给我们一股英雄的激情，更带给我们一个王朝的震撼！

【第四辑】

烈火焚烧真英雄

大漠风尘日色昏

——王昌龄《从军行七首》（其五）

大漠风尘日色昏，红旗半卷出辕门。

前军夜战洮河北，已报生擒吐谷浑。

……

大唐王朝，疆域辽阔，国力鼎盛，人心振奋。文人士子从军边塞，激情洋溢，志比云天，挥毫写下许多气壮山河、震撼心灵的壮丽诗篇。读之心潮澎湃，热血沸腾，思之心向神往，无比景仰。诗歌飞扬青春激情，绽放瑰丽梦想，将我们带入一个遥远的王朝，体会军人的骄傲和生命的伟大，体会文人的博大胸怀与高远视野。读王昌龄的《从军行》，可以帮助我们了解一支军队的战力，了解一个王朝的精神，更了解一个时代的精神风貌。诗歌描写大唐军队守边御敌、克敌制胜的骁勇与神奇，鼓舞士气，振奋人心。字字溢满豪情，句句显扬声威。没有刀剑如林的寒光闪闪，没有两军交战的血腥惨烈，没有人仰马翻的鬼哭狼嚎，一切正面战场的内容全部略去，仅仅点染几个细节，勾勒军队风貌，展示军人士气与力量。

首句描写环境，渲染气氛，造足声势，让人感受到大战在即、一触即发的紧张与不安。大漠戈壁，一望无垠，狂风大起，呼啸而来，飞沙走石，尘土遮天，天地顿时暗淡，日色瞬间无光。如此恶劣的天气，如此反常的风云，不但点明了大唐军队征战的恶劣环境，更暗示一场激战的到来，形势紧张，十万火急，危险万分，吉凶未卜。让人备感压抑，顿生悬念：交战双方力量如何？大唐官兵能否稳操胜券？来犯之敌又是何等威风？一开篇，声势、悬念紧紧抓住读者。同时，注意诗歌意象，“大漠”极言范围，辽远宽阔，无边无际，给人苍茫邈远之感。“风尘”滚滚，扫地而来，遮天蔽日，给人以风尘漫天，气象奇崛之感，似乎一场大战即将爆发，气氛骤然紧张。“日色”是日影天光，一时昏暗，一时迷茫，给人以一时变天、乌云压头之感。三个意象“大漠”“风尘”“日色”铺排并列，气象万千，风云涌动，庄严肃穆，磅礴恢宏。

次句点染出一支军队，半卷红旗，离开辕门，大队人马，悄然无声。秩序井然，军纪严明。这是画面主体，这是环境主角，这也是精神展示。红旗鲜艳，猎猎迎风，飘扬于大漠风尘之中，飘扬在天昏地暗之时，触目惊心，夺目生辉。按说，军旗在前，引领部队，指引方向，提振士气，鼓舞军心，大唐官兵也应明白。但是，他们却把军旗卷起，悄然出征。何以如此？原因有二：一是卷起军旗，减少前行阻力，便于部队顺利行军；二是减少摩擦，消除声音，保持静谧，方便己方悄悄行动，避免敌军发现目标。显然，大唐军队意在偷袭敌军或是隐秘增援前线部队。一切行动均服从于行军需要。从“辕门”（军营大门）出发，选定大漠扬沙、日色昏黄的时候出发，而不是临时调遣，仓促出征，这一细节暗示大唐军队是早有战备，刻意为之。结合诗歌三、四两句来看，一、二句所写的这支军队是后方增援部队，前方战场还有一支先头部队，两支部队前呼后应，密切配合，合力对战敌军。诗歌第二句简简单单七个字，紧承第一句环境描写，从出征地点、出征时间、出征环境以及出征动机等方面表现出大唐军队的军容军纪军威军力。陈羽边塞诗《从军行》也写红旗飘飘，也写军队神威：“海畔风吹冻泥裂，梧桐叶落枝梢折。横笛闻声不见人，红旗直上天山雪。”一、二句写从军将士面对的环境极为严酷：天山脚下寒风劲吹，湖边（“海畔”）冻泥纷纷裂开，梧桐树上的叶子已经刮光，枝梢被狂风折断。就在这一严酷的背景上，映出皑皑雪山，传出高亢嘹亮的笛声。诗人以这一笛声，使人产生这里有人的联想，同时又将人隐去，以“不见人”造成悬念——那风里传来的笛声究竟来自何处呢？从而自然转出末句：循声望去，只见在天山白雪的映衬下，一行红旗正在向峰巅移动。风雪中红旗不乱，已足见出从军将士的精神。“直上”的动态描写，更使画面生机勃然，高昂的士气、一往无前的精神，尽在这“直上”二字中溢出。王昌龄笔下的“红旗”卷起，军队前行，陈羽笔下的“红旗”展开，迎风飘扬，不管是卷起还是展开，均是军队精神风貌的展示，均是军队士气的写照。

部队刚刚出发，前行还会遭遇怎样的情况，能否克服恶劣环境带来的种种不便，能否有效配合先头部队打击敌军，战斗如何进行，种种问题，引而不发，悬而不决。读者读诗，心神紧张，情绪激动，心理期待明显。及至读到诗歌三、四两句，意外突转，另起炉灶，人心振奋，大呼痛快。短短四句诗，起承转合，波澜迭起，悬念丛生，扣人心弦。后援部队正在进发，尚未遭遇敌军，突然传来捷报，先头部队已经在洮河北边夜袭敌军，一举擒获敌军首领，大获全胜。不知道后援部队听到好消息以后如何群情激动，欢呼震天，不知道先头部队如何出其不意攻其不备，不知道先头部队如何短兵相接，奋勇杀敌，也不知道如何擒获敌军，一切的一切，关于这两支军队的情况，我们都不知道，都期待知道，都只能凭借有限的了解去想象、推导、补充、联系，诗歌的味道经由读者的创造性参与而变得丰盈而繁复。诗歌描写两支军队各有侧重，各显神威。先锋部队夜袭敌军，机智勇敢，大获全胜，打击敌军士气，振奋我军信心；后援部队克服困难，紧急增援，步调一致，行动有力，军容严谨，军威神勇。都是大唐军队，都是热血男儿，都是踌躇满志，胜券在握。共同体现大唐军队的精神风貌。

注意诗句两个细节，一是“夜战”，从时间上看，呼应诗歌首句的环境描写、时间暗示，也交代了部队趁着夜色深浓突袭敌营的行为，可见出奇制胜，攻其不备的机智与勇敢。另一个细节是“生擒吐谷浑”，犹如杜甫诗句所写“射人先射马，擒贼先擒王”，瞅准时机，突然袭击，一剑毙敌，一计擒敌，扰乱对方阵脚，涣散对方军心。这不是莽撞之举，不是仓促之举，而是审时度势，沉稳出击的策略，而是四两拨千斤，牵一发而动全身的关键所在，既显勇武果敢，又见深谋神算。此外，三、四两句语序的安排也颇见匠心。按照常理，应该是“已报夜战洮河北，前军生擒吐谷浑”，如此表达，平实自然，顺理成章，先是夜战大战，然后是战果辉煌，但是，意味淡薄，缺少转折。诗歌原来的表达，紧随一、二句后援部队，言说前锋部队，语脉相承，一气贯注；同时，又突出了前军突击，抓获敌军首领“吐谷浑”的奇功，诗意腾跃，波澜起伏，自然吸引读者。

喜欢诗歌中的“红旗”，不管它是半卷，还是展开，不管它是出现在黄昏还是深夜，一抹猩红，照亮天地，照亮夜晚，也照亮了大唐官兵精神抖擞，意气高昂的风貌，也见证了大唐军人威风凛凛，战无不克的雄风。突然想起另外一首边塞诗，也写红旗：“纷纷暮雪下辕门，风掣红旗冻不翻。”（岑参《白雪歌送武判官归京》）傍晚时分，辕门之外，纷纷大雪飘落，红旗被冰雪冻硬，尽管风刮得挺猛，红旗却一动也不动。喜欢这种猩红僵硬，喜欢这面冰天雪地的红旗，冷艳坚劲，兀傲不屈，不惧风寒冰雪，无畏艰难险阻，鼓舞士气，激励斗志，指明方向，指向胜利。一支军队，需要一面红旗；一个王朝，需要一种风范。红旗就是精神，红旗就是风范。

高高秋月照长城

——王昌龄《从军行七首》（其二）

琵琶起舞换新声，总是关山旧别情。
撩乱边愁听不尽，高高秋月照长城。

……

从军塞外，驻守大漠边关，奔波风沙雨雪，遭遇万千艰难，其中，对于将士们来说，最为煎熬人心、最为痛断肝肠的事情，不是效命沙场，浴血牺牲，不是荒寒绝域，地老天荒，而是心中有家，归期不定，情系桑梓，忧心如焚。王昌龄是一位边塞诗人，从军入伍，征战南北，戎马倥偬，风尘仆仆，对于大唐将士的生活遭遇和内心情感非常熟悉，很多边塞诗撷取军旅片段，细描情思意蕴，透露心灵伤痛，读来动人肺腑，令人浮想联翩。

大唐将士不是钢铁之躯，不是铁血无情，他们征战之余，宴饮之际，暂时放下了刀剑搏杀，暂时远去了烽火狼烟，沉浸在一片觥筹交错、推杯换盏之中，沉醉在一片歌舞欢唱、猜拳行令之中，酒到酣畅，情到深处，免不了乡思汹涌，泛滥成河，一次酒筵几乎成了一场乡思宣泄盛宴。一场演奏几乎成了一道乡思凄美风景。王昌龄这首边塞诗，描写将士们畅饮美酒之际，聆听琵琶演奏，心生万千感慨，魂飞万水千山，心思细腻曲折，情意真挚深切。诗歌从一个侧面丰富了将士们的形象。

军中酒宴少不了歌舞伴奏，少不了山呼海啸，情致高昂，气氛热烈。有人骑在马背上，怀抱琵琶，深情弹奏；有人站在营地中央，浓妆艳服，翩翩起舞；将士们则围桌而坐，或击节，或鼓掌，或碰杯，或呼喊，欢声雷动，响彻军营。随着姑娘们不断变换的舞蹈，琵琶演奏也是新曲不断，声情并茂。也许曲目变换，也许舞蹈翻新，将士们没听过，没见过，但是，琵琶这种古老的乐器，凄婉哀伤的音调，却是演奏哪种曲目，都不会改变纠结人心，痛彻心扉的音质。声声凄婉，从琴弦上飞扬开去，久久回响在军营上空，也久久回荡在将士们心间。也许将士们听不懂曲调内容，但是，哀戚悲切的声音却是深深刺痛将士们的心灵。

是啊，音乐就是具有这样神奇的魅力，不需要解说，不需要道白，只要音符一出，感人心者，自是情韵。好比我们走进深山，总会被一些声音深深打动，杜鹃啼鸣，凄厉哀怨；喜鹊欢唱，心花怒放；斑鸠鸣叫，婉转清扬。百鸟以其独特的声韵打动人们的心灵。同样，琵琶也是以其特别的音质，撩动听众心弦，震颤听众敏感的神经，促使他们想得很远，想得很多，沉浸在音乐的世界之中，久久不能自拔。白居易《琵琶行》描写沦落天涯的歌女弹奏琵琶："弦弦掩抑声声思，似诉平生不得志。低眉信手续续弹，说尽心中无限事。"风华绝代，名动京师；富贵如烟，转瞬即逝。人生起伏，身世浮萍，全在声声琵琶演奏之中。

一曲刚完，新曲又起，曲目变换，舞蹈纷呈，听得将士们神魂颠倒，情思悄然。看得将士们，云里雾里，恍若隔世。怎么说呢？好不容易得到这样一个机会，修整一下，欢聚一堂，当然少不了海喝狂饮，高谈阔论，当然少不了气吞山河，金戈铁马。但是，将士们心中明白，自己最思念，最渴盼的还是亲人，还是家乡。一曲又一曲的琵琶演奏，无不引发他们的遥远之思。一个在边关大漠，一家在中原大地，两地相隔千里万里，乡思念想久积于心，只是平时忙于打仗，无暇顾及，如今好不容易暂时休息一番，万千乡情自然涌上心头。犹如决堤的江河，一泻千里，势不可当。那些变换的曲目，换来换去，在将士们听来，都是《关山月》，都是故乡情。还记得很清楚，当年，我离开家乡的时候，白发慈母村口挥手送别，声声呼唤早点回家；年轻妻子十里相送，声声叮嘱捎回书信；稚嫩孩童环绕左右，牵手不舍，问这问那。一村父老乡亲送至村口，千百目光齐刷刷投向即将远行的游子，有关切，有祝福，有希望，有忧虑。谁能忘记那些混浊而深情的目光？谁能忘记那个温馨而幸福的家园？每一个战士都是单身匹马闯天涯，每一个游子都是怀揣乡思走四方。记得文学大师沈从文先生说过："一个战士，不是战死沙场，就是回归故乡。"我相信，每一个大唐将士，当他们离开家乡、辞别亲人的时候，首先想到的肯定不是建功立业，扬名天下，绝对是希望早一点结束战争，早一点团聚家人。他们心中永远装着故乡和亲人。

"关山"一词至为敏感，表面是指乡关千里，群山阻隔，遥不可及，望不可见，蕴含久戍不归的伤离怨别。实际上，这里"关山"还双关《关山月》曲目，《乐府古题要解》云："《关山月》，伤离也。"可见，不管演奏哪一首曲目，不管怎样翻出新声，将士们心中挥之不去的永远是乡思亲念。一个"旧"字表明离别已久，乡情更重。念念不忘，忧心忡忡。暗含回到从前，回到家园，安享天伦，平静生活的愿望。一个"总是"则又表明，这份乡思情意始终萦绕于心，不曾改变，外界的音乐刺激只不过加重了这份敏感而已。

正是因为曲曲思乡，正是因为离情汹涌，所以，将士们久久沉浸在乡情回忆、品味之中，曲目演奏并不能给他们带来轻松和愉快，相反却屡屡引起他们的共鸣，使他们从琵琶声中找到了发泄乡思的突破口，从琵琶声中回到遥远的故乡。听不尽旧曲新声，听不尽撩乱边愁，听不尽乡思激荡。对于将士们来讲，纵酒高歌，手舞足蹈，可以发泄乡思；聆听琵琶，沉浸回忆，同样可以宣泄乡思。想回家，却又不能回家；期盼早日结束战争，却又遥遥无期。将士们无奈、无望，只能苦苦挣扎。每一支曲目都添愁惹恨，每一声琵琶都扰乱心绪，每一杯浊酒都燃烧乡情。听不尽啊，无限相思，无限离愁。喜欢“听不尽”这种感觉，有怨恨，有感叹，有钦赞，有期盼，有挣扎，百味俱陈，感慨万千。改为“听不完”，偏向埋怨；改为“听不够”，偏向赞美。都不妥当，情味寡淡，语意单一。唯有“听不尽”浓缩万千，情韵蕴藉。

有道是“男儿有泪不轻弹，只是未到伤心处”，我愿意相信，歌舞盛宴之余，不少热血男儿肯定潸然泪下，泣不成声。只是诗人不去描写，不去渲染。相反，诗人却把我们的目光引向广阔的天地。一幅辽阔壮观的画面引发我们的幽幽联想。一轮明月，高挂天际，朗照四野。群山起伏，连绵不断。古老的长城横亘山岭，蜿蜒延伸，起伏腾挪，犹如巨龙俯卧，又似惊蛇腾空，气势充沛，形象震撼。对此，你会产生怎样的联想呢？是望月怀远，思乡念亲？还是保家卫国，立功塞外？是忧虑时局，警惕外敌，还是心潮澎湃，自信满满？无须直说，撩人遐想，也许对于读者来讲，只有沉浸在这种感同身受的联想之中，才能更深刻、更丰富地了解我们的大唐将士。

一曲琵琶弹不尽大漠乡愁，一杯浊酒浇不灭乡思烈焰，一轮明月照不完万古山河。

烈火焚烧真英雄

——李白《从军行》

百战沙场碎铁衣，城南已合数重围。

突营射杀呼延将，独领残兵千骑归。

……

有道是“烈火焚烧方显真金本色，沧海横流才见铁血英雄”，对于军人而言，庸庸碌碌，苟且求生是奇耻大辱。相反，驰骋沙场，浴血奋战，绝处逢生，则是神勇过人，万众敬仰。读唐代边塞诗，总是为一些英雄壮举所震撼，总是为军人的铁血风范所激励，恨不得立马佩上刀剑，跨上战马，横刀立威，纵横沙场，与敌人杀个天昏地暗。李白的小诗《从军行》描写一场败仗，突出一位英雄，义薄云天，气贯长虹，振奋人心，激励士气，愈挫愈勇，虽败犹荣。

将军出场，没有天风海雨，惊雷滚滚，没有战火冲天，硝烟弥漫，就只有一件铁衣，一生战况，点面结合，平实叙来，自见英雄浴血百战、骁勇过人的威武气概。从军入伍，屡建奇功，官至将军，身先士卒，不念安危，不顾生死，杀敌报国，威风凛凛。一个“百战沙场”概述将军一生征战无数，危险无数，九死一生的传奇人生。用词豪迈，慷慨激昂，令人气血勃发，心神振奋，大有戎马生涯、一世沧桑之感。容易联想起北朝民歌《木兰辞》“将军百战死，壮士十年归”，范仲淹《渔家傲》“人不寐，将军白发征夫泪”，王昌龄《从军行》“黄沙百战穿金甲，不破楼兰终不还”，凡此种种，数不胜数，无不表现出将军身经百战的精神风貌。如果说“百战沙场”是将军一生高度概括的话，那么，“碎铁衣”则是一生戎马的典型写照。以一当十，以少胜多，含蕴无穷。将军戎装在身，刀剑相伴，战马在下，矛槊在手，直冲沙场，奋勇搏杀，危机四伏，险象环生，免不了刀剑如林迎面刺来，免不了冷箭似风无孔不入，即便就是坚硬如铁的铠甲头盔，也会千疮百孔，无一完全。诗人用“铁衣”作比，极言坚硬，极言冷峻，带有寒凉肃穆之感。如此坚固，如此厚重，竟然被击穿打碎，竟然漏洞百出，惨不忍睹。可见战斗的激烈，战事的频繁，战争的长久。写将军，仅此一笔，足以凸显威武神勇，足以展示精神风貌，“传神写照，点到即止”，余味悠悠。

未见其人，先睹其神，先入为主，沧桑立照。诗歌二、三、四句则是点上的描绘，着重描写一场突围战，凸显将军的神勇善战，足智多谋。几番惨烈厮杀之后，伤亡无数，元气大伤，将军率众撤退，据守城南，与敌僵持不下，危机正在降临。敌军强大，兵临城下，层层包围，随时可以攻陷城池。大唐官兵，已是残兵败将，寡不敌众，随时面临全军覆灭的厄运。如何应对，如何自保，如何牵制敌军，考验将军，考验每一位战士。诗中突出“数重围”，暗示包围紧密，里外三层，滴水不漏，针插不进，敌人众多，力量强大。双方军力悬殊，正面开展，大唐官兵几乎没有胜算可能，也无其他渠道逃跑活命，只能孤军应敌，等待灭亡。形势危急，城池难保，时间紧迫，怎么办？唯一出路或许就是拼尽全力杀出重围，夺路而逃。将军如此决策，如此行动，几乎是迅雷不及掩耳之势，以精锐士卒，突袭敌军，向死而战。自然又是一场血腥惨烈的搏杀。胜败生死未知，形势并不明朗，只是读过诗歌的一字一句，领略将军的一举一止，不难大致感受浴血奋战、绝处逢生的希望。祝福将军好运，祝福大唐官兵平安活下来。

果不其然，将军发动突围之战，集中伤残不全的士兵，集中相对优势力量，抱着死无足惧、哀兵必胜的信念，迎战敌军，杀出重围。首先，瞅准时机，瞄准敌首，果断射杀，一箭毙命，一举扰乱敌人军心，给己方冲杀逃生创造时机。结果是，一干人马，拖着伤病残弱的身体，夺路获生。杜甫诗云“射人先射马，擒贼先擒王”，敌强我弱，寡不敌众，只能寻找时机，打击命脉，摧毁敌军士气，激励己方斗志。将军于千军万马当中，敏锐识别敌军首领，突然射杀，令对方始料不及，未看清来自何方的暗箭，人就已经应声落马。敌军一时阵脚大乱，失去方寸，大唐官兵则士气高涨，乘势进攻，乱中逃生。一次策划，一次突围，甩下了数倍于唐军的敌方，保全了自己有限的力量。这是勇敢与机智的胜利，这是决策与指挥的胜利。

诗人赞叹大唐将军“独领残兵千骑归”，一人之力，力压千军万马，一人之勇，勇夺三军士气，一人之智，智定生死决战。一个“独”字盛赞将军，“独”出奇招，“独”断军机，“独”察敌情，机敏锐利，神奇惊人。一个“千”字极言其多，里外包围，密不透风，将军竟然神出鬼没，出其不意，杀开一条血路，保全了自己，而且带领千余残兵散勇回来，可谓奇迹。结尾这个句子，写得从容潇洒，气定神闲，给人感觉将军绝处逢生，杀敌无数，虽败犹荣，无上自豪。想起另一首军旅诗《观猎》：“风劲角弓鸣，将军猎渭城。草枯鹰眼疾，雪尽马蹄轻。忽过新丰市，还归细柳营。回看射雕处，千里暮云平。”狩猎获胜的将军，回看过往风起云涌不见，眼前呈现风定云平画面，无比自豪。同样，李白诗中的将军，突围成功归来，回首刚刚遭遇的战斗，慨叹自己大难不死，万分庆幸。

一次战斗，伤亡无数。一次突围，险象环生。将军是败军之将，将军是机智逃生，将失败写入诗歌，将败将当作主角，似乎不合常理，但是，李白大胆抒写，别具匠心，用激情燃烧的语言给我们塑造了一位风骨凛凛、神勇过人的将军形象。将军身上，折射出大唐官兵挫而愈勇、败而不屈的顽强精神，折射出一个王朝蒸蒸日上、自信满满的豪迈气概。

羌笛何须怨杨柳

——王之涣《凉州词》

黄河远上白云间，一片孤城万仞山。

羌笛何须怨杨柳，春风不度玉门关。

· · · · · · ·

大唐文人，雄心勃勃，豪气干云，从军入伍，沙场杀敌，建功立业，报效国家。不少边塞诗咏唱军旅生活，或是赞叹大漠风光雄浑壮阔，或是惊叹穷荒绝域苦寒凄凉，或是歌颂浴血奋战笑傲沙场，或是抒写闻笛思乡望月怀人，凡此种种，多姿多彩，构成了大唐边塞诗歌丰富复杂、别具格调的磅礴画卷。王之涣的边塞诗《凉州词》歌赞大唐将士驻守边疆保家卫国的热血豪情，也倾诉征人游子远离故乡怀想亲人的心灵呼唤，格调高昂，情意复杂，画面宏阔，意境雄浑，读来震撼人心、激情澎湃。题曰“凉州词”，顾名思义，落笔边关，咏唱凉州，偏远荒寒，萧索凄凉。环境如此，人又如何？不妨想象，大唐将士，长年累月驻守边城，枕戈待旦，严阵以待，与高山大漠为邻，与日月星辰为伴，远离故园亲朋，久别妻子儿女，生活单调枯燥，内心苦闷无聊，度日艰难，可想而知。那么诗歌是否就是抒写戍边将士的苦忧愁怨和愤愤不平呢？通读诗歌，你就会感觉到，驻守凉州的官兵既是一群忠诚勇敢、誓死报国的热血男儿，又是一群有情有义、有家有亲的英雄儿女，他们的存在和出现，给荒凉边关增添一抹冷艳的色彩，他们的生命和精神，给边塞诗注进了汩汩热血。

诗人王之涣，从军入伍，浪迹边关，立足大漠，俯仰天地，他看到了什么，他听到了什么，他又想起了什么，诗人笔下一幅幅画卷依次呈现在我们眼前，隐隐透露出将士的隐晦心曲，也折射出诗人的一腔激情与瑰丽梦想。大漠戈壁，辽阔无垠，黄河蜿蜒，横贯东西。极目西望，白云缭绕在天，黄昏夕照成霞，古老黄河似天河决堤，穿云破雾，垂空而下，激流汹涌咆哮如虎，大河狂奔翻腾似龙，虎吼龙吟，地动山摇，震撼人心，澎湃热血。王之涣大概是被眼前雄浑壮阔的景观深深打动，气血喷涌，心神振奋，心中萌生万丈豪情，置身大唐，时逢盛世，国力鼎盛，自信满满，文人志士从军边塞，当以四海为家，功名为念，或者像李贺所言“男儿何不带吴钩，收取关山五十州”，或者如李白高歌“但用东山谢安石，为君谈笑静胡沙”，或者如王昌龄誓言“黄沙百战穿金甲，不破楼兰终不还”，精神气度，士气决心，骁勇善战，生死无惧，全在云天之上，全在奔流之中。一条黄河，气势飞动，声势浩大，力量震天，滔滔向前，流贯大唐江山，流注大唐气脉，烘托出一个时代的精神面貌，点燃一群文人的壮志豪情。注意诗中的色彩，黄河赤黄，白云洁白，对比鲜明，触目惊心。注意诗中的意象，白云缥缈，如诗如画，如歌如舞，意态闲适，诗意空灵。黄河咆哮，如吼如吟，如喊如叫，震天动地，大气磅礴。两相对比，一者阴柔优美，一者阳刚崇高，相得益彰，相映成趣。注意诗中的用词，一个“远”字，貌似平实，其实不然，描绘诗人极目远眺所见，视线所至，由近及远，自低而高，渐次改变，诗人的心胸亦随之而变得开朗，精神亦随之而变得振奋。远天远地，黄河一线，连接上下，时空阔大，景象壮观，气势恢宏。一句五字，字字珠玑，夺目生辉。

写足了天地奇观，人间动景，勾勒了东西走势，上下落差，宏大背景已然形成，画面主角理当登场。接下来，诗人大笔勾勒，涂染“孤城”。群山起伏，绵延横亘，高峻陡峭，拔地通天，如刀砍斧削，如悬崖绝壁。自有亘古荒凉、永恒沧桑之气派。万仞山崖之下，大漠戈壁之上，一座城池巍然耸立，孤零零，阴森森，人烟稀少，气氛冷清。这就是大唐将士的军营所在地，这就是大唐疆域的边关重镇。显然，诗中不见戍楼军旗猎猎飘扬，不见大唐官兵英姿飒爽，不见军营士兵日夜操练，诗人只是点出一片孤城，万仞高山，触及你的视线，震撼你的心灵，激荡你的情思。你能想象，此地此境，远离中原，偏僻荒凉，环境艰苦，生活困难。戍边将士重任在肩，使命在胸，得要克服万千困难，挑战恶劣环境，挑战孤独寂寞，挑战自我极限，殊为不易，但是，他们不辱使命，不忘家国，舍小家为国家，舍个人为民族，深明大义，义无反顾。他们身上流淌着炎黄子孙的精神血脉，他们心中积蕴着保家卫国的男儿豪情。诗人不写人物，只写环境，用自然环境暗示人物精神，用粗犷笔触勾勒人物筋骨。一座城池耸立大漠，代表一种精神扎根大唐。注意诗中数词运用，“一片”与“万仞”并列，形成对比，鲜明各自特征，增强视觉冲击力，增强心灵震撼力。“一片”是夸张，故意缩小，极言孤城极孤，城楼不多，房舍稀少，连城一片，未免孤单，大有孤城绝境与世隔绝，后继无援之感，亦能暗示形势危艰，险象环生之态。“万仞”是可以夸大，极言山高崖陡，横绝云天，高入九霄，耸立大漠，护卫孤城。其形其势，其状其态，颇有原始粗犷、突兀狰狞之态，能够将人带入久远洪荒、天地鸿蒙的时代。空间上面的夸张暗含时间上面的邈远，时间维度上的永恒显示空间维度的苍莽。时空交错，孕大含深。读诗词，紧紧咬住一词一语品味，紧紧扣住诗境联想、揣摩，的确是进入诗心，体验生命的一种好办法。

诗歌一、二句写景，大笔勾勒，精心点染，托出一片壮景，营造肃穆气氛。置身其中，感觉天地无声，人心震撼。如此天地之内，如此孤城之中，大唐将士又是怎样的心胸气度、精神面貌呢？请听一阵笛音吹响，凄婉哀怨，悠扬低沉，伴随瑟瑟秋风，久久回响空城，也久久回荡将士心间。那是一首什么曲目呢？家喻户晓，人听人爱的《折杨柳曲》，其声凄怨，其调凄凉，很快将人带入遥远的故园，当年从军，青春年少，意气风发，告别故乡，辞别亲人，送者折柳相赠，别者泪光点点，欲留不能，欲走不忍，何等艰难，何等酸楚啊。时至今日，不知吹过几多风雨，不知度过几番春秋。时光无情，沧桑了慈母严父，苍老了青春容颜，但是，时光改变不了浓浓的乡情。显然，将士思家念亲，梦幻杨柳春风，梦想团聚亲人。一个“怨”字准确揭示了将士们这种普遍的情感。恰如李白诗歌《春夜洛城闻笛》所写“此夜曲中闻折柳，何人不起故园情”，又如李益诗歌《从军北征》“碛里征人三十万，一时回首月中看”，越是环境艰苦，越是思乡强烈。可是，千万别忽视了“何须”二字，陡然一转，翻出新意。“何须”是何必、何苦之类的意思，“何须怨”意为不必怨，不要怨，怨也没用，不如不怨，表明将士们心胸旷达，知晓大义，不以艰苦为苦，不为乡思所累，他们明白，保家卫国，重任在肩，不容懈怠，不敢疏忽。“何须怨”三个字揭示一种心理情感的平衡，一种内在矛盾的统一：一边思念家乡，一边明白使命；一边哀怨愁苦，一边超脱达观。雄心壮志与缠绵相思融合，大唐军人与天涯游子兼备。

他们又很清醒，知道自己身处何方，知道自己使命何在，知道朝廷寡情少恩，知道自己乡思沉重。一句“春风不度玉门关”写尽边地荒凉。时逢春天，内地也许是桃红柳绿，草长莺飞，万物复苏，欣欣向荣，边地却是寒风凛冽，飞沙走石，草木不生，绿意全无。上天偏爱内地，冷淡边关，冷落一群遗失在大唐辽阔疆域边地的将士。深层言之，边关将士抛家别亲，不远万里，舍生忘死，浴血沙场，捍卫大唐尊严，守护大唐江山，可是，朝廷和君王却不得而知，关注不到，关心全无，严重伤害将士之心。都说皇恩浩荡，如沐春风，可是，这春风却永远吹不过玉门关，吹不到这一片孤城啊。这里无缘春风吹拂，这里无缘王朝皇恩施与。“不到”是果断语，也是哀怨语，透露出将士们内心的怨愤不平与委婉抗议。是的，国家要记住自己的战士，春风要抚慰萧索的远方。时过千年，地隔万里，孤城不在，诗歌犹存，一群有血有肉、有情有义的热血男儿永远活在我们心中，永远活在炎黄子孙心中。

万里黄河绕黑山

——柳中庸《征人怨》

岁岁金河复玉关，朝朝马策与刀环。

三春白雪归青冢，万里黄河绕黑山。

· · · · · · ·

大唐王朝君临天下，八方来朝，自信包容，气度恢宏。大唐诗歌劲健刚强，豪迈奔放，多声合奏，瑰丽多彩。边塞诗歌内容丰富，情感复杂，格调昂扬，风格多样。有的侧重描绘边塞风光的雄浑壮阔，如“大漠孤烟直，长河落日圆”；有的侧重表现军旅生涯的艰苦卓绝，如“瀚海阑干百丈冰，愁云惨淡万里凝”；有的侧重表现将士们的思乡念亲之情，如“碛里征人三十万，一时回首月中看”；有的表现官兵们的积极乐观，生死无畏，如“醉卧沙场君莫笑，古来征战几人回”。凡此种种，多姿多彩，给我们提供了一桌精彩绝伦的诗歌大餐。

读唐代诗人柳中庸的边塞诗《征人怨》，感觉迥然有别于普遍题材，别具匠心表现征人的内心世界，令人心神震动，唏嘘叹惋。

大唐将士驻守边关，长年累月，东西奔波，风尘仆仆，马不停蹄。刀剑随身，形影不离。战马在下，匆匆忙忙。不知离别家乡多远，不知辞别亲人多久，不知见过几番月圆。经历过风霜雨雪，经历过刀光剑影，心念不改，思乡永恒。诗句表面不说思家念亲，字句不现儿女情长，但是，细细品味，哀怨之情，忧思之意，无不蕴含其中。

“岁岁”与“朝朝”，两用叠词，不但加强声韵效果，朗朗上口，情意深长。而且给人一种感觉，年复一年，日复一日，都是东西征战，驰骋沙场，都是枕戈待旦，高度警觉，不知何时才能停止这种生活，不知何日才能过上安宁稳定的和平生活，更不知道何时才有机会回到家乡，亲人团聚。心生怨愤，不敢明言，忧心忡忡，备受煎熬。岁岁如此，朝朝如此，戎马生涯重复单调，枯寂无聊。越是如此，越能见出征人内心深处越发强烈的思乡念亲之情。

不妨考证一下两个词语“金河”“玉关”，前者即大黑河，位于今天的内蒙古呼和浩特市南边。后者即甘肃玉门关，亦即王之涣诗句“羌笛何须怨杨柳，春风不度玉门关”的“玉门关”。“金河”在东，“玉关”在西，相距遥远，都是边防重镇，都是荒远偏僻之地。长年累月伴随征人生活的就是这样一些穷荒绝域，就是这样苦寒荒凉。可想而知，将士们面临怎样的考验与磨难。人在边关，心思家园，越是处于艰危困境，越是强烈想家。想起两句诗歌“年年岁岁花相似，岁岁年年人不同”，也是用叠词，表达喜忧参半的复杂情感，喜的是年复一年春花怒放，生命健旺，充满活力。忧的是，年复一年，时光流逝，人生老去，徒生悲凉啊。柳中庸的诗歌之中，两个叠音词表达的是生活的单调困苦、不尽无穷，是环境的荒凉冷清、不胜凄凉，是行程的紧张、马不停蹄。

也要注意两个道具“马策”“刀环”，亦即马鞭和套环，都是细微之物，都是行军途中的随身之物，都是容易引发人们联想到战争惨烈的典型物件。以少胜多，以一当十，稍稍点缀，感发联想。其间也许有横刀跃马、叱咤风云的威武，更多险象环生、凶多吉少的不祥，更多不胜其烦、远而避之的厌恶。还要注意两个虚词“复”与“与”，前者表示重复，周而复始，不尽无穷，透露出何日是尽头，埋怨无穷尽的哀怨。后者表示联合，马策刀环，戎马之物，时刻附身，暗示紧张行军，严阵以待的高度戒备，让人既感怨愤不满，又感惶恐不安。两个虚词，配合其他词语，巧妙传达出征人军旅生活的单调乏味，枯寂无趣，自然暗合诗歌标题之中的“怨”情。

诗歌一、二两句侧重从时间流转的角度描绘征人的哀怨郁愤心理，诗歌三、四两句侧重从空间变换的角度描绘征人的埋怨苦叹心情。征人东奔西讨，全线戒备，极目所见，无非塞外枯淡萧索景物。比如三春时节，不见桃红柳绿，草长莺飞，不见万年木欣欣，生机勃勃，但见大雪纷飞，覆盖青冢，寒风猎猎，白草摧折。

“青冢”别有意味，耐人咀嚼。原指西汉时王昭君的坟墓，传说塞外草白，唯有昭君墓上草色青绿，故称“青冢”。时令依然三春，还是风雪严寒，荒草丛生，不见半点春意葱茏，多少有点“春风不度玉门关”之意味。可见边关的遥远荒凉，寒冷凄清。特别要注意“青冢”，是昭君墓，昭君和亲塞外，安宁边关，造福民族，可是自己却是远离故园，久别亲人，思归不得，团圆无望，及至死去，葬身大漠风尘，异域穷荒之地，不能回归故里。昭君一生所怨，怨在客死异国他乡，恨在无缘再见亲人。杜甫曾经咏怀昭君：“群山万壑赴荆门，生长明妃尚有村。一去紫台连朔漠，独留青冢向黄沙。画图省识春风面，环佩空归月夜魂。千载琵琶作胡语，分明怨恨曲中论。”不管是琵琶胡语，还是月夜魂归，还是黄沙青冢，无一不在诉说一个孤独的灵魂对于故国的思念、对于亲人的怀想。柳中庸诗歌舍去万千景物不写，单写征人们眼中的“青冢”，暗示征人和当年的昭君一样，对于家人、故乡的强烈思念。当然，边关塞外，风雪严寒，青冢孤立，凄楚可怜，冷酷异常，无疑又透露出思家念远的征人对昭君的同情，对自身处境的哀叹，对恶劣环境难以忍受。“青冢”意象，含义多多，意味深长。

诗歌特别点明时令是“三春白雪”，也是敏感词语，也能触动征人及读者的深思。三春时节，边地大雪纷飞、草木萧索，内地可是万物复苏、生机勃勃，边关与故乡形成鲜明对比，暗示征人思念家乡、思念亲人。王之涣有诗“羌笛何须怨杨柳，春风不度玉门关”，同样妙用“春风”一词，暗示边地与内地春天风光景物大不相同，自然触发远在边关的征人对家乡春天，对家乡一切的牵念。“三春”也好，“春天”也好，还是其他景物也好，只要是关涉故乡的，都会引发征人强烈的乡情。

诗歌尾句写黄河滔滔奔流，滚滚向前，绕黑山而过，奔远方而去，牵扯征人的目光，触动征人的心魂。何故？很容易想起古老的《木兰辞》，也有类似意境的描写：“旦辞爷娘去，暮宿黄河边，不闻爷娘唤女声，但闻黄河流水鸣溅溅。旦辞黄河去，暮至黑山头，不闻爷娘唤女声，但闻燕山胡骑鸣啾啾。”木兰替父从军，辞亲远行，投身异地他乡，听闻黄河流水溅溅，想到爷娘唤女，听闻胡骑啾啾，想到爷娘呼女，所有的声音都会刺痛木兰的心，所有的远行都会牵动木兰的情，女儿啊，走得再远，又怎么可能走出亲人的目光呢？当年李白离开四川，感叹“仍怜故乡水，万里送行舟”，故乡的山山水水万里迢迢，一路相送，送李白离开家乡，送李白到外面闯荡新天地。李白心中同样装满了故乡的山水风光，亲朋故旧。李白走不出故乡的怀抱。

同样，柳中庸诗中，提到“黄河”“黑山”给人遥远偏僻、地老天荒之感，置身如此陌生荒凉的环境，自然更容易触动征人对于熟悉的故园，亲切的家人的思念。“万里”限定黄河，极言黄河遥远，几至无极，同时，对于征人来讲，又容易滋生离家万里，别亲万里，回归无望、团圆无望的感觉，很绝望，很悲凉。一句“万里黄河绕黑山”，绕来绕去，千里万里，离家渐远，辞亲日久，天地愈加陌生，环境越加荒凉，置身其中，焉能不生怨，焉能不想家？

家在哪里，心就在哪里。人在哪里，家就在哪里。一个人来到世间，不管是沉浮宦海，打拼功名，还是十年寒窗，苦读求索，不管是泛舟江湖，经商谋富，还是从军边塞，保家卫国，每一个出门在外的游子都会思家，每一个孤独的灵魂都会伤痛。因为我们离不开生我们养我们的故园。

一时回首月中看

——李益《从军北征》

天山雪后海风寒，横笛遍吹行路难。

碛里征人三十万，一时回首月中看。

……

关于唐诗，有许多世界之最。世界上最难走的路是蜀道：“蜀道之难，难于上青天。”世界上最长的瀑布是庐山瀑布：“飞流直下三千尺，疑是银河落九天。”世界上最深的友情是李白与汪伦的友情：“桃花潭水深千尺，不及汪伦送我情。”世界上最壮丽的远行是李白的壮举：“两岸青山相对出，孤帆一片日边来。”世界上最壮阔、最恢宏的思乡是中唐边塞诗人李益《从军北征》所描绘的场景。每每吟诵这首诗歌，内心总是热血沸腾，无比激动；为大唐军人战天斗地、顶风傲雪，为大唐军人望月怀远、闻笛思乡，为大唐军人雄姿英发、威风凛凛。

和许多代言体的边塞诗作者不同，李益可是亲自从军入伍，奔赴边关，体验了大唐将士征南战北、驰骋沙场的艰苦生活，见识了边关塞外辽阔苍茫、雄奇壮丽的自然风光，目睹了短兵相接、刀剑如林的惊险场面。他的边塞诗是亲身经历的生活记录，是真实情怀的自然抒写，更是大唐军人复杂情感的集中表达。这首诗题为“从军北征”，交代诗人戎装在身、军务在肩、随军出征的特殊境况。也交代了部队的动向，越境过界，向北挺进，暗示北风凛冽，气候恶劣，困难重重。环境特殊，等待大唐将士的将是一场极其严酷的考验。首句大笔勾勒，粗犷点染，描写环境的苍茫辽阔、冷酷逼人，暗示大唐军人战天斗地、顶风傲雪的不屈风采。天山连绵，巍巍高耸，大雪纷飞，皑皑覆盖。青海湖畔，寒风呼啸，冰封雪冻，大漠苍凉。一个“天山”，一个“海风”，相距遥远，空间广阔，冰天雪地，苦寒无极。恶劣天气透露出冷峻寒意，辽远时空折射出征途茫茫。大唐军人置身此境，远离家园，久别亲人，顶风冒雪，长途行军，无疑会产生强烈的思乡念亲之情。纵横驰骋、惨烈搏杀之时无暇思乡，戎马倥偬、军务繁忙之时无暇念亲，只有部队开进，远行天山，又暂时没有遭遇战斗之时，思乡才有可乘之机；再加上横笛遍吹，幽幽怨怨，破空而来，自然容易触动军人的心灵，引发他们强烈的思乡之情。

将士们听到了什么曲目？是谁在吹奏？又是为何吹奏？一句“横笛遍吹行路难”传达了丰富情意，引发读者广泛联想。“行路难”是曲目名称，一语双关，字面而言，指出征远行，冰封雪冻，寒风呼啸，困难多多；容易让人联想到李白诗歌《行路难》，触动人生坎坷，前路茫茫之感。内里来看，是曲目名称，多抒发离别怨恨之情，关涉家园亲旧、妻子儿女。既然吹奏此曲，自然透露出将士们的思乡念亲之情。一个“遍”字，明显夸张，人人吹奏，此起彼伏，互相应和，形成一个哀怨漫天，情动山川的宏大场景。不是单管独奏，不是个人演唱，不是组合奏，而是大规模，大场面，大格局，大气势，足够壮观，足够风光。想想这样一幅画面，天山之下，风雪之时，行军之际，万众吹奏，万声和鸣，何等气派，何等神奇。巨大的场面，恶劣的天气，众多的军人，加上哀怨的乐声，放大了思乡，强化了思乡，给人感觉，似乎天地之间久久回荡着幽幽哀怨的笛音，回荡着久久不散的乡情。李白有诗“此夜笛中闻折柳，何人不起故园情”，人人闻笛思乡，人人折柳送别，人人神思千里，人人乡情缠绕。浓浓思乡之情，犹如风雪铺天盖地而来，吹动每一颗离家远行的心。同样，李益一句“横笛遍吹行路难”也是哀怨漫天，乡情难禁。思乡如潮，淹没每一个听者的心；乡情似海，激荡每一个游子的心灵。

横笛吹响，幽幽咽咽，哀怨凄清，久久回荡在夜空，声声敲打着将士们的心弦。三十万大唐官兵，在白雪皑皑的天山脚下，在冰封雪冻的严寒之中，在月挂中天的深夜之时，一致敏感，一起回头，一时望月。笛声触动了军人的敏感心灵，冷月加深了他们对家乡的思念。是啊，离家遥远，辞亲长久，行军不定，音信杳无，心中无时无刻不在牵挂亲人，心中无时无刻不在盘算何时回家。这一声声笛音，一次又一次刺痛他们敏感的心。也是血肉之身，也是为人父、为人子，也是侠骨柔情，怎么能够抵挡笛音的刺激，故乡的呼唤呢？注意这支军队，三十万人啊，规模庞大，阵容强盛，整装出征，顶着风雪，沐浴冷月，穿越大漠。他们是大唐的边关卫士，他们是父母的忠孝儿郎，他们是出生入死的铁血战士，他们是建功立业的真心英雄。但是，此时此刻，夜深人静，远离家园，他们是家乡的儿女，心中装满故乡的一切，包括山水草木，包括亲朋故旧，包括鸡鸭牛羊。一个人走得再远，也走不出故乡的目光，三十万颗心，一时间全都随着凄怨哀婉的笛音，飞越万水千山，飞越戈壁大漠，飞向故园深处。有人说，世界上没有这样的军队，三十万人，数量惊人，一时回头，动作夸张。还有人说，一支军队远征使命在身，步履匆忙，哪有时间儿女情长，哪有时间缠绵思乡？设若如此，岂不大大削弱了战斗力，消磨了旺盛斗志？这是大唐军队吗？这是大唐精神吗？笔者不敢苟同这些质问，诗歌是想象与抒情的艺术，诗歌也是语言的艺术，立足生活，提炼生活，当然可以虚构和夸张。就拿李益这首诗最后两句来说，不说军队三十万，不足以体现大唐官兵的似水柔情，不足以体现出将士们的思家念亲。是热血男儿，也是铁血战士，两者统一才是真实的军人。换作征人十万或三万，哪有三十万的气势，哪有三十万的格局，哪有三十万的境界呢？一时回首，三十万人回首，何等壮观，何等神奇。思乡之情，仅此一个夸张的动作，演绎得淋漓尽致。李益在另外一首诗中曾有如此描述“不知何处吹芦管，一夜征人尽望乡”，也是万千将士出征望乡，也是夸张凸显乡情，也是重点突出军人丰富的内心世界，说征人望乡，一夜无眠，一夜思乡，全员望乡，一个不落，思乡如月，弥漫天地，乡情如水，淹没心灵。置身其中，谁不被感动得一塌糊涂？

军人也是父母儿郎，也是儿女之父，也是妻子之夫，也是血肉之躯，也有七情六欲，他们离开家园，久别亲人、遭遇敌军、生死搏杀的时候，或许忘记了故乡与亲人；稍事休息，忙里偷闲，自然免不了思家念亲。从某种意义上来讲，这种情意丰富了大唐军人的形象，展示了真实而复杂的人性。

一夜征人尽望乡

——李益《夜上受降城闻笛》

回乐峰前沙似雪，受降城外月如霜。

不知何处吹芦管，一夜征人尽望乡。

……

俗话说，在家千日好，出门时时难。难在何处，也许人生地僻，举目无亲；也许言语不通，习俗不适；也许孑然一身，形影相吊；也许寒窗苦读，科举落第；也许宦海挣扎，伤痕累累。但是，最是难受、煎熬身心的难处当数乡思苦情。是的，远离家园，久别亲人，归家无计，音信杳无，一个人生活在异地他乡，一切皆陌生，一切皆隔膜，一切皆深深刺激游子敏感而脆弱的心灵。看到雁过南天，会想可曾捎来故乡的书信；看到春回大地，会想故园窗前梅花开否；看到十五月圆，会想家人翘首以盼；看到杨柳吐绿，会想起折柳赠别的不舍。读中唐边塞诗人李益的诗歌《夜上受降城闻笛》，又一次被征人思乡愁情深深打动，又一次心潮汹涌，长夜无眠。我在想，李益想家，从唐朝开始，直到现在。我也想家，从从前开始，直到遥远的未来。现在，李益的诗歌和情怀构筑了一道桥梁，连接并延续古往今来万千游子的乡思乡情。我被裹挟其中，心神激动，乡思萌生，情意邈远，有如一缕清风，从过去吹来，飘向永远。

诗题《夜上受降城闻笛》暗示我们许多信息。关键词是“闻”，听的意思。谁吹笛，谁闻笛，在什么时间、什么环境闻笛，“闻”后效果如何，笛声吹奏怎样的曲目，引发了他们怎样的心理情绪，诗人又是如何体验其中情意的。种种悬疑蕴含其中，耐人寻味。“夜”字点明时间夜晚，暗示征人枕戈待旦，严阵以待，高度警觉，这样的生活早已成为征人的常态。也暗示他们长夜无眠，凄凉落寞，闻笛怀远，思绪万千。“受降城”，顾名思义，是大唐王朝大获全胜，降服敌军的地方，也许以前不叫这个名称，但是，一次战斗，一次胜利，改变了历史，改变了主人，所以改名志喜。改名庆贺胜利，改名纪念战事。一个名称流露出胜利的喜悦与自豪。那么，诗歌是不是抒写将士们克敌制胜，大获全胜的激动与狂喜呢？我们只能沿着文字的轨迹，慢慢走近边关塞外，感受征人的心灵世界。

诗人登上受降城，极目天地，俯仰时空，看到了什么，想起了什么，又有怎样的感触与举动。诗人不说，单只描绘眼前所见，心灵所感。回乐峰前，黄沙漫漫，一望无垠，月光映照，沙粒如雪，一片洁白，给人以寒凉凄冷之感。受降城外，月光朗照，银辉四射，天地空明，月光如水，落地成霜，一片凄清冷峻，一片沉寂无声，给人以冷寂幽远之感。两句诗，写黄沙如雪，月光如霜，透露寒凉之意，烘托心灵凄清。何以如此？对于征人来讲，不是环境苦寒、地域荒远，不是天气暴烈、风雪交加，不是征战凶险、九死一生，不是短兵交接、厮杀惨烈，什么都不是，千疼万痛，千难万苦，全在乡愁，想想看，年轻儿郎，远离家园，久别亲人，杳无音信，戎马征战，无有尽时，无时无刻不在思念家乡，无时无刻不在盼望回归。这个时候，这种心境，任何一点风吹草动，丝毫声响，都会触动征人的心弦，引发他们对于家园亲故的浓浓思念。诗人写沙冷似雪，月冷如霜，其实是在烘托征人因为思归不得、团聚无望而滋生的失望、落寞与惆怅。“受降城”与“回乐峰”相距遥远，时空浩茫，连缀一起，给人辽阔苍茫、无穷无尽之感。沙粒辽远，一望无尽，冷月如霜，遍地皆是，“沙”“月”关合，既显高远辽阔，又见苍凉凄冷。诗歌一、二两句可作互文来理解，意思是，不管是受降城下，还是回乐峰前，不管是黄沙漫漫，还是皓月当空，整个辽阔境界，无沙不冷，无月不寒，冷彻天地，冷彻人心。一个“月”字，隐隐暗示征人望月思乡，念远怀人。月是媒介，朗照天涯，传情达意。“雪”“霜”之比，纯属想象，暗示时令季节，烘托秋冬寒冷，双关征人内心冷清。开篇两句，字字含情，句句见意。不见征人，不现情意，但是，人隐其中，情藏其里。环境描写，渲染气氛，烘托三、四两句的情意。

边关之夜，皓月之下，诗人又听到了什么呢？一阵笛音响，破空而来，随风回荡，久久缥缈在空中，久久萦绕在征人的心头。笛音幽幽咽咽，哀怨凄清，如泣如诉，如慕如歌，传达万千情绪。有思家无归的失落，有念亲不聚的心酸，有荒寒难熬的痛苦，有征战沙场的隐忧，有共享天伦的欢喜，有儿女逗乐的幸福，有邻里往来的和睦，喜怒哀乐，皆关乡情。万千感慨，蕴含其中。诗人疑问，笛音不知谁人吹起，不知来自何处，暗暗吻合月夜迷茫，天地昏暗的环境特点，也巧妙烘托出征人迷茫困惑，百思不解的心理状态。每每品读诗歌，我总在想，一支芦管吹奏什么曲目呢？《阳关三叠》吧，吹奏者想起自己春天离开家乡，辞别亲人，折柳相送，别情依依，柔情绵长，宛如杨柳，随风依依，柔弱无力，因为离别伤透了心啊。《梅花落》吧，眼前浮现一幅图景，大雪纷飞，寒风呼啸，梅花飘零，朵朵冷艳，一曲笛音哀婉凄清，随风而来，让天地肃静，让人心冷清。笛音撩拨人的情思，引发人的联想，伴随着阵阵笛声，诗人和万千大唐征人，一块回到了家乡，回到了亲人的身边。“不知”是诗人的发问，是诗人的求索，折射出诗人初闻笛音的惊讶、好奇、错愕、迷茫，甚至还有感动。是的，久积于心的情感，日益强烈的念想，被笛音毫不经意地吹出。诗人震惊，感动，一时不知所措。

诗人看到，笛音简直是魔法，一经吹出，回荡天地，催生万千征人回头望月，一夜思乡。一幅情动山川、愁漫天地的壮阔图景呈现在诗人面前，旷世奇观，震撼人心！“一夜”夸张时间，告诉我们万千征人彻夜不眠，思乡无尽。“尽”字夸张范围，极言征人一个不落，全部望乡，全部心驰神往，全部魂归故乡。一支笛曲，一阵笛音，刺耳动心，顿时掀起征人的心海狂潮，波澜起伏，汹涌激荡。多么想，这个时刻，化身羽翼，高飞远举，直抵亲人身边；多么想，这个时刻，化作青烟一缕，飞越千山，回到故乡的天空；多么想，这个时刻，化作月光，照亮天地，照亮归家的旅途。“望乡”是一个动作，是一副神态，是一尊雕塑，凝固了万千情意，定格了美丽的忧伤。很容易想到“望夫石”的传说，一个女子，依山傍水而居，年复一年伫立江畔，等待夫君归来，不管刮风下雨，不管电闪雷鸣，不管春夏秋冬，不管斗转星移，但是，始终等不来夫君，最后她化作一尊石像，永远伫立在江畔。如今，我们看到，万千望夫石一般的雕像伫立在李益诗歌之中，伫立在千秋百代万千读者心中。

时光如水无声流淌，生命如菊淡然开放，过去了多少岁月风华，过去了多少人世沧桑，但是，诗歌定格了忧伤，乡愁固化了家园，每一个游子，每一个离家远行的人，谁不像大唐征人一样望月思乡，闻笛魂归呢？

欲将轻骑逐单于

——卢纶《赛下曲六首》（其三）

月黑雁飞高，单于夜遁逃。

欲将轻骑逐，大雪满弓刀。

· · · · · · ·

看老树的简笔画，淡淡几笔，意味无穷。比如一株老树，几许枝丫，一些纷纷飘零的树叶，一个穿长衫、背着手踱步的男人，你自然会感受得到漫天的秋意，还有画中人的一声长叹。他道出了你的秋天，你却一时还说不出来心中所思所想所感所悟。应了辛弃疾的词句“却道天凉好个秋”。喜欢这种计白当黑，以少胜多，余味悠悠的诗画。不管是表现人生经历风雨沧桑之后的静穆与苍凉，还是表现人生飞黄腾达之时的显赫与辉煌，不论是描述生活的清淡如水、素净如菊，还是描述战争的刀光剑影、烈焰腾空，我都喜欢那种恬淡素朴、耐人回味的作品。看画如此，看风景如此，看一首诗歌也如此。当然，我丝毫不敢否认五彩缤纷、绚丽多彩的热烈与张扬。最近读到中唐边塞诗人卢纶的《塞下曲六首》（其三），心思不在军人大获全胜，大展神威，而在诗句极尽简练的文字背后潜藏着的丰富意味。全诗描述一支军队或是一位将士追击敌军首领的一个场景，精于捕捉，巧于勾勒，定格瞬间为永恒，定格简单为丰富，定格淡薄为深厚。细细品读，意味深长。每一个字都传达一种氛围，每一句话都抒写一种状态。常读常思，久而弥新。

一、二两句描写敌军首领趁黑逃跑的场景。时间是晚上，一个月黑风高、大雁高飞的夜晚。敌军首领单于仓皇失措，狼狈逃窜。环境就这么简单，事件就这么简单，但是，韵味十足，含意丰富。诗歌语言讲究暗示性和包孕性，以一当十，以少胜多。“月黑”暗示星月无光，天地漆黑，给人紧张、恐怖之感，暗示如此夜晚肯定会有大事发生。古代武侠小说描写江湖义士劫富济贫，锄强扶弱，或是描写绿林豪强拦路抢劫、杀人越货，多是选择如此神迷，如此不见天光的夜晚。唐代诗人李涉《井栏砂宿遇夜客》描写自己夜雨时刻遭遇强人的经历：“暮雨潇潇江上村，绿林豪客夜知闻。他时不用逃名姓，世上如今半是君。”好在绿林豪客没有拦路抢劫，没有杀人放火，而是久仰诗人大名与文才，只抢诗歌一首，只抢才情一时，足够可爱，足够义气。诗人卢纶的另一首《塞下曲》描写将军射虎，神勇发威，也是月黑风高之夜，也是神秘紧张之时：“林暗草惊风，将军夜引弓。平明寻白羽，没在石棱中。”一、二两句描写树林黑暗，风吹草动，将军搭弓，伺机出击，高度警戒，高度专注，扣人心弦，揪人心魂。三、四两句描写白天所见，白羽没石，力道千钧，补叙将军神勇不凡，臂力惊人。回到本篇所选的诗歌，同样描写星月无光，天地黑暗，渲染紧张、神秘气氛，暗示一场惊心动魄之事即将发生。给读者的感觉，神心紧张，大气不出，焦急等待故事的发生。简简单单一句话，极富叙事张力，紧紧抓住读者的心。是的，你没有置身现场，但是，你已经陷心其中，不能自拔。

事件也很简单，就是敌军首领单于趁夜逃窜。速度很快，步态很急，情形窘迫，情绪颓丧。不写千百残兵游勇如鸟兽溃逃，不写稀稀拉拉的队伍鬼哭狼嚎，不写败逃途中断后小分队的骁勇顽抗，单写首领仓皇逃窜，一筹莫展，足见敌军兵败如山，士气委地，毫无还手之力，毫无应对之策。是谓以点带面，点面结合。两军交战，短兵相接，浴血厮杀，惨叫连天，场面之血腥，伤亡之巨大，超乎想象，惨不忍睹。但是，这一切，诗人都隐去不写。或者说，限于诗歌五言绝句，言简意赅，语少意丰，不可洋洋洒洒，泼墨如泻。理当惜墨如金，字字斟酌，不可多一字，不可少一字，不可夹杂可有可无之字。字字珠玑，熠熠生辉。“单于”是军之统帅，统帅逃跑，全军溃败，士气消灭，力量顿减。杜甫诗云“射人先射马，擒贼先擒王”，大唐官兵于月黑风高之夜，于千万人马之中，突出奇招，制服敌军，威吓敌首，大获全胜，鼓舞了唐军士气，重挫了敌方锐气。唐军作战，不但骁勇善战，无畏生死，还能审时度势，一击致命，智勇双全，可敬可赞。“夜”是时间，唐军夜袭，敌军夜逃，一方主动，一方被动，一方巧妙利用情势，一方完全麻痹大意，一方利用夜色攻击，一方利用夜色逃跑。一个“夜”字，蕴含许多韵味。“遁逃”是逃跑，狼奔豕突，仓促逃亡，来不及还击，来不及思考，败得彻底，败得可笑。一句之中，字字见意，字字有味。

诗歌三、四两句描写唐军将士乘胜追击、志在必得的士气。不写追击之前的分析谋划，不写追击之时的交接激战，不写获胜之后的欢欣鼓舞，单写出击之前的一种状态，一种准备，一种氛围。大唐官兵准备调用轻锐精装的骑兵部队，高扬刀剑，冒着风雪，趁着夜色，穷追猛打，不达目的誓不罢休。此情此景，恰如毛泽东诗词所云“宜将剩勇追穷寇，不可沽名学霸王”，一鼓作气，乘胜追击，果敢快捷，绝不姑息，绝不犹豫。大唐官兵也是如此，不因为全局的胜券在握而骄傲大意，不因为敌军首领败逃而扬扬得意，不因为月黑风高而暂时停止追击，而是精心准备，果敢追击，务必全歼敌军，务必擒住敌军首领，或是一击毙命，方才算是取得全面而彻底的胜利。大唐官兵，速战速决，果敢彻底，致敌绝境。一展雄风，大快人心。读到此处，无不鼓掌称快，无不心神振奋。

诗人娴熟战争场面的描写，点到即止，含而不露，极富包孕，耐人寻味。一个“欲”字写将要追击，尚未追击的动态准备，志得意满，信心十足，有备无患，大显神威。一个“轻”字，说骑兵精锐轻快，锐不可当，一马当先，势在必行；同时，也暗示大唐官兵追击敌军，生擒敌首，轻而易举，不在话下。不过就是迟早之事。一把“弓刀”，顶风冒雪，寒光闪闪，锋利如寒风，冷峻如冰雪，高高举起，跃马扬威，威风凛凛，势不可当。一个“满”字状大雪，风正猛，雪正紧，天气暴烈，困难重重，但是，这一切阻挡不了大唐将士们的铁血豪勇，阻挡不了大唐将士的果决行动。“满”字酿造气势，渲染氛围，也凸显军人精神，烘托神威。

一场追击发生在风雪之夜，一场搏杀发生在月黑之时，没有担心，没有不安，没有犹豫，只有勇敢，只有果决，只有斗志，这就是大唐士气，这就是军人风范。他们高举弓刀，驰骋战马，迎着风雪，勇猛追击，等待他们的是什么，诗人不写，故意隐去，留给千百年之后的你我来想象，来补充。是的，你在回味，你在赞叹，你更在欣赏。这哪里像打仗，简直像在玩魔术。那个晚上，我们记住了一支军队神勇无敌，让敌人胆寒心碎。

四字立骨显神威

——卢纶《塞下曲六首》（其二）

林暗草惊风，将军夜引弓。

平明寻白羽，没在石棱中。

……

拿破仑有言：“一头狮子率领的一群绵羊一定能打得赢由一只绵羊率领的一群狮子。”在唐代边塞诗人卢纶的名作《塞下曲六首》（其二）中，我们就发现了这样一头威猛无比、神勇无敌的“狮子”，那就是诗中的主人公将军，神勇善射，臂力过人，临危不惧，处变不惊。诗人捕捉一个典型情节，定格一幅光彩照人、光芒四射的图画，给人以回味，给人以遐想。诗歌内容很简单，写一位将军夜晚打猎，看见密林深处风吹草动，以为是虎，便弯弓猛射，天亮一看，箭竟然射进一块石头中去了。情节简单，造语也平实，但是细加品味，却意蕴丰厚，笔力不凡。

首句描写将军狩猎的环境，突出一个“惊”字。本是天色已晚，林子正暗，一阵阵疾风刮来，草木为之纷披；诗人却说是“草惊风”，与实情刚好颠倒过来。何故？一是渲染出山深林密、风吹草动的紧张神秘的氛围，虎尚未出，声尚未闻，却有呼之欲出、不敢出气的紧张感，烘托下文将军弯弓搭箭的从容镇定、泰然自若。二是凸显将军的眼力过人，警惕性高。林暗夜黑，风吹草动，这是寻常景致，可是将军却发现了此番风景与不同寻常、惊心动魄之处，格外关注，格外警惕，又看不出一点紧张，一点惶恐，似乎这样的场面对将军来说早就习以为常，不值得大惊小怪。但是结合下文的猛力一射、箭入石棱的细节来看，将军的内心并非麻痹大意，毫无警觉；须知，那是生死存亡的关键时刻，老虎和将军，两相搏斗，不是你死就是我亡，将军自然是高度警惕，孤注一掷。三是于情节而言，唯有突如其来、防不胜防的“惊”，唯有危险异常、生死一瞬的紧急状态，才能激发一个人全身心的力量，才能促使一个人竭尽全力拼死一搏，而将军在第一时间几乎是本能地杀虎求生的反应当然也就是张弓搭箭，拼力一射，“惊”字绘瞬间表情彰显人物的机敏应对，读来紧张，扣人心弦。次句描写将军张弓射虎的事实，突出一个“引”字。射虎而不用“射”，只用“引”。引者，张弓欲射之状也，张而不发，跃跃欲试，沉着应对，不慌不乱，将军表现得格外机警沉稳，不是不讲策略的盲目进攻，不是贪生怕死的掉头躲避，更不是两腿发软、眼前发黑的吓破了胆，而是沉着应对。一个“引”字展示了将军时机把握得准，制虎心中有数，射虎从容镇定。另外，作者不写“发”，引而不发，设置悬念，射中了没有？如果射不中老虎，等待将军的又是怎样惨烈的肉搏战？将军能够确保安然无恙吗？一切尽在不言之中，留给读者想象、揣测的空间，增强了诗作的吸引力。

诗歌后面两句描写射虎的结果。时间是白天，第二天天刚亮，因为头天夜晚看不见。地点仍然是这座山林。将军的行为，突出一个“寻”字。显然是将军“寻”猎物，寻“白羽”，为什么要“寻”呢？昨晚林暗天黑，看不见，亦不知射中了老虎没有，又没有夜间照明引路的灯光，因此只有等到第二天天亮才好去“寻找”，以便确定昨天晚上的一场紧张一番射杀是否杀死了老虎。还有一个原因是，从后一句来看，箭是已经没入石头了，只留少部分箭尾露在外面，尽管白天，尽管箭尾装饰有白色羽毛，也是难以发现的。透过这个平易朴实的“寻”字，我们不难理解将军一行的急切、焦虑、困惑和紧张。是啊，老虎在哪儿呢？没有啊；箭头又在哪儿，还是没看见啊。难道昨天晚上的紧张射杀是虚惊一场？正当读者和将军为寻它不着而疑虑重重的时候，诗人推出了一个戏剧性的结局——“没在石棱中”，原来中箭者并非真老虎，而是如虎蹲石，箭头早已深深嵌进石头当中去了，只留下箭杆尾部装饰的几根白色羽毛。读者读之，始而惊异，既而嗟叹，将军神勇啊，情急之下，误石为虎，一箭射去，箭头竟然没入石中！一个“没”字，神话夸张，展示将军的神奇射艺和过人勇力，更重要的是，它写出了一个人不管是将军还是士兵，在大祸临头的紧急情况，奋力一拼，全身所爆发出来的惊人力量和巨大潜能。司马迁《史记·李将军列传》如此记载这件事：“广出猎，见草中石，以为虎而射之。中石没镞，视之石也。因复更射之，终不能复入石矣。”司马迁描写李将军的两次射杀，第一次射虎，以石为虎，神力无比，把箭射入了石头之中；第二次面对眼前那块石头，再用力一射，结果却射不进去。力量差别何以如此之大？前者是紧急状态，非常时期，人的潜能和力量被激活起来了，调动出来了；后者是寻常情况，难以激发人的斗志和激情。诗人卢纶只用一个“没”字告诉我们一个戏剧性的结果，从侧面展示了将军的非凡勇力和巨大神威！

综观全诗，情节简单，用字平实，但是笔笔洗练，四字关键，言外之意多于言内之意，想象空间大于实景描绘。“惊”现十万火急、生死一线的紧张恐怖气氛，“引”出将军机敏沉着、从容应对的非凡胆识，“寻”显将军找而不得、焦急困惑的微妙心理，“没”见将军臂力万均、拼力一“射”的神勇本领：四个动词，写形传神，惟妙惟肖，刻画了一位射虎大英雄的形象。射虎如此，射敌就更不在话下，将军真是拿破仑名言中的那头威猛凶暴的雄狮啊。

战争让女人痛苦

——陈陶《陇西行》

誓扫匈奴不顾身，五千貂锦丧胡尘。
可怜无定河边骨，犹是春闺梦里人。

……

有一部电影叫《战争，让女人走开》，我读唐代陈陶的《陇西行》，立马想起了“战争让女人痛苦”这样一个标题，我觉得用它来概括《陇西行》的主题思想真是太恰当了。这是一首边塞诗，写了男人血洒边关，英勇杀敌，更写了女人梦断沙场，痛不欲生，读来震撼人心，催人泪下。

标题叫《陇西行》，顾名思义，是描写边塞军旅题材的作品。陇西是大唐边关，常有突厥大军入侵，人民不得安宁，生产生活受到严重影响。大唐亦有驻军，常常与突厥交战。诗歌描写的应该是一次伤亡惨重的战斗。一、二两句正面直写大唐将士，战前发誓，气壮山河，扫荡匈奴，奋不顾身，保家卫国，视死如归，充分展示出大唐官兵英勇无畏，志在必胜的豪勇精神。

“扫”字掷地有声，力敌千钧，让人想到将士们风驰电掣突奔沙场，荡平敌军，大获全胜的壮阔场面。“誓”字也绝不是一般的信誓旦旦，言行一致，而是声洪气壮，志薄云天，将士们效命疆场，杀敌卫国，不达目的誓不罢休，哪怕战死沙场，也无怨无悔。

年轻的生命交给战场，就是交给泱泱大唐！遗憾的是，这次战斗，唐军伤亡惨重，五千忠义之师，丧身沙场。这不是一般的军队，这是穿着锦衣貂裘的精锐部队、王牌部队。这样的部队一般情况下，也不轻易出击。他们不仅装备精良，穿戴豪华，而且军纪严明，战斗力强，一般情况下肯定担负起大唐的重要军务，但是，这次情况不同寻常，敌军异常凶猛强大，唐军非得出动虎狼之师迎战不可。可是，顽强遭遇顽强，勇猛迎战勇猛，大唐将士全军覆灭，多么激烈的搏杀，多么惨重的伤亡！悲剧几乎令人难以承受，国家痛失一支宝贵的军队，万千家庭痛失宝贵的亲人，结局的确悲壮感人。

可是从另一方面来看，五千将士，向死而生，英勇杀敌，不投降，不退缩，横下一条心，为了边疆安宁，为了国家尊严，豁出性命，这又是怎样惊心动魄的壮举啊！由此我们看到了大唐官兵忠勇顽强、视死如归的豪勇和血性！

诗歌三、四两句笔锋陡转，不写战争伤亡之后，后方家属的悲痛欲绝，而是别具匠心地编织了一个温馨得残酷，甜蜜得凄惨的梦。闺中妻子根本不知道丈夫早已战死沙场，早已白骨曝野，却仍然在做着美梦。梦中，她正和生龙活虎的丈夫相亲相依，缠缠绵绵。

“闺梦”拒绝流血和死亡，拒绝战争和杀戮，应该是两情相悦、如漆似胶，应该是甜甜蜜蜜、恩恩爱爱，给人以幸福和平、无限美好的感受。“尸骨”则完全相反，拒绝青春和生命，拒绝幸福和快乐，它代表着生命的陨落和青春的死亡，它代表着战争的凶残和伤亡的惨重，给人以毛骨悚然、心惊肉跳之感。“闺梦”和“尸骨”对比，形成了强烈的反差。想想看吧，年轻美貌的妻子正在盼星星盼月亮地盼望着自己的丈夫早日平安回家，相思心切的妻子正在香甜平和的美梦中与自己的丈夫相亲相偎；另一边却是沙场阴风惨惨，尸骨遍布原野：妻子不知道丈夫早已命归胡尘！灾难和不幸早已降临到身上，她不但毫不觉察，反而满怀热切美好的希望。这就是真正的悲剧，令人肝肠寸断、五脏俱焚的悲剧啊！

这首边塞诗感情思想比较复杂，应该说对于大唐官兵保家卫国、英勇献身的大无畏精神，诗人是击节赞赏，大加表扬；对于征人战死、亲人悲痛的悲惨遭遇则寄予深切理解和同情。征人战死沙场，死得伟大、死得悲壮；女子春闺相思，思得缠绵、思得温馨。死者愈惨则生者愈痛，死者愈悲则美梦愈碎。一、二句的悲壮，是为三、四句的悲惨张本，三、四句的温热，反衬一、二句的凄冷。男人悲壮，令人感动；女人美梦，令人洒泪，战争夺去了无数年轻男子的生命，战争也留给了无数年轻女子巨大痛苦，这或许就是陈陶《陇西行》的咏叹基调吧。

边疆风光暖人心

——姚合《穷边词》

将军作镇古汧州，水腻山春节气柔。

清夜满城丝管散，行人不信是边头。

……

大漠边关，若是战云密布，烽烟四起，自然让人感到险象环生、凶多吉少，可是，若是猛将镇边，拒敌千里，自然又是让人感到国泰民安、万众欢腾。唐代为数众多的边塞诗中，独有姚合的《穷边词》高奏凯歌、欢呼和平，表现出高亢激越、振奋人心的格调，的确给人鼓舞，给人信心。

标题曰“穷边”，自然是指诗中提到的边关古镇，因为它地处荒远，地处边疆，往往容易给人以地老天荒、凄凉艰苦之感，再加上不时的外敌入侵，战火连绵，百姓生活肯定是鸡犬不宁，朝夕难保。那么，姚合这首边塞诗是不是也如传统边塞诗那样描写边关重镇的艰苦恶劣、战火连天呢？我们还是跟着诗人的脚步，走进汧州古镇去看一看吧。

先要交代一下唐王朝的汧州位置。汧州为今陕西千县，唐自天宝以后，西北边疆大半陷于吐蕃，汧州例外，何故？主要是有坐镇边关、威慑敌胆的将军的缘故。王昌龄有诗云“但使龙城飞将在，不教胡马度阴山”，将军戍边，于外横扫千军，威名远播，让敌人闻风丧胆，不敢轻举妄动；于内则稳定社会，发展生产，让百姓安居乐业，过太平日子。

一个英雄镇守一座边关重镇，自然也就保护了一方平安，诗人开篇就用满怀激情的诗句来赞美这位不知姓名的大将军，正是因为他的到来，使汧州太平安宁，秩序井然，几乎和内地山城差不多，一样的平和安宁，一样的山清水秀，一样的兴旺发达。

白天，天朗气清，山清水秀，春日融融，暖意盈怀。“水腻”言春水滑润如油，柔软似绸，有质感，有动态，有光泽，饱含诗人赞美之情。“山春”说群山万壑，山花烂漫，草木芬芳，生机勃勃，烘托诗人的勃勃兴致和无限喜悦。“节气柔”更见惠风和畅，阳光明媚，似乎天地生辉，一派空明，又似乎阳光普照，生机勃勃，诱人想象，引人入胜。

夜晚，清风习习，凉意阵阵，歌舞之声，响彻全城。“满城”极言丝管之声，不只是从高门大户中传出，而且是大街小巷满城荡漾，暗含万民同乐，共享和平的意味。“丝管散”又把乐声飘散，无处不到，无处不响亮，无处不动人的特点揭示出来，也烘托出万家欢乐，高枕无忧的和平景象。如此春意盎然的春景，如此歌舞升平的夜晚，哪里像是在边关要塞？哪里有半点荒凉之气？哪里又有零星战争之味？这简直就是一派兴旺发达、繁荣富足的景象，和内地繁华都市一样，从内地来到此处的行人，肯定不会相信这里是边关，是穷荒之地的。

全诗描写边地风光——白天，风光旖旎、生机勃勃；入夜，歌舞升平、清明安定——渲染出边关重镇稳定祥和、富足兴旺的景象，而这一切全得力于将军的勇武神威。是将军坐镇，才让边境安宁平和，外敌不敢入侵；是将军坐镇才让边关人民安居乐业，共享太平。如此看来将军的能耐和功勋的确发挥了决定性作用。这首诗，其实也意在通过边境风光的描写来歌颂将军的镇边之功，也表达人民对和平生活的热烈向往。

战哭新鬼愁老翁

——杜甫《对雪》

战哭多新鬼，愁吟独老翁。
乱云低薄暮，急雪舞回风。
瓢弃樽无绿，炉存火似红。
数州消息断，愁坐正书空。

……

在这个阳光明媚、暖意融融的春天，读老杜的五言律诗《对雪》，我有一种背脊发冷、心头发凉的感觉，我为老杜流离天涯、孤苦伶仃的处境而悲哀，也为老杜忧心国运、回天乏力而叹惋，更为大唐将士兵败阵亡、鬼哭狼嚎而恐惧。阴风惨惨，扑面而来，冷气嗖嗖，寒彻心扉。何以如此？

其一，环境渲染凄冷寒凉。隆冬时节，薄暮冥冥，乱云飞渡，狂风大作，雪花飞舞，天地冷酷无以复加，人心寒凉差可比拟。着一“乱”字，貌见阴云密布，天昏地暗，实显诗人悲愁苦恨，心乱如麻。“低”字写寒云低垂，铺天盖地而来，给人以胸闷气短、动弹不得的压抑感和沉重感。“舞”显风大，“急”见雪猛，“回”示风狂，一句之中，三炼字词，染情造势，凸显愁苦。老杜寥寥十字，渲染了一种阴森愁惨的气氛，烘托出诗人似天寒地冻，如风舞雪飞的迷乱心情。

其二，时局动乱国势危艰。此诗写于唐至德元年（756），房琯兵败陈陶之后，诗人感到国愁家恨，两俱无奈，因而对雪愁吟，赋成此诗。《旧唐书》载：“至德元载十月，（宰相）房琯自请讨贼，分军为三：杨希文将南军，自宜寿入；刘悊将中军，自武功入；李光运将北军，自奉天入。琯自将中军，为前锋。辛丑，中军北遇贼于陈陶，接战，败绩。癸卯，琯自以南军战，又败。”陈陶之战，唐军大败，叛军大胜，杜甫在《悲陈陶》一诗中有这样的描写：“孟冬十郡良家子，血作陈陶泽中水。野旷天清无战声，四万义军同日死。”《对雪》首句“战哭多新鬼，愁吟独老翁”也是咏叹此次战争唐军伤亡惨重。叛军来势嚣张，长驱直入，占领了唐王朝的许多地区，杜甫写作此诗时，长安已沦陷，诗人也落入贼手，求死不得，求生艰难，只好忍气吞声在贼军手下苟且度日。心中苦况，敢怒而不敢言，焦急而又无奈。全国形势依然是一片混乱，动荡不定，老杜流落长安，失去了与亲人的联系；天下百姓也和老杜一样流离失所，苦不堪言。面对如此复杂艰险的形势，诗人愁思满怀而又无可奈何。

其三，处境窘迫寒心透骨。诗人困居长安，生活非常艰苦，在苦寒中找不到一滴酒来滋润干渴的心灵，在风雪中找不到一炉火来温暖冰冷的身子，没有亲朋好友相伴，没有音讯书信慰藉，一个人独坐愁吟，书空度日，忍受心灵和身体的双重煎熬。盛酒的葫芦早已空空如也，弃置不用，畅饮的酒杯已是“久旱无雨”，蒙尘生灰；用“绿”代酒，眼前仿佛出现芳醇美酒，令人垂涎三尺，实际却是空喜一场。生火的炉子早已冷若冰霜，不见星火，温暖的火焰似乎熊熊燃烧，生辉满室；“红”前加“似”，刻画眼前幻觉，更见诗人严寒难耐，渴求温暖的急切心理。颈联无中生有，以幻作真的描写，非常深刻地挖掘出诗人隐秘而冷寂的内心世界，老杜一人，身心俱冷，可怜可悲！

其四，伤亡惨重怨声载道。陈陶一战，四万义军捐躯国难，流血漂橹，白骨遍野，草木为之含悲，风云因之变色，英雄的浴血奋战、英勇无畏，让人肃然起敬，但是惨烈交战，巨大伤亡，又令人触目惊心，毛骨悚然。诗人并不着眼于歌赞英雄，而是控诉战争，指责政府，为阵亡将士鸣冤叫屈，为无能政府蒙羞忍耻。风云激荡，哭声震天，新鬼烦冤，旧鬼埋怨，战争，铸就了叛军的辉煌，扫尽了唐军的威严；战争，制造了无数亡灵，也给活着的人们留下了无穷无尽的痛苦。老杜大声疾呼，无情指控，哀悼将士们捐躯国难，痛心大唐山河破碎，忧虑苍生黎民涂炭，愤慨叛贼嚣张猖狂。诸多感情交织在一起，痛彻心扉，冷碎肝肠。

综观全诗，叙事发感，写景抒情，扣“雪”为文，凄神寒骨。写环境，寒云冻雾，风飞雪舞；写战况，鬼哭狼嚎，阴风惨惨；写处境，贫寒交困，身心憔悴；写形势，兵荒马乱，民不聊生。老杜挥舞如椽巨笔，饱蘸沉痛情思，精心构撰了这首冷峻寒凉、痛彻心扉的诗作，见证了一段悲惨屈辱的历史。千百年后，我们读咏此诗仍然感叹唏嘘，伤心不已。

四万义军同日死

——杜甫《悲陈陶》

孟冬十郡良家子，血作陈陶泽中水。
野旷天清无战声，四万义军同日死。
群胡归来血洗箭，仍唱胡歌饮都市。
都人回面向北啼，日夜更望官军至。

……

一场战争可以与一个诗人无关，他照样可以逍遥自在，怡然自乐，可是杜甫把自己看作是一位战士，浴血奋战，英勇杀敌，用热血和赤诚喊出了时代的最强音，他为捐躯国难的战士而悲叹，为陷身灾难的黎民而忧虑，更为国运安危而担心，他的赤胆忠心和满腔热情与这个国家的兴衰密切相关，他用自己的忠诚和忧患写下了一首浩气长存、大义凛然的壮歌——《悲陈陶》。品读这首浴血沐火的战歌，我们的心灵又经历了一次凤凰涅槃的洗礼，是杜甫带领我们见证了一次悲壮惨烈的战斗！

陈陶，地名，即陈陶斜，又名陈陶泽，在长安西北。唐肃宗至德元年（756）冬，唐军跟安史叛军在这里作战，唐军四五万人几乎全军覆没。来自西北十郡（今陕西一带）清白人家的子弟兵，血染陈陶战场。景象是惨烈的，杜甫这时被困在长安，此诗即为这次战事而作。

首联不写唐军全线溃败，横尸郊野，而是郑重其事落墨下笔，交代战事的时间（寒冬腊月），牺牲者的籍贯（十郡）和身份（良家子）。“十郡”显出地域广阔，人数众多；“良家子”明示参战士兵出身贫寒，品性正直，爱憎分明，顾全大局：整体给人一种庄严肃穆、义重如山之感。第二句则描绘了一幅尸横遍野、血流成河的图景，惨不忍睹，骇不忍闻。就连宽广辽阔的陈陶泽也碧血横飞，血海无边，可见战争之惨烈，伤亡之巨大。颔联凸显诗人的主观感受，以虚衬实，虚实相映。原野空旷，天空清虚，万籁无声，一派肃静，杀伐之声不闻，刀光剑影不见，渲染了一种天地含悲、风云变色的凝重氛围，静得凄清，冷得寒心，似乎天地万物都在为“四万义军”沉重哀悼。“四万”不仅指明伤亡众多，战斗严酷，更意味着万众一心，同赴国难的坚毅和刚烈；“同日死”虽明点英雄献身，但更见生死与共、荣辱同担的忠义和豪爽；“义军”则点明万千将士国难当头、万死不辞的英勇和豪迈。“四万义军同日死”，下笔沉重，景象凄惨，却颇见风骨，大唐官兵赴汤蹈火，义无反顾的忠勇精神宛然可睹。颔联言悲，悲而不哀，悲而能壮，气壮山河，义贯长虹，具有动人心魄的艺术力量。开篇四句，落笔战场，不避血腥，无忌死亡，在突出战争之残忍惨烈的同时，也透露出一种浩气长存，大义凌云的豪迈精神。杜甫为大唐官兵的血溅疆场、保家卫国而自豪，我们也为中华儿女的捐躯国难、万死不辞而骄傲！

诗歌后面两联，从陈陶战场转笔长安，写了两种人，一是胡兵，一是长安人民。“群胡归来血洗箭，仍唱胡歌饮都市。”两句活化胡军骄横得志、飞扬跋扈之态。“血洗箭”暗示胡军的嗜血成性、残忍狠毒，让人想到刀剑铁蹄给长安人民造成的巨大灾难；“饮都市”又显示胡军张扬嚣张、不可一世的骄横，凸显诗人的厌恶鄙视。胡兵想靠铁血手段，杀伐扫荡，征服长安，但是，这是痴心妄想，于无声处听惊雷，人心向背定乾坤！人民抑制不住心底的悲伤，他们北向而哭，向着陈陶战场，向着肃宗所在的方向啼哭，更加渴望官兵收复长安。“啼”字表达的不是悲哀绝望的伤心哭泣，而是更加渴望官军收复长安。“啼”字表达的不是悲恸欲绝的泪如雨下，而是万众一心、同仇敌忾的悲愤号声，更是亡不可辱，志不可夺的誓死抗争；“向北”是心归故里，情系故主的忠心表露，更见守节不移，矢志爱国的肝胆。“望”字凸显长安人民铲除胡虏，重归安宁的心愿，也折射出他们心向故国，永不屈服的壮志。尾联两句，场面悲壮却气势磅礴，哭声震天却动人心魄，我们体会不到哀哀无告的挣扎和撕心裂肺的哀号，我们却感受到了一种气壮山河，义不受辱的铁骨风范，杜甫用眼睛和心灵给我们描绘了沦陷区人民的精神风貌，我们在哀叹他们处境悲惨的同时，还有汹涌澎湃的战斗豪情！

陈陶之战，战斗激烈，伤亡惨重，但是杜甫绝不是展示一幅幅触目惊心的悲惨画面，他从万千将士的牺牲中，从天地沉默的气氛中，从人民流泪的悼念中，从他们悲哀的心灵深处仍然发现了一种至悲至壮的美。这种美能给人以力量，给人以平定叛乱、勇夺胜利的信心。时至今天，读到此诗，我们心间仍然激荡着一股杀敌卫国的战斗豪情。感谢杜甫，带给我们一种豪气干云的人生体验。

提携玉龙为君死

——李贺《雁门太守行》

黑云压城城欲催，甲光向日金鳞开。
角声满天秋色里，塞上燕脂凝夜紫。
半卷红旗临易水，霜重鼓寒声不起。
报君黄金台上意，提携玉龙为君死。

……

李贺写战争，暗淡了刀光剑影，远去了鼓角争鸣，不渲染杀人如麻、流血漂橹的惨烈，不张扬浴血奋战、所向无敌的勇武，他注重对战争的心理印象的捕捉和展示，常常借助主观感受和心理幻觉来描写战争，他笔下的战争往往既具有视觉冲击力，又给人带来心灵震憾。《雁门太守行》就是一首颇能体现他奇崛险怪、虚幻荒诞诗风的代表作。

相传18岁的李贺带着自己的诗集去拜见文坛泰斗韩愈，当时韩愈正任国子监博士，周围聚集着一群诗人。当李贺到韩府求见时，韩愈刚刚送客归来，正准备脱衣睡觉。门人呈上李贺的诗作，韩愈一边解衣一边看，首篇便是这首《雁门太守行》，开头两句便使他眼前一亮——“黑云压城城欲摧，甲光向日金鳞开”。他连忙系好腰带，命手下人立即请这位作者进来。看来，是李贺的诗才征服了这位诗坛老将。那么，李贺此诗魅力何在呢？

首联寓事于景，绘色造势，渲染“山雨欲来风满楼”的气氛。乌云滚滚，铺天盖地而来，孤城危楼，颤颤巍巍而崩。足见黑云密布，张开天罗地网；风雨飘摇，催生电闪雷鸣。其情峻急，其势紧迫，令人郁闷，令人窒息！一个“压”字，暗示敌军人马众多，来势凶猛，凸显守军势单力薄，处境孤危。风云变幻，一缕日光穿云破雾而来，金甲映日，片片盔甲寒光闪闪耀目，可见守城将士披坚执锐，严阵以待，一场血战突如其来、一触即发。“金鳞”涂抹亮丽色彩，映照将士威风凛凛、同仇敌忾的英姿。“黑云”挥洒如墨漆黑，渲染敌军气势汹汹、喧嚣而至的声势，两相对比，色彩鲜明，爱憎迥异。王安石批评此联“方黑云压城，岂有向日之甲光？”杨慎声称自己确乎见过此类景象，指责王安石“宋老头巾不知诗”（《升庵诗话》），其实艺术真实不等同于生活真实。敌军围城，未必有黑云出现；守军列阵，也未必有日光映照。李贺此处是以黑云日光造势意境罢了，只需会意于心，不必拘泥于实。

颔联绘声绘色，见情见态，颇有“此时无声胜有声”的余味。时值深秋，万木摇落，四野一片沉沉死寂；清角吹寒，声声呜咽，传来阵阵杀伐之音。显然，一场恶战正在如火如荼地进行。敌军依仗人多势众，鼓噪而前，步步紧逼，守军并未临阵脱逃，丢盔弃甲，魂飞魄散，相反，他们在声声号角的鼓舞之下，高昂士气，奋力反击，战斗从白昼持续到黄昏。李贺略去了车毂交错、短兵相接的激烈场面，只是对战后景象粗略点染：斜晖晚照，夜雾生寒，块块血迹凝结成片片紫色，战场处处凸显惨惨阴风。如此黯然凝重的氛围，衬托出战地的悲壮场面，暗示攻守双方伤亡惨重。此联以凄凄秋色和斑斑血迹来烘托战争的残酷惨烈，触目惊心，让人不寒而栗！

颈联和尾联写驰援部队的活动，设色显势，造境生情，显示“宜将剩勇追穷寇”的声威。黑夜行军，偃旗息鼓，是为“出其不意，攻其不备”，因此，红旗须得半卷，不可招摇张扬。临近易水，短兵相接，势必舍身报国，浴血奋战，因此，将士易水壮别，绝无生还之恋。“红旗”飘扬于猎猎秋风中，闪现将士矢志报国的耿耿忠心。夜寒霜重，战鼓不响，面对重重困难，将士们毫不气馁，他们士气高昂，信心高涨，舍生忘死，英勇杀敌，用青春和激情谱写了一曲惊天动地的爱国颂歌。凝重秋霜，凛凛生寒，映照出将士们不怕天不惧地的英雄本色。高台黄金，金光闪闪，昭示着将士们忠君报国、建功立业的雄心壮志。玉龙银剑，凛凛生威，彰显着将士们生鲜活猛，杀敌饮血的宏伟气魄。“报君黄金台上意，提携玉龙为君死。”豪言壮语，气壮山河，是力量的炫耀，是胜利的宣言，是杀敌的心声，是追击的号角，读来振奋人心，气贯长虹！

全诗浓墨重彩，设色造境，暗示战争的悲壮惨烈，突出心理的奇诡怪异，真不愧为一首含蓄蕴藉、耐人寻味的好诗。

耳边响起驼铃声

——张籍《凉州词三首》（其一）

边城暮雨雁低飞，芦苇初生渐欲齐。
无数铃声遥过碛，应驮白练到安西。

……

历史上的“丝绸之路”向来是汉唐王朝与西域少数民族沟通交流的重要线路，它承载了民族融合，文明传播的历史重任，见证了民族团结，边关安宁的沧桑岁月，但是在唐德宗贞元六年(790)以后至9世纪中叶期间，唐王朝的边关重镇安西和凉州相继落入吐蕃之手，“丝绸之路”向西一段也为吐蕃占有，此路暂时不通，边关形势告急，军旅诗人张籍就在诗作《凉州词三首》（其一）中表达了他对时局的忧虑与对边关和平的向往。诗歌捕捉边地风光景物，浮雕再现驼队画面，含蓄吐露忧愤之思，是一首情思深厚、风光宜人的好诗。

边塞城镇，黄昏时分，阴雨连绵，成群的大雁在阴沉沉的暮雨中低飞，不时发出几声撕裂长空的惊叫，是畏惧暮雨潇潇的摧残，还是在逃避弥漫天地的黑暗？是失群掉队者的哀鸣，还是无处投宿的呼唤？总之，给人以阴沉压抑、动荡不宁之感。地面上孤零零的一座城池，不见人来人往，不闻笑语喧哗，只见大漠无垠，铺向天边，只见夜色笼罩，天地暗淡，世界沉寂，边城无声。远方，天空，边城，即将被黑暗吞没，大雁正在挣扎。近处，城外郊野，河边的芦苇，发芽似笋，抽枝吐叶，与岸齐平，白花花的一片，嫩油油的打眼，蓬勃生机点缀边城，粼粼波光闪耀大漠，此情此景，给孤寂落寞的边城带来亮色，带来希望。对照前面的风雨雁飞图，远景幽深低沉，朦胧迷茫，近景明丽欢畅，生机勃发，远近相互衬托，相得益彰，留下无穷回味，引发幽远沉思。边城暮春，带给人们的是低空断云，大雁惊飞，还是草木复苏，万象更新？远近映衬，明暗对比，其中又暗蕴诗人怎样的慧眼诗心？

看，苍茫的大漠出现了人的活动，由远而近，由小而大，渐次清晰。一列长长的驼队正远远地走过沙漠，颈上的铃铛不断摇动，发出响亮悦耳的声音，它们要到哪里去？又从哪里来？响亮的铃声，此起彼伏，形成一曲无伴奏多声部乐章，回响在空旷辽阔的沙漠上，是长途商贾艰难跋涉的喘息声呢，还是驱赶疲劳，消除困顿的欢快乐曲？诗人一定沉醉，一定思考，他想啊，如果是太平盛世，边地安宁，兵戈不起，那一定是驼队开往安西都护府，那可是车马往来、川流不息的热门场景啊。可是现在，边地告急，形势紧张，大唐驻军与吐蕃军队两军对垒，严阵以待，丝绸之路不通，和平之途中断，交流之道阻隔，驼队能到哪里去呢？一路远行又会遭遇怎样的不测之祸呢？谁也说不准，诗人落一“应”字，表达了一个美好的愿望，多么希望边关安宁，人民乐业，商旅往来，畅通无阻；多么希望消除争端，停息战争，还人民以和平，还边关以安宁。可是，现实不是这样，“应”的言外之意，就是忧虑边关不宁，战火不停，也暗含不满、不平的愤怒之音。两国的统治者要是能够为人民着想，为国家和民族的长治久安着想，就应该高瞻远瞩，缔结和平，而不是兵戈相见。诗人希望，驼铃之声成为一道亮丽的风景，芦苇初生展示一种春天的气息。和平要是到了，丝绸之路还不安宁吗？

全诗写景抒情，景有荒凉萧瑟、阴沉压抑之景，亦有清新明丽、春意勃发之景，情有欢畅愉悦、惊奇兴奋之情，亦有抑郁凄迷、忧虑苦愁之情，情景相衬，相生相成，构筑辽阔苍茫而又凄清荒凉的艺术世界，含蓄地表现出诗人对时局的忧愤和对和平的向往，是一首饱含忧思、独具匠心的佳构。

字斟句酌显神威

——马戴《出塞》

金带连环束战袍，马头冲雪过临洮。

卷旗夜劫单于帐，乱斫胡兵缺宝刀。

……

唐代的边塞诗常常给人留下风云激荡、豪气干云的印象，字里行间弥漫一股建功立业、杀敌报国的血诚之勇。这些诗作往往显得粗犷豪纵，大气磅礴，不假推敲，一气呵成。可是，马戴的《出塞》却是例外，激越的诗情和奔腾的气势姑且不说，单说措辞造语的精美隽永，细节运用的生动传神，就足以让人拍案叫绝。

首句写大唐将士装束之美轮美奂，光彩照人，战袍紧束为金带连环，挺拔华贵丰姿呼之欲出。“金”字，看似限制“带”字，看似描写战袍，给人留下丰富联想。战袍加身，金光闪闪，烘托将士们的俊逸丰姿，见情见态，凸显诗人的钦赞之情，这支装束整齐的军队绝不是一支普通队伍，不但衣装华美，设备精良，且精神饱满，能征善战，乃国之铁骑。次句写万马奔腾的壮景，“马头冲雪”更是惊心动人，令人叹绝。“冲”字神妙，若用“拂”字、“飘”字、“披”字等，均失迅猛俊迈之诗意。“冲雪”是何等威武、疾速，若惊雷滚滚，震颤大地，若闪电道道，撕破天空，若长风出谷，震撼山岳，刹那间就掠过雪原，给人留下一个矫健奔腾、一跃而逝的印象。大唐将士运动的美感，真是快慰平生、可歌可泣啊！另外，从艺术描写的角度来看，“冲雪”也是一个一以当十、精当传神的细节，写一支部队的耀武扬威，奔腾冲杀，全凭一个典型细节，可见诗人观察之独特，体验之真切。诗歌一、二两句中的“金”和“冲”，都极简炼又很含蓄，为激扬的诗情涂上庄严壮丽的色彩。在着重外形描写时用一两个字透露人物内心美，使人读后感到诗情既激昂又精致。

第三句写夜袭敌营之事。“卷旗夜劫”着笔又是何等细致精准，“卷旗”是隐藏行动，悄悄疾进，避免惊动敌人；同时也暗示寒风呼啸，行进艰难，为减少阻力，需要“卷旗”行进。“夜劫”等策略，是一次出其不意、攻其不备的行动。“劫”的时间是“夜晚”，风尘滚滚、黑夜漆漆的时候；“劫”的目标是“单于帐”，擒贼先擒王，是一次斩首行动，当然，我们也不难想象，敌方大本营，肯定是重兵把守，固若金汤，不是轻而易举就可以“劫”下的，这也就为第四句的拼杀预设伏笔。

第四句写血战场面。“乱斫”二字顿显战斗场面的惨烈、凶猛，同时也显唐军将士笃定必胜的豪气，大砍大杀，摧枯拉朽，战无不胜，这正是大唐将士的英雄本色！而一个“缺”字又是细入毫发的大手笔，细微处见粗犷，奇崛中显神威。两军直杀得血肉横飞、天昏地暗。我军将士英勇杀敌，连宝刀都砍缺了。肉搏拼杀之烈，战斗时间之长，最后胜利之难，全在“缺”中传出。如果说诗歌前面三句只是引臂抡锤的话，那么到了第26字“缺”时，就是奋力一击、流火纷飞了。这个“缺”字振起全诗，高扬大唐将士的神勇威猛，震憾人心、夺人魂魄。岳飞《满江红》也写“缺”：“驾长车，踏破贺兰山缺。”大宋的铁骑长驱直入，所向无敌，竟连巍巍高山也能踏破踩缺，还有什么能够阻挡神勇无比的岳家军！这个“缺”字同样力透纸痛、神完气足！

《出塞》全诗四句，着力遣词，句句精美。首句以“金”写人物英俊风姿，次句以“冲”状军队神勇无比，第三句以“卷”显谋略智慧，末句以“缺”传神威血勇，人物丰神壮烈，诗情激越飞扬，读之令人气血俱动，心神振奋，是一首别具特色的边塞诗。

登高望远唱和平

——常建《塞下曲四首》（其一）

玉帛朝回望帝乡，乌孙归去不称王。

天涯静处无征战，兵气销为日月光。

……

边塞诗或以浴血沙场、建功立业，或以边地苦寒、思乡心切，或以搏击惨烈、日月生寒为特点，常建这首《塞下曲四首》（其一）却是独辟蹊径，自奏新曲。诗人站在民族和平、边境安宁、国家稳定的高度上，针对历史，反思现实，给唐王朝统治者婉言进谏，袒露了自己忧心国事、情关天下的心怀。诗作不炫耀大唐武力，歌功颂德，而是关注民族和睦，讴歌和平友谊，一扫边塞雄关狼烟滚滚的阴霾，吹进一股清新和平的春风，赋予传统的边塞诗以全新的意境。

诗歌开头两句追忆历史，生动描述西汉王朝与乌孙民族友好交往的故事。想当年，乌孙国王，手执玉帛，朝觐汉天子，毕恭毕敬，可谓对汉天子心悦诚服、别无二心。当他完成外交礼节准备归国的时候，频频回望帝京长安，依依难舍。从此以后，两国边境安宁太平，何以如此？是什么打动了乌孙国王呢？据《汉书》记载，乌孙是活动在伊犁河谷一带的游牧民族，为西域诸国中的大邦。西汉自汉武帝以来朝廷待乌孙甚厚，双方聘问不绝。武帝为了抚定西域，遏制匈奴，曾两次以宗女下嫁，订立和亲之盟。太初年间（公元前 104—前 101 年），武帝立楚王刘戊的孙女刘解忧为公主，下嫁乌孙，儿孙们相继立为国君，长女也嫁为龟兹王后，从此，乌孙与汉朝长期保持着和平友好的关系。诗歌开篇即肯定、讴歌这段历史，意在肯定特殊时期和亲政策对于缓解民族矛盾、促进民族团结的重要作用。作者置身玄宗时代，当然也特别反对唐玄宗晚年开边黩武、扩张侵略的政策，只不过表现得比较含蓄而已。诗歌是形象的艺术，也是情感的艺术，对于这样宏大的历史事件，这样深远的政治见解，诗人表现得具体生动。一个“望”字，写乌孙国王一步三回头，留恋帝京，暗含归顺天朝、感激皇恩之意，也从一个侧面说明汉天子皇恩浩荡，深得人心。诗中“望”字是那个特定时代民族和睦，边境安宁的政治形势的生动写照。“玉帛”一词也很有意思，代指乌孙王，但诗中不用“乌孙”之类的词语，偏说“玉帛”，大有深意，玉是世上珍宝，执礼献玉，表示对对方的臣服和归顺，其心拳拳，其意耿耿。“玉帛”不仅点明乌孙王的称臣纳贡，礼节谦恭，更暗示乌孙王国对大汉天子的臣服宾服和感谢。“不称王”意谓乌孙国王不与天朝分庭抗礼，甘做附庸国，不再侵犯骚扰大汉边境，人民安居太平，两国和平相处。这些词眼，让我们感受到和平的珍贵和美好，生活的太平和安宁，当然也是诗人非常期盼的结局。

诗歌三、四两句描述和亲的结果，画面开阔壮观，气氛宁静平和，给人以心旷神怡之感。乌孙朝罢归去，马足车轮，邈焉万里，天地清明，四境宁静，再无刀光剑影之景。“静”字尤耐人寻味，玉门关外，茫茫大漠，曾经见证了尸骨遍野，如今却是一片安宁和平的景象，今昔对比，安危立见。战争阴霾散尽，日月光照天下，这种理想境界，体现各族人民热爱和平，反对战争的强烈呼声，是和平与统一的颂歌。“销”字程度较重，含有彻底消失干净之意，诗人此处是在表明兵气消弭，乱象扫除，还边地一个清明和谐世界。

全诗歌咏历史，暗讽现实，用生动形象的笔墨描绘了各族人民的理想生活，其间那种肯定和亲，反对战争，向往和平的思想无疑构成了历史星空的一道亮光，千百年来，照亮人们的心灵。这或许正是这首边塞诗不同于传统边塞诗的关键所在吧。

慷慨悲凉咏边关

——李益《边思》

腰垂锦带佩吴钩，走马曾防玉塞秋。

莫笑关西将家子，只将诗思入凉州。

……

怀才不遇，壮志未酬，应该是历朝历代文人歌咏的一个永恒主题，那些才华横溢、志存高远、能力高强、忧念家国的文人志士，由于自身或现实社会的种种原因而蹉跎岁月，虚掷光阴，常有理想破灭、功业未就的悲凉之叹，这种叹惜进入诗歌，就定格为一种人生的隐痛和历史的疤痕。读他们的诗歌，我常常产生一种大志未灭、历史有憾的人生苦痛，唐代边塞诗人李益的代表作《边思》就是这样一首慷慨悲凉之作。

这应该是一首歌咏自我、舒展豪情的诗作。前面两句回忆过去，炫耀辉煌，后面两句叙述现实，徒呼无奈，过去和现在，两相对比，发人深思，意味悠长。先看过去，诗人写道，自己曾经身着锦衣，佩带吴钩，骑着骏马，奔走边疆，防御外敌。威风凛凛，扬眉吐气，杀敌建功，无比自豪！腰垂锦带，可见衣饰华美，地位尊贵，无限荣光；身佩吴钩，则精神抖擞，英气勃勃，虎虎生威。李贺有“男儿何不带吴钩，收取关山五十州”之豪言壮语，杜甫有“少年别有赠，含笑看吴钩”之潇洒风流。吴钩，乃为吴地出产的一种弯刀，是当时从军报国的热血将士必备之兵器，显示意态之勇武英俊，志向之远大崇高。人生天地，少年英雄，理当投笔从戎，奔赴边关，只有杀敌沙场，捐躯国难，才堪称豪杰，只有保家卫国，建功立业，才堪称英雄，李益亮相，就是戎装在身，吴钩闪亮，活现英雄风采。“走马”不是耀武扬威，不可一世，也不是走马观花，意态悠闲，而是骏马奔腾，所向无敌，写尽了一个从军边塞的热血男儿的英雄本色。玉塞秋，交代季节，也点明环境。玉门关隘，是兵家必争之地，攻守双方总是调兵遣将，奋力拼杀，为夺取关隘而不惜一切代价，更何况是在秋季，北方的游牧民族每到秋高马肥的季节，常进扰唐王朝边境，抢夺马匹物资，边境战争非常频繁，李益参加过这样的战斗，并有不俗表现，诗人常常引以为荣。防秋玉塞，驰骋沙场，是诗人一生中最为自豪、最为得意的经历，诗歌一、二两句通过形貌装束来和玉塞防秋的描写，展示了自己杀敌报国、建功立业的豪迈情怀，读来令人钦慕，令人神往。

如果说一、二两句体现的是一种高昂激越、乐观豪迈的调子的话，那么，诗歌三、四两句则给我们展示了一种壮志难遂、无可奈何的悲凉意绪。表面上诗人好像是在劝说人们，不要笑话我这位关西将家子弟只会吟诗作文，终老故乡，其实，骨子里是一种摧肝裂肺的剧痛和壮志沦空的绝望。“莫笑”表明有人讥笑“我”，笑“我”什么呢？身为将家子弟，理当秉承家风，披挂上马，横戈边关，杀敌报国，效命沙场，如今却只能搦管为文，空度时光，牢骚满腹，终老故乡，岂不可悲！岂不可笑！李益和唐代许多文人一样从来就不满足于做一个空口文人，从来就不愿意把自己的一生定位在一个诗人身上，他的《塞下曲》说：“伏波惟愿裹尸还，定远何须生入关。莫遣只轮归海窟，仍留一箭定天山。”

像班超那样，立功边塞，效命沙场，这才是他平生的夙愿和人生的理想，当立功献捷的宏愿化为慷慷悲凉的诗思，回到自己熟悉的凉州城时，作者心中翻动着的恐怕只能是壮志不遂的悲哀吧。“莫笑”表面上是自我宽慰，自我解嘲，实际上是不堪忍受的心灵创痛。“只将”二字纯然便是壮志未酬、理想破灭的慨叹了。诗歌三、四两句正是表达了一种“辜负胸中十万兵，百无聊赖以诗鸣”的深深遗恨。至于是什么原因导致了李益壮志未酬，诗人未明说，或许有多种原因，但是诚如大多数封建文人的遭遇一样，统治者的排挤打压可能是关键原因吧。

全诗四句，前两句忆过去，跃马扬威，立功塞外，写尽人生的壮丽辉煌，后两句立足现实，蜗居老家，壮志未伸，倾吐人生穷愁苦恨，两相对比，悲从中来，诗人感慨万千，忧思无限。我们也鸣不平，感叹唏嘘，英雄的悲哀从来就不是英雄一个人的，历史仍在延续这一种悲哀，或许，这正是千百年之后的我喜欢李益这首《边思》的重要原因吧。

万里征程万里情

——岑参《送李副使赴碛西官军》

火山六月应更热，赤亭道口行人绝。
知君惯度祁连城，岂能愁见轮台月。
脱鞍暂入酒家垆，送君万里西击胡。
功名祗向马上取，真是英雄一丈夫。

……

在这个骄阳似火、酷热难当的夏天读岑参的边塞诗《送李副使赴碛西官军》，真有一番汗流浃背、热血沸腾的感觉，就像重庆、武汉吃火锅，三五一伙，甩开膀子，敞开肚皮，喝烈性白酒，吃麻辣火锅，来几句猜拳划令，来几声放肆吆喝，那挥汗如雨、热气腾腾的干劲，那觥筹交错、一饮而尽的豪爽，别提有多过瘾！似乎天越热越适合吃麻辣火锅，酒越烈越适合于干渴胃口，痛快淋漓，得意忘形啊。英雄的诗章唤起人们豪迈的激情，英勇的行为博得人们阵阵喝彩。

诗的标题清楚直白，别具庄严肃穆之感。诗人这次送行，不同于一般的游学送别，儿女分离，也不同于一般的情人分手，游子远行，送别的对象是李副使，其名不详，其职副使，堂堂正正、威风凛凛的一位军官，军人的天职是服从，军人的使命是打仗，如今这位李副使要离开朋友，远赴碛西（安西都护府），投身边地，参与战斗。“碛西”是一个地名，但字面极易引发读者联想，黄沙茫茫，无边无际，赤地千里，人迹罕至，李副使此去一定会遭遇无数困难，一定会经历严峻考验。“赴”字隐隐透露出一份庄重，一份威严，这次送别，非比寻常，是朋友在送别朋友，是人民在送别英雄，是祖国在送别儿女！

再看诗人是如何送别朋友的。先说环境，诗人从万里征程中拈出两个地名：火山，热浪滚滚，铺天盖地；赤亭，行人绝迹，闻之胆寒。李副使就是在这个“赤日炎炎似火烧”的时节远赴碛西的。不畏艰难，慨然应命，表现出一个大丈夫以国为重、万死不辞的崇高情怀。诗人显然是在以酷热难当的恶劣环境来烘托大英雄排除万难、一往无前的豪迈精神。《西游记》写唐僧师徒去西天取经，经过火焰山，列焰升腾，热浪汹涌，连孙悟空也望而却步，只好去借铁扇公主的魔扇才把火焰扇灭，这是神幻故事。可是，李副使经过的火山、赤亭一带地方，却是千真万确，烈火焚烧、刀山火海，并不能够阻挡英雄的脚步，这也是千真万确。再说经历，诗人深知李副使不平凡的人生经历，激励他勇往直前，义无反顾：我知道老朋友你经常出入边地，岂能见到轮台的月亮而惹起乡愁呢？“岂能”故作反问，暗示出李副使长期驰骋沙场，早已把乡愁置于脑后。不是说不想家，不思念亲人，英雄也是血肉之躯，也有儿女情长，只是大敌当前，国难当头，热血男儿第一要考虑的当然是国家兴亡和人民安危，而不是小家安逸和个人幸福。只有深刻地理解朋友，并坚决地支持朋友的人，才能对朋友说出如此通达大度、如此体贴入心的话来，我们完全能够想象这样一幅画面：两位朋友，双拳紧握，互道珍重，眸子里闪耀出坚定和信任，那是一颗心对另一颗心的承诺，那是一个朋友对另一个朋友的承诺，那是一个战士对自己祖国的承诺，庄严而神圣，豪迈而崇高！最后说劝饮。诗人挽留李副使脱鞍稍驻，暂入酒家，开怀畅饮，让我用火辣辣的酒为你送行，让我用响当当的话语为你助威！这里面没有依依不舍、深情款款，没有四目相对、泪如雨下，没有怨天尤人、唉声叹气，没有狂喝滥饮、醉酒当歌……什么都没有，只有一腔忠义，一腔热血，为国家而跳动，为理想而奔腾！诗人斩钉截铁地勉励朋友：万里突奔，杀敌报国，建功立业，扬名立万，这才是大英雄、大丈夫的作为啊！豪迈的誓言响彻大唐，震荡时空，我们今天读来，依然为那个时代、那些英雄和那些抱负而亢奋不已。

纵观全诗，万里送别，万里豪放。道环境灼热，衬赤心爱国；说身世艰苦，明英雄大义；劝英雄豪饮，扬报国之志；以功名共勉，显男儿本色。字字喷火，句句闪光，释放激情，点燃梦想，让我们兴奋，让我们激动。我们神往，那个激情燃烧、青春闪光的时代。

晓角声声诉凄凉

——李益《听晓角》

边霜昨夜堕关榆，吹角当城汉月孤。

无限塞鸿飞不度，秋风卷入小单于。

……

中唐诗人李益从军塞外，征南战北，对军旅生活有切身体验，对征人乡思有深挚感受，多有边塞名篇传世，其中《听晓角》写边关乡愁，写军旅之声，堪称典范。军旅之声以角声最具特色，最能撩动征人情思。角声清旷，高亢悲凉，划破黎明清寒，吹动征人乡思。标题“听晓角”三个字传达出一种触耳动心、神思凄凉的意味。边关大漠，深秋时节，破晓时分，几声号角，破空而来，久久回荡在清冷的秋空，也久久萦绕在征人的心头。诗人特别强调一个“听”字，征人听，拂晓听，深秋听，边关听，声声入耳，惊心动魄，全诗就围绕这个“听”展示了征人特定情境之下的复杂心绪。

诗歌一、二两句描绘环境，点染气氛，烘托角声。地点是边关，大漠穷荒之地，离家千里迢迢；季节是深秋，草木凋残时节，添愁惹恨情境；时间是方破晓，西风瑟瑟时候，秋霜满地茫茫。榆叶凋零，辰星寥落，残月在天，角声回荡在清冷空旷的拂晓，征人沉浸在悲凉哀怨的黎明。诗人拈出“昨夜”，表明征人留意节日，彻夜未眠，一定是心事重重，辗转反侧。“堕”字掷地有声，凋零了花草树木，凄冷了边关征人，这浓浓秋霜，冷森森，白茫茫，不像撒在边关，不像弥漫天空，倒像披在征人的身上，落在征人的心里，寒凉凄冷，不堪忍受。而且，这个“堕”字，声音响亮，突如其来，迅猛异常，令人猝不及防，可见如此节令气候的变化对征人的心理刺激有多大。秋天来了，一年将近，又是万家团圆的时候，征人还驻守边关，回家不得，怎么不心烦意乱呢？“当城”，意谓居高临下，面对全城，可见角声回荡，弥漫全城；亦可看出，征人不眠，一夜思乡。用“孤”字写月，别具情韵，月只一轮，无所谓孤与不孤，但在长久离家、思乡心切的征人看来，孤零零，悬挂天空，惨兮兮，无依无靠，正如自己东征西走，漂泊在外，正如自己朝暮不宁、生死不定，其间的凄楚悲凉、孤寂落寞不难体会，“孤月”其实折射出征人有家难归，不能与亲人团聚的悲惨处境。写“月”还用了一个限定语——“汉”，这是唐代诗人的习惯，以汉代唐，跨越时空，平添苍凉。王昌龄不是有“秦时明月汉时关，万里长征人未还”之咏吗？以秦汉嵌入诗句，限定关月，传达一种雄浑苍茫、亘古如斯的时空感。李益诗中用“汉月”，自然也是表明，从古至今，边关孤月，战地角声，从来悲凉，从来孤独，把角声的悲凉意绪放在久远时空的历史背景之下，愈发让人感到声音的凝重深沉、悲凄苦涩，越发让人体会到声音传达的思乡之情久远而深邃。诗歌前面两句侧重以环境的凄冷寒凉来烘托角声的悲凉哀怨，暗示征人思乡、心绪不宁。

诗歌三、四两句就境设想，融情于景，借景抒情。秋空廖廓，鸿雁南飞，天气转寒，本当越飞越远，越飞越快，可是征人觉得，它们低回流连，盘旋不去，何故？诗人设想，它们或许也是因为听了号角吹奏的哀怨悲凄的《小单于》曲调，才如此动心动情，不忍离开吧，写雁而不写人，雁犹如此，人何以堪？征人的边愁乡思通过鸿雁不度曲折地传达出来，让人深思，引人回味。鸿雁在中国古典诗词中向来是捎送书信、传情达意的使者，它的出现往往和思乡念亲、怀人思友密切相关，诗人写鸿雁不飞，善察曲声，似解人意，这就巧妙地表现出征人思乡念亲、怀想故园的心绪。“卷入”有声有形，伴随猎猎秋风，置身清旷秋空，鸿雁早已深深感动于动人心魄的《小单于》曲调。换成“飞入”，与“秋风”不搭配，亦不能表现这种深深沉浸的艺术效果。诗歌三、四两句，不是顺承一、二两句写征人的心理感受，而是转换角度，拟物生情，通过鸿雁不飞，动情秋风，沉浸晓角，含蓄委婉地表现出征人的深切思乡和无限边愁，这是旁敲侧击，点染烘托的笔法。

综观全诗，抒写边愁乡思，只有一片角声悲鸣，只有一群塞鸿低回，没有看见征人的饮食起居，没有明白点示思乡主旨，诗人采用镜中取景、旁敲侧击的手法，从角声阵阵，鸿雁不度，折射出征人的处境和心情。不直接写人，而人在诗中；不直接抒情，而情见篇外，的确是一首含蓄蕴藉、韵味十足的好诗。

【第五辑】

诗声雅韵千古情

二月春风似剪刀

——贺知章《咏柳》

碧玉妆成一树高，万条垂下绿丝绦。
不知细叶谁裁出，二月春风似剪刀。

……

美酒可以万口留香，人喝人醉；诗歌可以脍炙人口，人读人爱。贺知章的小诗《咏柳》也许就是这样一坛美酒，历久弥香，常品常新，百读不厌。诗人本意或许不在赞美杨柳，但是巧加联想，生发类比，硬是将寻常柳树描绘得出神入化，栩栩如生，甚至到了令人心动神摇，想入非非的程度。何以如此？还是读读诗歌再说吧。

碧玉妆成一树高，万条垂下绿丝绦。
不知细叶谁裁出，二月春风似剪刀。

笔者初读，心旌摇荡，心向神往，觉得眼前站立一位女子，身材修长，体态婀娜，面容俏丽，意态迷人。亭亭玉立风中，秀发如云，流泻披佛，活现青春风采；裙裾丝带，随风飞扬，更见光彩照人。也许我走神，也许我敏感，想到了生活，想到了活色生香，倾城倾国的美女。但是，你不得不承认，贺知章就有这本事，让你把一棵树想象成一位美女，让你欣赏一棵树，忘情投入，忘乎所以。就像开始一场恋爱一样，对方的风情美貌让你如此如醉，不能自拔。

这是一棵怎样的柳树呢？用碧绿玉石妆饰而成，冰清玉洁，纤尘不染。树高似人，亭亭净植，光洁鲜嫩，隐隐泛光。柳枝下垂，丝丝缕缕，密密麻麻，随风飞舞。柳叶细嫩，浅黄淡绿，如烟如眼，如雾如梦，让人产生朦胧迷离之感。是瞌睡人的眼睛，无精打采，还是沉睡初醒的眸子，熠熠生辉？碧玉是绿色，状写柳树躯干，晶莹剔透，明亮泛光。柳叶是绿色，一片一片，整整齐齐，清新可爱。树身也罢，树叶也罢，一律青绿，一派生机。这是春天特有的景象，这是柳树迎风张扬的风景。

一株绿柳独立春风，款摆腰肢，飞扬秀发，舞动裙裾，形成一道妩媚生辉的风景，明亮你我的眼睛，灿烂多情的心灵。你很难分辨清楚，诗人是在描写一棵树，还是在刻绘一位美女；你很难区分清楚，诗人是在赞美一棵绿柳，还是在赞美一位女子。不需要分辨，不需要解剖，甚至不需要理由，只要热爱、欣喜，只要沉醉、痴迷，这就做够了。人与树，诗与画，和谐统一，美轮美奂。

碧玉这个词当然不可忽略。一语双关，意韵悠悠。字面而言，指玉石碧绿，莹莹泛光。深刻体味，则指美丽女子，暗含情思。碧玉是成语“小家碧玉”的主角，晋代汝南王司马义的妾。孙绰应司马义之请，作有《碧玉歌》两首。其一：碧玉小家女，不敢攀贵德。感郎千金意，惭无倾城色。其二：碧玉破瓜时，相为情颠倒。感郎不羞难，回身就郎抱。碧玉姓刘，她不是很漂亮，但从汝南王对她的宠爱来看，估计她长得很耐看，很有韵味。而且歌唱得很好。后以“小家碧玉”称小户人家的美貌少女。相比大家闺秀，小家碧玉长得俏丽，性情温柔，性格活泼，两眼一闪一闪的，露出惊喜的神态，动作有些拘谨，楚楚动人。贺知章之所以比柳树为小家碧玉，自然还有暗赞女子出身低微，美丽出众之意。

柳树的生机在于绿叶片片，柳枝缕缕，柳树的风采在于春风吹佛，绿影婆娑。诗人突发奇想，明知故问：这一树的柳叶啊，青青绿绿，整整齐齐，到底是谁一刀一剪裁出来的呢？原来是二月春风这把看不见、摸不着的剪刀的功劳啊！春风与剪刀，一虚一实，一具体一抽象，取其实质相似作比，具有意想不到的表达效果。春风吹遍大地，吹绿万千草木，催发勃勃生机，不就像裁缝师傅巧用剪刀，一刀一划，裁剪样纸，勾勒轮廓吗？春风创造了绿柳，剪刀裁剪了杰作，都有创造性，都值得深情礼赞。

深入一步，想象剪刀与谁相关，谁会经常操弄剪刀呢？当然是心灵手巧，勤劳能干的女子。她们不仅爱美丽，爱生活，更爱劳动，更有创造热情。她们擅长女工，聪明灵慧，能够将心中所想通过一刀一剪，一针一线，创造出来。一件件制作精美，做工考究的衣裳就是她们心血和智慧的结晶。一双双图案秀美，花纹曼妙的鞋垫就是她们热情和汗水的凝结。诗人欣赏她们，礼赞她们，礼赞劳动。劳动创造了美好的生活，劳动也赋予生活重要意义。这些内容也许含蓄一点，不过读者品味联想，不难体会。笔者大胆改动诗句，将“二月春风似剪刀”改为“二月春风似菜刀”，或是柴刀、斧头什么的，显然意味顿减，风采全无。何故？菜刀，砍瓜切菜，粗猛生硬，毫无美感，且与女子灵巧聪慧相背离。柴刀是男子上山砍柴，下地劳作所用工具，与女子关联不大。唯有“剪刀”才能见出灵慧秀美。又如，将“碧玉妆成一树高”改为“闺秀站成一树高”，如何呢？同样不符合身份情景。大家闺秀哪有这么能干？哪能这么勤快？唯有出身底层的女子，才如此勤劳能干，如此热爱生活。大家闺秀不能相比。可见诗人诗心慧眼，一字难易，处处机心。

一株柳树妆点出春天的风采，一位女子创造出生活的美丽，一首诗歌咏唱出千年的风韵。我们感动，那个春天，和风染绿了草木，绿柳飘扬出情思。

敲骨吸髓是官府

——陆龟蒙《新沙》

渤澥声中涨小堤，官家知后海鸥知。

蓬莱有路教人到，应亦年年税紫芝。

……

晚唐现实主义诗人陆龟蒙创作了大量反映民生疾苦，批判苛捐杂税的诗篇。品读这些诗篇，的确能够让人在艺术享受之中感受到现实的残酷和社会的不公。《新沙》就是这样一首角度特别、讽刺有力的佳作。

“新沙”指海边高地由于海潮涨落而形成的一块新沙地，是人迹罕至的不毛之地。全诗就围绕渤海岸边这块不知名的沙地做文章，揭露了晚唐社会统治者敲骨吸髓、盘剥百姓的累累罪恶，振聋发聩。首句描写沙地的形成，长年累月，不易察觉。大海潮涨潮落，不断淘洗，形成了一片沙荒地带。诗人强调，这是一个长期的、缓慢的而不易为人觉察的变化过程；有意思的是，海鸥和官府先后都知道了这个地方。

诗人把两类毫不相干的事物“海鸥”和“官府”并提，本身就是一件让人啼笑皆非的事情，对“官府”颇含讽刺意义，海鸥只是一种海鸟，不是人，作为堂堂统治者的“官府”是人上人，如何与海鸟并列？再说，海鸥长年累月生活在海边，理应对沙地的形成先知先觉，可是官府比海鸥还嗅觉灵敏，捷足先登，发现了这片沙地。海鸥栉风沐雨，眼光敏锐，仍然敌不过贪婪地注视着一切剥削机会的“官家”，他们竟然抢在海鸥前面盯住了这片沙地，何故？贪婪本性使然也！要知道，这个地方只是人迹罕至的不毛之地，官家早就发现了，并打算张开血盆大口，榨取赋税。想想看，连剥削对象都还未存在，就打起了榨取赋税的如意算盘，多么可笑，又多么狠毒！如此官家，对老百姓剥削之狠毒苛酷也就可想而知了。

诗歌三、四两句，突发奇想，另作假设，有力地讽刺了官家无处不敲诈，无时不掠夺的狼子野心。蓬莱仙境，据传盛产紫色灵芝，炼丹求仙之人服之可以长生不老。常人看来，蓬莱是神仙乐园，远离尘世，不受滋扰，自然也不会有什么官家征税，那里的灵芝自然也可任凭仙家享用，是世外桃源啊。可是，诗人联想到，如果有道路通往蓬莱，那么想必官家也要年年去征收那里的灵芝税吧。

以无当有，把不可能当成可能，更深刻地揭示出官家剥削无孔不入、无时不有的残酷和狠毒。读者读到此处，亦不难揣想，人世间没有世外桃源，也没有蓬莱仙境，是贫苦百姓都逃脱不了官家苛税的魔掌，深山也罢，闹市也罢，无一例外都要承受官家苛酷的敲诈盘剥，天下乌鸦一般黑，天地间根本不存在什么净土、乐土！

唐代另一位诗人杜荀鹤写过一首诗《山中寡妇》：

夫因兵死守蓬茅，麻苎衣衫鬓发焦。
桑柘废来犹纳税，田园荒后尚征苗。
时挑野菜和根煮，旋斫生柴带叶烧。
任是深山更深处，也应无计避征徭。

同样是控诉官府徭役赋税的沉重苛酷，杜诗用写实的手法，讲山中寡妇的悲惨命运，触目惊心，让人悲悯；陆诗则是用浪漫主义的写法，夸张官家嗅觉灵敏，心地狠毒，连蓬莱仙境也不会放过，诙谐幽默，让人在嬉笑之中，领会诗人的怒骂痛斥。

红楼不遇留诗情

——李益《诣红楼院寻广宣不遇偶题》

柿叶翻红霜景秋，碧天如水倚红楼。

隔窗爱竹无人问，遣向邻房觅户钩。

· · · · · · ·

探望朋友，访而不遇，是一种遗憾。可是，事有例外，看满院红叶，赏亭亭翠竹，望浩浩长天，没有朋友相伴，却也兴致勃勃。唐代诗人李益就经历了这样的奇遇，他在《诣红楼院寻广宣不遇偶题》中如实地记载了这种意想不到的经历。

诗题交代了这次出访的大致情况，诗人到红楼院去寻访自己的老朋友广宣，没有料到广宣外出，诗人触景生情，有感而发，写下了这首诗。“红楼院”，这个名字很有诗情画意，应该是朱红大楼巍然屹立，富丽堂皇，应该是花草树木枝繁叶茂，生机勃勃。广宣是诗人的朋友，能文善诗，居住红楼，常与当朝文人来往，尤与刘禹锡、韩愈、白居易、李益诗酒唱和，过从甚密。诗人拜访朋友，事先没有预约，前往扑空，多是失望，但这次不同，诗人看到了另一番风景，领略到了另一种情趣，风光壮丽，情谊深挚。

那是一个秋高气爽的日子，诗人来到红楼院，举目望去，跃入眼帘的是一片红艳夺目的柿林，经过严寒秋霜的浸染，经过瑟瑟秋风的洗礼，柿叶变得一片通红，红得热烈，红得浓艳，照亮了诗人的眼睛，灿烂了园林的秋色。诗人高兴，只为那一抹红，放射出光彩夺目的清秋光辉，焕发出蓬勃旺盛的生命光华。秋霜洗礼，寒气森森，越发反衬柿叶的鲜红亮丽，令人联想到杜牧的诗句："停车坐爱枫林晚，霜叶红于二月花。"杜牧眼中，枫叶红艳，胜于春花，原因在于枫叶经霜不凋，受冷更红，焕发勃勃生机。同样，李益心中的柿叶，也是红艳迷人，生机无限，点缀了园林，也灿烂了秋空。

再看看那清旷高远的天空，湛蓝湛蓝，如水洗过一般明净光亮；巍峨的红楼耸立在秋空下，轮廓清晰，色彩鲜艳，规模宏大，气势壮观。楼与天，相依相衬，壮丽辉煌；碧与红，增光添彩，鲜艳夺目。

诗人用一个"倚"字，言红楼倚天，高耸入云，言红绿相映，相得益彰，和谐当中见鲜艳，宁静当中显活力。笔者研读此句，另有想法。诗人寻友不见，陡生失望，失望之余，见满园柿叶，观秋空高远，倚楼凝思，感慨无限：是欣喜红叶灿烂，生机勃勃，还是神往秋高气爽，碧天如水？是惆怅友人不在，不知去向，还是不满风霜冷瑟，寒气逼人？……无从知晓，亦无须知晓，一个"倚"楼而望的动作，定格成一幅油画，凝聚了丰富意味，也给读者留下了广阔的想象空间。

如果说，诗歌前面两句侧重渲染秋色，寓情于景的话，那么后面两句则侧重于写人叙事，歌赞友谊。红叶、朱楼固然美丽，但是更美丽、更让人喜欢的却是院内那一丛丛碧绿茂盛的竹子，挺拔劲健，修直高洁。诗人想进去观赏一番，但是进不去，主人不在家。于是，他立马想到了让随从到邻居家去讨钥匙，诗人知道，朋友的钥匙一定放在邻居家里。

这里有几个细节，颇是耐人寻味。先说"爱竹"吧，竹是文人雅士居住环境的点缀，有竹则雅，无竹则俗，竹之劲健挺拔象征君子之刚毅正直，竹之节节高升象征君子谦虚上进，竹之修直光洁象征君子的高洁脱俗。主人植竹于庭院，诗人隔窗而观赏，可见主人和诗人，情志相通、意趣相投。

再说"觅户钩"，可谓一箭双雕，尽显精神。从诗人这方面看，是对主人知根知底，了无猜忌，他知道主人的钥匙放在哪儿，他熟悉园中的景致，他想进园去就直接找钥匙开门便是，无须请示主人，可见两人之间心心相知，情谊深厚，非同一般。从主人这方面看，他要外出，压根儿不知道有朋友来探访，就把钥匙放在邻居处，无须提防邻居，无须防范客人，而且以前似乎也跟客人说起过这种情况，你不容易找到我，我经常外出，你若来了，钥匙放在邻居处，你径自去取即是，进园即是，不必等我回来。一点也不设防，坦坦荡荡，朴朴实实，这就是朋友之间的真诚信任。邻居呢，也是这样，主人出门，把钥匙放在他家，肯定不是一次两次，绝对是经常如此，邻里之间，互相信任，真诚相待，没有猜疑，没有防范。

再有，诗人的举动也很有意思，按照常理来说，拜访朋友，不见就应回去，可是，李益不是这样，他没有回去，而是留恋园中的青青翠竹，火红柿叶；不但留恋，还想进去仔细观赏一番。朋友不在，怎么办？他知道朋友的钥匙放在哪儿，于是就派人去取钥匙，开门进去，犹如主人一般，想进就进，想看就看，全只为了满足自己的勃勃兴致，哪里还顾虑到主人在否？诗人是豪放的、洒脱的、大度的，也是真诚的、坦率的，在朋友面前，在朋友家中，犹如在自己家里一样为所欲为、我行我素。

还有，诗中“窗”的出现也很重要，隔“窗”观竹，尤有画意。“窗”就是一幅框，框定了范围和景观，限定了观赏者的独特视角，浓缩了庭院景致，完全可以想象到一“窗”翠竹、一“窗”红叶，该是何等美丽的图画，何等迷人的色彩。杜甫有绝句“窗含西岭千秋雪，门泊东吴万里船”，推“窗”眺望，气象万千，咫尺千里，生机无限；同样，李益的诗句“隔窗爱竹无人问”亦有这种纳森森翠竹于一窗，含无限生机于一瞬的画面美。

综观全诗，诗人用多彩的画笔、明亮的色调和动人的情思，描绘了一幅访友不遇、观竹心喜的画图。这次出访留下了美丽的遗憾，更有惊喜的发现。诗人的襟怀是坦荡的、豁达的，有豁达大度的朋友，才有诗人如此美丽的不遇。不遇是一道风景，灿烂如红叶，碧蓝如秋空，苍翠如竹林。

秋坟鬼唱人间诗

——李贺《秋来》

桐风惊心壮士苦，衰灯络纬啼寒素。
谁看青简一编书，不遣花虫粉空蠹？
思牵今夜肠应直，雨冷香魂吊书客。
秋坟鬼唱鲍家诗，恨血千年土中碧！

……

读李贺诗歌，躲不开他笔下的“鬼境界”，其留存至今的200多首诗中，有十余首“鬼诗”，《秋来》就是其中一首冷峭幽森、鬼影幢幢的代表作。

诗歌融主观情思与孤坟野鬼于一体，托物传情，借“鬼”寄慨，以瑰丽奇特的艺术形象来抒发诗人抑郁未伸、怀才不遇的深广忧愤，读来令人胆战心惊、毛骨悚然。

一、二句借“秋”发感，状景传情。秋风瑟瑟，落木萧萧，残灯衰照，络纬哀鸣，这些景物很容易触动才人志士的感伤情怀。但是李贺的感受不同于一般文人的悲愁叹老，愤愤不平。“惊心”“苦”“寒”，“衰灯”“啼”“素”这些强刺激、冷色调的字眼鲜明有力地表现出诗人生命之秋的锥心之痛和心灵之旅的绝望挣扎。秋风落叶而已，于诗人却是魂惊魄悸，无限悲凉；衰灯鸣虫罢了，于诗人却是啼饥号寒，凄神寒骨。

如此冰凉透骨的感受，如此哀哀无望的倾诉，几人能有？谁人能敌？

李贺何以这般伤心叫苦，堕泪惊魂？“日月掷人去，有志不获聘”，这是古往今来才志之士的共同感慨。李贺的不幸身世、惊人才华和科场绝望使他对瑟瑟寒秋风格外敏感，秋天似乎宣判了他人生前途的死刑，秋天似乎戕害了他卓异超绝的自由心灵。于秋，除了络纬般呐喊，残灯般挣扎，他还能怎样呢？

三、四两句牢骚满怀，愤愤不平。上句正面提问，下句反面补足。面对衰灯，耳听秋声，诗人感慨万端，苦从中来，我们仿佛听到了诗人发出一声长长的叹息：自己殚精竭虑、呕心沥血写下的这些诗篇，又有谁来赏识而不致让蛀虫蛀蚀成粉末呢？“粉空蠹”三字写得触目惊心，惨不忍睹。

试想：诗人青灯独伴长夜无眠写就的那些秋风诗篇，无人能解，无人赏识，只好束之高阁，任由无知小虫咬烂撕碎，几成粉末！皓首穷经无人问，一腔心血付东流，诗人该是何等失望，何等愁苦，何等愤怒！一个文章圣手最大的悲哀莫过于世无知音，怀才不遇。对李贺来说，陪伴这些凝重诗文的是冷落遗弃，是孤独寂寞，是糟蹋蹂躏，是诛心剖腹，这分明是对李贺的人格侮辱和心灵谋杀。一个人作诗作到了差不多悲恸欲绝、万念俱灰的程度啊，李贺能不苦吗？

五、六两句紧承三、四两句的意思，描写苦中幻觉，更见愁情惨淡。诗人辗转反侧，彻夜无眠，深为怀才不遇、沉沦下僚的忧愤愁思所缠绕折磨，似乎九曲回肠都要拉成直的了。他痛苦地思索着，思索着……在衰灯明灭之中，在迷离恍惚之际，他仿佛看到了赏识自己的知音就在眼前；在洒窗冷雨的淅沥声中，一位古代诗人的“香魂”前来吊慰我这个“书客”来了！

这两句，诗人的心情极其沉痛，笔法诡谲多姿。不说“忆子腹糜烂，肝肠尺寸断”（晋代的《子夜歌》），也不说“岭树重遮千里目，江流曲似九回肠”（柳宗元），而说“思牵今夜肠应直”，李贺一空依傍，自铸新词，愁肠百结，乱无头绪，竟然可以把它拉直抹平，理顺摆清，可见诗人愁思之深重、惨烈！凭吊之事只见于生者之于死者，李贺却反过来说鬼魂吊慰生者，而且鬼魂幽艳香冷，有形有态，这更是石破天惊的诗中奇笔。

不独如此，七、八两句还在此基础上进一步描绘鬼魂挽唱的凄清图景。在衰灯寒窗之内，在凄风苦雨之中，诗人仿佛隐隐约约地听到秋坟鬼唱，唱鲍照当年抒愤写恨的诗句，哭诗人当下落落不合的悲伤，歌哭言语之间流露出一种深似黑夜、愁如大海的悲凉，似乎古往今来，像鲍照、李贺这样的文人，他们的遗恨如苌弘碧血，冤魂入土，千年不化，万世不消。字面上说鲍照，实际上则是借他人之酒杯，浇自己胸中之块垒。志士才人怀才不遇，正是千古同恨！

这是一首著名的“鬼”诗，其实，诗人所要表现的并不是“鬼”，而是抒情诗人的自我形象。桐风惊心，香魂吊客，鬼唱鲍诗，恨血化碧等形象的出现，主要是为了表现诗人抑郁不平之气。诗人在人世间找不到知音，只好在阴曹地府寻求同调，不亦悲乎！

千古悲愁一肩挑

——杜甫《登高》

风急天高猿啸哀，渚清沙白鸟飞回。
无边落木萧萧下，不尽长江滚滚来。
万里悲秋常作客，百年多病独登台。
艰难苦恨繁霜鬓，潦倒新停浊酒杯。

· · · · · ·

唐朝民间有云“唐朝诗圣是杜甫，能知百姓苦中苦”，杜甫悲天怜人，忧时伤乱的情怀注定了他是活得最痛苦、最不幸的一位诗人。在杜甫所有的诗作中，《登高》可以说是艰难苦恨、离乱悲愁的集大成之作，诗歌写于诗人晚年寄寓夔州时期，通过登高所见秋江景色，抒发身世命运之悲和时局离乱之慨，倾诉了诗人长年漂泊、老病孤愁的复杂感情，慷慨激越，动人心弦。登高远眺，触景生情，感慨万千，悲涌心头；其“悲”何在呢？下面依循文路，紧扣词句，逐层剖析。

首联写景，自成对比，渲染气氛，烘托心情。此联描绘了两幅画面，一是高江峡口，秋风猎猎，高猿长啸，空谷传响，哀转久绝；二是江水洲渚，水清沙白，群鸟翩跹，轻舞飞扬。后者的清丽精美、欢快明朗（乐景）反衬出前者的凄清劲厉、揪人心怀（悲情），于此劲风悲鸣、高猿哀啸当中不难觉察诗人凄怆哀怨之心。“哀”字关涉全联，笼罩全篇，读来触目痛心，毛骨悚然。李白“两岸猿声啼不住，轻舟已过万重山”，全是欢歌笑语，不见半点伤心，是因为李白的好运与老杜的潦倒天差地别之故。

颔联仰观俯察，壮景传悲，寄寓遥深，措语天然。诗人仰观天宇，无边落木，萧萧而下；俯察江水，奔流不息，滚滚而来。画面之宏阔苍茫凸显人生的沉重悲壮。“萧萧”“滚滚”，摹声绘态，不仅使人联想到落木窸窣之声，长江汹涌之状，也无形中传达出诗人韶光易逝，壮志难酬的感慨。全联状夔州之秋，也分明隐喻落魄杜甫的人生之秋，沉郁悲凉，怆然至极。是啊，到了人生的秋天，杜甫得到的不是天伦之乐，功成之欢，不是荣华富贵，飞黄腾达，而是穷愁老病，百业无成，而是颠沛流离，形影相吊，人生还有什么希望？人生的希望又在哪里呢？

颈联、尾联抒悲，笔力千钧，字字传神，是血与泪的结晶，是悲与恨的沉淀。辗转江湖，身不由己，凶多吉少，有家难归，此为“万里”之悲；常年累月，马不停蹄，聚会离合，欢少苦多，此为“常客”之悲；人生苦短，多灾多难，年迈体弱，疾病缠身，此为“多病”之悲；登高远眺，临风怀想，天地一儒，形影相吊，此为“孤独”之悲；落魄潦倒，艰难苦恨，愁生白发，岁月不多，此为“霜鬓”之悲；时局动荡，生灵涂炭，忧国伤时，一筹莫展，此为“家国”之悲；异乡漂泊，多病缠身，因病断酒，添愁惹恨，此为“断饮”之悲。……凡此种种，悲恨万端，“剪不断，理还乱，是离愁。别是一番滋味在心头”。

纵观全诗，无论是写景还是抒情，通篇关目，全在一“悲”。古往今来，身世家国，荣辱人生，沉浮世态，得失人心，多少离愁苦恨，多少艰难困厄，全由杜甫一肩挑住。他像一个顶天立地的巨人，一肩挑起了推排不尽、驱赶不绝的千斤悲愁，我们惊诧，生命是如此的沉重而悲壮！

每逢佳节倍思亲

——王维《九月九日忆山东兄弟》

独在异乡为异客，每逢佳节倍思亲。

遥知兄弟登高处，遍插茱萸少一人。

······

俗话说，在家千日好，出门时时难。难在方言各异，沟通不便；难在习俗不同，难以适应；难在饮食差异，胃口不合；难在举目无亲，形单影只；难在朋友稀少，孤独寂寞；难在异地他乡，漂泊不定。千难万难，归结为思乡怀亲。青年王维，年仅十七岁就远离家乡，漂泊异地，求取功名。一年重阳佳节，天高云淡气清，诗人兴致勃勃，决定登高望远，祈福远方，思念故园；有感于兄弟分离，相聚无缘，有感于只身流离，前途未卜，有感于人生艰难，世事难料，挥笔写下了千古名作《九月九日忆山东兄弟》，表达自己的复杂情思。

人对于故乡的感情总是十分奇怪的。居家日子，天天团聚，形影不离，不会思念亲人，不会怀想故乡，甚至不会滋生强烈的关爱亲人、依恋故园的情怀。想想看，谁会有心有意计数屋前屋后有几棵树，有几种花，有几株草？谁会留意屋后鱼塘有几尾轻盈游动的小鱼？谁会关心屋前桃树何时开花，何时挂果？谁会聆听自家牛栏里的小牛哞哞大叫？谁会留心喜鹊站立枝头报喜还是报忧？谁会发现慈祥老母头上悄然增多的白发？谁会留心老迈父亲脸上渐渐凸显的沟沟壑壑？谁会有滋有味陪着小孩玩泥巴，晒太阳？……一切都习以为常，习焉不察，甚至觉得这就是生活，理所当然，与留意无关，与感情无关。

一旦离开家门，辞别亲人，远走他乡，思念之情日益浓烈，回乡之念越发增强。尤其是人生失意、坎坷难过的时候，心里特别怀想亲朋好友、父母双亲、兄弟姐妹。司马迁有言："人穷则反本，故劳苦倦极，未尝不呼天也；疾痛惨怛，未尝不呼父母也。"（《屈原列传》）青年王维，离开父母，辞别兄弟，闯荡世界，打拼功名，肯定遇到诸多不如意，不顺心的事情，加上又是重阳佳节，心里自然格外思家念亲。想向父母倾诉遇到的困难挫折，想向兄弟请求帮忙分忧。可是，人在江湖，身不由己，只能一人漂泊、寄居异地，只能一人登高过节。诗人的感触真是太敏感、太强烈了，两个"异"字触目惊心、耸人听闻。何为"异"？字面意思是"不同"，深究则痛心。想想吧，一切不同于家乡，一切均不习惯，无以为伴，无人倾诉，无处安心，所见所闻，所思所感，全是凄凉，全是孤寂。任凭男儿何等坚强，想来也抵挡不住乡情的折磨。泪水稀里哗啦流个不停。谁能安慰？谁来安慰？

诗人特意提及自己的身份境遇，"异乡""异客"，孤身一人，又逢佳节，漂泊流离之苦，思家念亲之愁，无人相处之恨，全在诗句当中流露出来。王维曾经在另一首诗中也表达过思乡之情："君自故乡来，应知故乡事。来日绮窗前，寒梅著花未？"（《杂诗》其二）故乡事千千万万，诗人只问自家屋前寒梅是否开花，一枝独秀，涵盖复杂情思，留下悠悠余味。味同咀嚼橄榄，满嘴清甜，余香不断。与此诗相比，王维在《九月九日忆山东兄弟》中则直言不讳，吐尽乡思。一个人只有在情感强烈，情绪激动，不能自已的时候，才会不假思索，脱口而出。想家就是想家，不需要遮遮掩掩，不需要含蓄深沉，表达出来就是。也许这种直抒胸臆的方式才更能安慰诗人愁苦的心吧。

诗人想到，和我现在处境不同，家乡的兄弟们这个时候或许正在登高远眺，问安亲人，祈福生活。他们结伴同行，佩戴茱萸，突然发现少了一人，那人原来就是流离天涯的诗人自己啊！兄弟们细心、敏感，有情有意，不忘兄弟，不忘王维。他们在遥远的故乡为诗人祝福，为诗人祈祷。他们心中同样泛起强烈的思念。多少年了，儿时玩伴，跑遍了故乡的山山水水，爬遍了故乡的沟沟坎坎，看尽了故乡的花花草草，也习惯了父老乡亲言语举止。可是今天，有一个人离开了他们，不像以往那样与他们一起欢乐，一起玩耍，一起劳动，他们心中格外想念这位好兄弟。

思念像秋风，吹遍天涯海角，吹遍兄弟流落的每一个地方。思念像明月，银辉四射，洒满每一座山峰，洒满每一处驿站。诗人想念兄弟，兄弟想念诗人，遥隔千里万里，跨越三年五载，心中乡情不断，心中亲情愈浓。几株茱萸，散发清香，祛除邪气，给诗人带来健康好运，也给兄弟们带来吉祥如意。香味随风，万里飘散，芬芳你我。我乐意想象这样一幅画面：高高的山峦之上，三五个兄弟并肩而立，凝望远方，眼眸写满了牵挂和忧愁。那些眸子穿越时空，也在深情凝望千年之后的你我。

唯见长江天际流

——李白《送孟浩然之广陵》

故人西辞黄鹤楼，烟花三月下扬州。
孤帆远影碧空尽，唯见长江天际流。

……

迎来送往，聚散离合，牵扯喜乐愁忧，更多儿女情长，但是大诗人李白送别心中偶像孟浩然却是充满了神奇向往和无比眷恋。两个人能够成为朋友必定有声息相通、志趣投缘之处，李白潇洒豪放，孟浩然风神散淡；李白高蹈出尘，蔑视权贵，孟浩然隐逸山林，不屑官场；李白天纵英才，飘然不群，孟浩然才华横溢，志趣脱俗。两个人你来我往，诗酒相交，有过一段风雅浪漫的潇洒生活。李白送别好友孟浩然前往扬州，激情飞扬，高歌一曲《送孟浩然之广陵》。

送别之地不是长亭古道，不是驿站客舍，不见绿柳如烟，不见风雨凄凄，就在黄鹤楼，一个充满神话色彩的地方，诗仙李白送别风流名士孟浩然，送者与被送者都有几分风雅飘逸色彩，都有几分出尘脱俗味道。李白喜欢黄鹤楼，喜欢那个传说、那份浪漫。据传，仙人驾鹤经过此地，楼因得名。崔颢有诗为证：“昔人已乘黄鹤去，此地空余黄鹤楼。黄鹤一去不复返，白云千载空悠悠。晴川历历汉阳树，芳草萋萋鹦鹉洲。日暮乡关何处是，烟波江上使人愁。”（《黄鹤楼》）李白叹为观止，题诗赞叹：“眼前有景道不得，崔颢题诗在上头。”李白不仅大为欣赏黄鹤楼的壮丽景色，更神往仙人驾鹤而去的神话传说。如今，选择此地送别朋友，似乎隐喻朋友闲云野鹤、自由无拘的风范，也流露出诗人心向神往，无比钦羡的心情。较之寻常之地，黄鹤楼这个特定的送别场所多了几分神奇和浪漫，多了几分轻快和空灵。

送别之时是暮春三月，绿柳如烟，花团锦簇，草长莺飞，惠风和畅。一春景色，明媚灿烂，令人心旷神怡，心花怒放。朋友孟浩然前往扬州——盛唐王朝的大都会，那里风光旖旎、人烟阜盛，那里歌舞升平、兴旺发达，那是许多文人士子梦寐以求的地方啊。有诗为证，“腰缠十万贯，骑鹤上扬州”，再有“谁知竹西路，歌吹是扬州”，还有“春风十里扬州路，卷上珠帘总不如”等诗句，充分说明，扬州胜地，烟柳繁华，风情浓郁，人烟兴盛，美女如云。这是一座迷人的城市，令无数文人痴迷神往。如今朋友孟浩然就是前往扬州。诗人特意点出“烟花”时节，颇能引发人们的广泛联想。不知道孟浩然为何要去扬州，是求取功名还是猎艳花柳？是游学访友，还是拜谒名流？李白不明说，相必他是知道的。而且非常向往，希望追随朋友一道赶赴扬州。但是，人在江湖，身不由己，哪能想去哪儿就去哪儿？想何时去就何时去呢？

朋友水路乘船，放舟东下，渐渐远去，直至身影消失在诗人的视野里，消失在水天交接的地方。朋友是一个人去的，诗人不能陪同前往，有点孤寂，有点落寞，但是这算不了什么，更孤寂的是留在黄鹤楼的李白。孤帆远去，与其说是朋友孤独，诗人牵挂，倒不如说是诗人孤寂，朋友不安。偌大的天空，瓦蓝瓦蓝的颜色，显得异常高远辽阔，反衬出诗人的孤独渺小。一江春水，浩浩荡荡，流向远方。不见诗人的身影，不见一叶轻舟，不见扬州，不见烟柳。诗人久久站立岸边，凝眸江天，愁思满腹，心绪茫茫。

也许此时此刻，送别了朋友的诗人是有点孤独、落寞，可是，眼前这幅图景如此阔大辽远，如此空明亮丽，似乎又隐隐折射出诗人的心意。只会孤寂，不能超脱，那不是诗仙李白。诗仙的伟大和可爱在于心胸开阔，襟怀豁达，他不会纠结于心，耿耿于怀，他不会想不开，想不通，他一下子就明白了，扬州也好，武昌也好，一江春水相连，两腔情意相通，“海内存知己，天涯若比邻”。男儿四海为家，心胸豁达，视野开阔，襟怀坦荡，应该高兴才是。我李白高高兴兴地生活就是对朋友的最大安慰。我乐意相信，李白的心胸像天空一样宽广，李白的情意像江水一样绵长。

一样的天空，可以装载愁云惨雾，风雨潇潇；也可以装载丽日和风，鸟语花香。一样的江水，可以流淌离愁苦恨，时局忧思；也可以流淌澎湃心潮，痴心向往。李白的天空布满阳光雨露，李白的江水流淌款款深情。时过千年，地隔万里，我们吟诵李白的送别诗章，脑海浮现一幅图景，心中翻滚情思。一个诗人，站立江岸，背后是金碧辉煌、气势壮观的黄鹤楼，前面是滚滚东去的一江春水，头顶是飘浮着朵朵白云的蓝天。脚下岸边，也许还有一片绿茵茵的芳草地，几株柳树，丝丝婀娜，随风飞扬。诗人宽袍大袖，长发飘飘，背手而立，目光直视远方，心中无限眷恋。朋友啊朋友，你可真知道，我在想念你，我在想念扬州。

我心唯有敬亭山

——李白《独坐敬亭山》

众鸟高飞尽，孤云独去闲。
相看两不厌，只有敬亭山。

……

大诗人有大情怀、高境界、宽视野。爱如杜甫，忧念天下，悲悯苍生；悲似太白，朝如青丝，暮成霜雪；愁如李煜，江水流恨，天地同悲。读太白诗作《独坐敬亭山》，深感寂寥，孤独绝望，至为痛心。

一个人，离开帝都长安十年，经历风风雨雨，饱尝世态炎凉，失望于前程未卜，失望于社会黑暗，独坐安徽宣城敬亭山，面对高天阔地，想自己的浩茫心事，无限感慨，悲涌心间。天空中几只鸟儿已经高飞远去，渐渐淡出诗人的视野，直至无影无踪。一朵白云飘浮天际，悠闲自在，好像即将离去。天地之间，万物似乎都在遗弃太白，都不愿意陪伴太白。太白成了一个多余人，伤心不已，深感绝望。

先前，天空还是鸟儿飞鸣，叽叽喳喳，热闹喧腾。现在，鸟影消失，天空安静，静得叫人害怕。诗人的心咯噔一下，顿时变得异常紧张，充满了惊慌和迷茫。不想去回忆官场倾轧的悲惨，不想去回忆打拼功名的伤痛，不想去诉说奔波天涯的落寞，就这样静坐山亭，眺望天地。任凭山风拂过面颊，飞扬长发；任山花灿烂绽放，无语芬芳；任山泉淙淙流淌，滋润草木。诗人需要给自己一片天空，无人打扰，无人挤压。诗人也需要给自己一点时间，独自发呆，安抚心灵。很长时间了，都是风尘奔波，马不停蹄；都是身不由己，心力憔悴。适当休憩，对于诗人来说，当然很有必要。

人生不如飞鸟，鸟儿早出晚归，远近觅食，忙忙碌碌，辛辛苦苦，但是它们自由自在，无拘无束，无须寄人篱下，仰人鼻息。白云飘浮天空，忽东忽西，时高时低，也是清闲逍遥，好不快活。相比而言，诗人则困守功名，挣扎人海，备感压力，备感沉重。白云轻盈舒展，诗人郁闷忧愁。白云自由飘逸，诗人陷身红尘。白云高洁脱俗，诗人心向往之。一个在天，一个在地，天差地别，遥不可及。云也罢，鸟也罢，都比诗人幸运，都比诗人自由，太白羡慕不已，又深感沮丧。

谁来安慰一颗失落的心？谁来分担一份人生的痛苦？“前不见古人，后不见来者。念天地之悠悠，独怆然而涕下！”（陈子昂《登幽州台歌》）世界这么大，痛苦如山，失望似海，找不到一个知音，找不到分忧担愁的人，所以，李白才退出社会，退出功名，才会投身自然，希望安顿一下疲惫不堪的心灵。来到了敬亭山，向来赞赏、仰慕的敬亭山，这里才是我的精神避难所，心灵休憩地啊。李白一生七次游览敬亭山，可以说与山结下深厚情缘。

诗人看山，山看诗人，久久对视，两无猜忌，两无厌弃。李白感动，只有你才懂得我的心思，只有你才能分担我的痛苦。感谢你，感谢你这位诚实憨厚的老朋友。诗人和青山，就这样相知相伴，相识相守。像一对恋人，深情款款；像一对知音，心心相通；更像一对饱经风霜雨雪的朋友，患难与共，甘苦同担。诗人想象并夸饰这份感情，不难看出他对自然的热爱和陶醉。现实太黑暗，官场很污浊，相比而言，自然则干净得多，清明得多。诗人就希望沉湎山水，自由自在。

另外，人和山，情深深，意浓浓，无疑折射出自然的美好，诗人的孤独。想想看，一个人生活在世间，只能与青山为伍，以花草为邻，悠游山水，纵情自然，他在人世间怎么了？他没有一个朋友？他没遇到一个懂他的人？天地孤独是太白，世无知音也是太白，真不知道这是社会的悲哀还是太白的不幸。

想起了辛弃疾看山，“我见青山多妩媚，料青山见我应如是。”（《贺新郎》）青山妩媚，人亦妩媚，两相欢悦，快乐无比。还有一次，辛弃疾喝醉酒之后，摇晃着身子，歪歪扭扭往回走，一下子撞到路边一棵松树上去，诗人没有生气，没有将松树大骂一顿，你看他怎么说，“昨夜松边醉倒，问松‘我醉何如’。只疑松动要来扶，以手推松曰‘去’！”（《西江月·遣兴》）将松树当作朋友，理解它的好心好意，也拒绝它的好心好意，关系如此融洽亲密，情调如此轻快。相比辛弃疾，李白与敬亭山也是朋友，但是，没像辛弃疾那样快乐、轻松，那样兴奋、风趣。李白孤独，所以青山也孤独；李白沮丧，所以青山也沮丧。独坐青山，忧愁也罢，孤独也罢，都是真情实意，都是个性风采。

李白被社会排挤出局，他找不到一个知音，只得投靠敬亭山，青山可以洗涤心性，抚慰伤痛。我们不是李白，可是我们奔波红尘，劳心劳力，疲惫不堪，何尝不想也像李白一样，亲近青山，亲近自然，放松一下紧张的神经呢？

雏凤清于老凤声

——李商隐《绝句二首》（其一）

十岁裁诗走马成，冷灰残烛动离情。
桐花万里丹山路，雏凤清于老凤声。

……

诗歌有情，诗歌也有志，情景交融，理志兼备，既感染人心，又启迪心智。唐代诗人李商隐的《绝句二首》（其一）就是这样一首绝妙佳作。

喜欢这首诗，因为结句“雏凤清于老凤声”太有名，太有情，太有哲理。从心底敬佩诗人，不吝言辞，深情赞颂，大声表达，将自己对年轻人的喜爱和厚望淋漓尽致地传达出来。这是一种胸怀，也是一种精神。

诗歌原来有一个很长的标题，“韩冬郎即席为诗相送，一座尽惊。他日余方追吟‘连宵侍坐徘徊久’之句，有老成之风，因成二绝寄酬，兼呈畏之员外”，题目交代了诗人当时作诗的一些情况。冬郎，是晚唐诗人韩偓的小名。他的父亲韩瞻，字畏之，李商隐的故交和连襟。大中五年（851）秋末，李商隐离京赴梓州（州治所在今四川三台）入东川节度使柳仲郢幕府，韩偓才十岁，就能够在离别酒宴上即席赋诗，文采飞扬，语惊四座。大中十年（856），李商隐返回长安，重吟韩偓题赠的诗句，追忆往事，写了两首绝句，这是其一。

诗人清楚地记得当时酒宴的情景，年纪幼小，十岁出头的韩偓已是才情横溢，文思泉涌。何故？离别酒宴持续了一段时间，接近尾声了，蜡烛烧去了一大半，烛芯的灰烬几乎冷却，离愁别绪牵动人心，酒席上的人们面色凝重，心绪低落，席间弥漫一股浓重的感伤氛围。韩偓虽然涉世未深、少不更事，但是也大概懂得个中滋味，心思翻涌，随情赋诗。速度之快，堪称神童。诗人大概很激动，很兴奋，脱口而出，夸奖韩偓，快笔成诗，一挥而就。你写诗就像骏马奔腾一样，敏捷利速，又快又好。而且，用字遣词，自有讲究，构思立意，不同寻常。诗人用一个“裁”字，本是用刀尺比画裁剪、精心操作的意思，此处应该是指小韩偓斟字酌句，心思独到。用稳一个字，用妥一个词，讲究字词，绝不马虎。才十岁啊，非常了不起。

这让人想起了骆宾王咏鹅的故事。小时候的骆宾王，住在义乌县城北的一个小村子里。村外有一口池塘叫骆家塘。每到春天，塘边柳丝飘拂，池水清澈见底，水上鹅儿成群，景色格外迷人。有一天，家中来了一位客人。客人见他面容清秀，聪敏伶俐，就问他几个问题。骆宾王皆对答如流，使客人惊讶不已。骆宾王跟着客人走到骆家塘时，一群白鹅正在池塘里浮游，客人有意试试骆宾王，便指着鹅儿要他以鹅作诗，骆宾王略略思索就作了《咏鹅》一诗：“鹅，鹅，鹅，曲项向天歌，白毛浮绿水，红掌拨清波。”客人听后，不禁拍手叫绝：好一幅形象、生动、逼真的白鹅戏水图！从此，骆宾王声名大振，“神童”这个美誉也家喻户晓。

都是神童，都写快诗，才思敏捷，崭露头角。骆宾王触景生情，出口成章，活灵活现。韩偓感伤离别，随情赋诗，语惊四座。

李商隐要大声赞美韩偓父子文才出众，诗情过人，但是文人的赞美又不能直白抽象，也不能毫无余味，诗人脑海中浮现出一幅画：万里迢迢的丹山道上，美丽的桐花遍地开，差不多覆盖了道路。花朵硕大，花色光洁，花团锦簇，如山如云，如霜如雪，壮观极了。花丛中不时传来雏凤清脆圆润的鸣叫声，应和着老凤苍凉老到的呼叫，显得更为悦耳动听。多么富有诗情画意的场景！画面深深感染读者，使人身临其境，沉醉其中，难以自拔。同时读者又感悟哲理，年轻人天资聪颖，智慧过人，大有希望啊，可谓长江后浪推前浪，一代更比一代强。相信韩氏父子听了以后肯定非常高兴，非常幸福。特别是小小的韩偓，听了李商隐的赞美以后更会信心百倍，积极进取。

有人说，坦诚地解剖自己的缺点是一种美德，真诚地赞美别人的优点也是一种美德。李商隐在文人扎堆，文人相轻的大唐，真诚地写诗赞美朋友的小孩，赞美一个十几岁的少年，鼓励他扬帆远航，努力追求，鼓励他坚持不懈，前程似锦，体现出诗人的一种博大胸怀和识人慧眼。李商隐是一位慧眼识英才的伯乐，韩偓后来长大成才证明了这一点。历朝历代，任何社会，都需要这样的伯乐。识别英才，奖掖后生，扶植新秀，社会才能蓬勃发展，文化才能生生不息。

酒醉愁杀洞庭秋

——李白《陪侍郎叔游洞庭醉后三首》（其三）

划却君山好，平铺湘水流。

巴陵无限酒，醉杀洞庭秋。

……

常言道，流泪眼对流泪眼，失意人向失意人。李白和族叔李晔不流泪，却都很失意，心中郁愤积压如山，翻腾似海，二人酒后泛舟洞庭，无心观赏浩茫风光，有意倾吐满腹不平，李白吟诗《陪侍郎叔游洞庭醉后三首》（其三）宣泄千古忧愤，万年愁思，道尽天下志士心声，惊天动地，惊心动魄。

先要说明一下相关背景。李白流放夜郎途中，行至巫山遇赦，大喜过望，折身返回江夏（今湖北江陵），又对朝廷充满信心，有诗为证："天地再新法令宽，夜郎迁客带霜寒。"（《江夏赠韦南陵冰》）但是，他在江夏待了一段时间，毫无结果，希望落空。于是离开江夏，出游湘中。行至岳州（今湖南岳阳），遇族叔李晔。此时，李晔也是贬谪之人，由刑部侍郎贬官岭南，途径岳州。于是两人聚饮，同游洞庭，同唱悲歌，抒发心中愤懑。可谓同声相应，同气相通。

李白是个性情中人，敢爱敢恨，敢想敢说，心有不快，直言无忌。醉眼看洞庭，醉言露心声。看着眼前烟波浩茫，君山耸立，看着眼前湘水滔滔，迂回不前，诗人一下子心头来气，恨不得魔法在身，化作神灵，足踏大地，手挥巨铲，几下功夫，将君山铲除得干干净净，不见踪影。

何故如此激愤，如此神奇？君山像眼中钉，肉中刺，铲掉而后爽，拔出而后快；君山像天然屏障，阻挡江流，阻挡轻舟，铲尽之后，江水可以一泻千里，一往无前，可以投奔大江大海，重新获得自由。李白就是一个喜欢自由、崇尚自由的人，他哪里容得下天地之间，洞庭之中，如此巨大的绊脚石呢？山挡水怒，天摇地动，诗人的力量就这样可以征服自然，改造自然。这就是李白的浪漫神奇。不怕做不到，就怕想不到！

当然，透过李白的瑰丽奇想，我们还是可以窥知诗人心中的郁闷和痛苦。李白才情横溢，能力高强，志向远大，希望大干一场，彪炳史册，可是，朝政腐败，社会黑暗，权奸陷害，李白壮志未酬，才华被埋没，他曾经感叹，“大道如青天，我独不得出”“欲渡黄河冰塞川，将登太行雪满山”，到了晚年，本来时间不多，机会不多，幸遇赦免，重获生机，没想到幻想破灭。一生蹉跎，走投无路，心头怎能不愤怒，怎能不冤屈？因此他喊出了惊天动地的心声，铲除君山，铲除前进道路上一切艰难险阻，好让我李白大展拳脚，大展宏图，成就一番惊世伟业。

而且李白坚信，滔滔江水自有一股挣脱束缚，抗争阻碍，冲决一切的力量，“青山遮不住，毕竟东流去”。李白爱水，自由无碍，恣肆汪洋；李白爱水，奔腾咆哮，锐不可当；李白爱水，滚滚向前，雄奇壮观。李白的性格和精神，李白的思想和性情，全都挥洒在滔滔激流之中。李白心中正爆发一股山洪，摧枯拉朽，捣毁一切；李白心中，正燃烧一股怒火，烈焰冲天，烧毁一切。

李白的观赏丝毫不拘格套，不讲逻辑，一下子天上，一下子地上，一下这边，一下那边。你看，诗人心头怒火尚未消散，君山挡道尚未除去，诗人的视线和思维又跳跃到另外一面。看着烟波浩渺，无边无际的洞庭湖水，看着君山红叶火红灿烂的图景，看着天地之间浓浓秋意，诗人突发奇想，天地之秋怎么来的？那就是天地之神狂喝滥饮，大醉而来。

就像我李白一样，开怀痛饮，酩酊大醉，看山山动，看水水流，看云云飘，看树树倒，神奇，过瘾！眼前这无边的湖水就是无边的绿酒，君山秋色就是酒醉脸红啊。谁叫秋天好酒贪饮，狂饮无度？谁叫秋天酒力不胜，红颜上脸？李白敢想，能想，是因为爱酒，一切都与酒有关，哪怕大江大湖，也可以是无量美酒。

记得李白另外一首诗《襄阳歌》，也是写诗人醉眼蒙眬，醉后奇想："遥看汉水鸭头绿，恰似葡萄初酦醅。此江若变作春酒，垒曲便筑糟丘台。"一江汉水化作一江春酒，一山酒糟化作一座高台，真是惊心动魄，想落天外！我相信，在酒醉豪想中，李白的浪漫天性得到淋漓尽致发挥，李白自由情思得到充分释放。

当然，千万不要忘了，李白有言，"抽刀断水水更流，举杯销愁愁更愁"，一个人之所以狂喝滥饮，毫无节制，无非两种原因，一是遇到人生大喜，需要畅饮欢庆；一是遇到人生重创，郁闷不展，借酒驱愁。李白显然属于后者。只不过生性狂放，奇想天外，以不同时俗的形式来表达久积于心的郁愤而已。

同样是陪族叔李晔泛舟游览洞庭，换了一个时间，换了一种心情。李白另一首诗中是这样写的："南湖秋水夜无烟，耐可乘流直上天？且就洞庭赊月色，将船买酒白云边。"没有喝酒，却醉倒在洞庭风光之中。荡舟逍遥湖面，竟然想到乘流直上，飞举青天，飘飘欲仙；又因为留恋美景——皓月银辉，烟波粼粼，想到岂能无酒，于是要摇船上天，于白云深处，买酒赏月，泛湖荡舟。何等欢乐，何等陶醉，何等幸福！不见一丝愁眉苦脸，不见半点艰难险阻，李白就是这样，高兴的时候，天地都高兴；痛苦的时候，天地都痛苦。前一首写千古愁，万古恨，恨如山，恨如湖；后一首写一夜欢，一生乐，乐开花，乐上天。喜怒哀乐，不拘一格，自由挥洒，浪漫见情。

闺怨深深深几许

——李白《玉阶怨》

玉阶生白露，夜久侵罗袜。

却下水晶帘，玲珑望秋月。

……

读多了李白那些豪放飘逸、雄奇浪漫的诗作，总觉得李白胸怀大度，气势恢宏，想象奇特，心思粗犷。其实，大诗人也有心细如发，用情深幽的诗作。《玉阶怨》就是其中之一。描写一个女子月夜相思，闺房独怨，冷冷清清，凄凄惨惨，哀婉幽思，微妙动人。

高墙围住了一个院子，绿树掩映着楼阁。夜已经很深，明月高悬，银辉四射，给清冷的夜晚带来几分如水的透明。院子里，一个年轻美丽的女子在徘徊，她好像步履沉重、心思重重。没有人知道她在想什么，没有人可以分担她的愁苦。一院的空荡，一院的冷寂，还有一院的月光充盈她的心间。她青春貌美，应该拥有美好的爱情、幸福的生活。可是，现实很残酷，不知是出于怎样的压力和无奈，丈夫离开了她，远赴外地，奔波天涯。已经很久没有收到丈夫的音信了，不知道丈夫现在哪里，情况如何，是否适应他乡习俗，是否身体健康无恙，是否也想念家中的妻子。一切都是谜，一切都是梦，萦绕心中，弥漫天地。

站久了，走累了，想多了，她干脆坐在洁白的石阶上，稍稍休息，也好静静回想自己的心事。台阶用白石砌成，光滑平整，洁白如玉，坐上去，贴身润肤，隔着薄薄的罗裙，感觉有点清冷。心也凉，心也冷，都怨该死的丈夫，一去不回，久无音信。秋天的夜晚，冷风凄凄，冷气飕飕。夜色渐浓，天愈寒凉。空气中弥漫着浓浓的水汽，凝结，下沉，形成露珠，一粒粒，一颗颗，像钻石，像珍珠，点缀在花草上、树叶上，也点缀在女子所在的台阶上。要是丈夫还在身边，她肯定挽着丈夫的胳膊，蹲下身子，指着这些闪闪亮亮的珠子，激动地告诉丈夫，这里一颗，那里也有一颗，这颗最漂亮，那颗稍微暗淡一点。或是硬要拖着丈夫一起数天上的星星，比试谁数得多，谁数得清。可惜，这一切都不可能发生在今晚。今晚只有她一个人，孤独只属于她一个人。

有什么办法呢？白露为霜，秋空茫茫。身愈寒冷，心愈憔悴。夜深了，万籁俱寂，庭院空荡，一如女子的心胸，空空如也，百无聊赖。坐久了，感觉脚上的罗袜有丝丝凉意侵袭肌肤，一点一点，清冷逼人，慢慢扩散开去。从脚上到身子，从脸上到胸脯，一直蔓延到全身，感觉寒凉似针，砭扎肌肤，隐隐发痛，心生惧怕。仍然苦苦思念丈夫，仍然久久等待，仍然不愿离开，但是，衣衫渐渐淋湿，罗袜渐渐滋润，发髻沾满露水，玉手一阵冰凉，清寒刺骨，肌肤瑟瑟。实在抵抗不住秋夜的寒冷和心灵的冷寂，还是回到屋子里去吧，或许，上床休息，进入梦乡，可能会见到朝思暮想的丈夫呢。

女子起身，心情沉重，走进屋里。累了，困了，无聊，空虚。想起喝杯小酒，驱愁解闷，可是，举杯消愁愁更愁啊；想起怀抱琵琶，轻拢慢捻，弹奏一曲，宽慰相思，可是弹过之后呢，将是更重的空茫和失望。干脆休息吧，早点进入梦乡，相会夫君。于是，走到窗前，放下帘子。那帘子，是用水晶做成的，晶莹剔透，小巧玲珑，也是一粒粒，一串串，透明闪亮。特别是在月光的照耀下，散发出一片迷离空明的光芒。哗啦啦，哗啦啦，一阵细碎的声响，帘子放下来了，屋子里也暗淡下来。没有点灯，不要光明，可是，明亮的月光还是透过帘子隐隐约约照射进来，给空空荡荡的屋子投上一层迷蒙凄冷的光亮。

女子就在帘子滑落的刹那间，望见了窗外那轮恼人的月亮。站住，不动，心绪翻腾，离愁汹涌。这轮明月，曾经照亮过她和丈夫眉目传情，暗送秋波的初恋风情，曾经照亮过她和丈夫花前月下卿卿我我的甜蜜幸福，曾经照亮过她和丈夫手挽手肩并肩赏花观柳的风雅浪漫。可是，现在，美好的一切都消失了，都很难出现了，丈夫远离，归期不定，自己独守空房，度日如年。可恶的月亮呀，你为什么朗照离愁无动于衷呢？你为什么不快点给我捎去对夫君的思念呢？你为什么不及时转达远方对我的怀想呢？都是你惹的祸！

站在窗前，面对水晶帘子，沐浴清冷月光，久久发呆。任心绪渺茫，飞越万水千山，追寻丈夫去向；任月光冷淡，照耀大江南北，捎去不安忧虑。一站就是一晚，一站就是一生，一站就是一幅风情画。雕像一般，立体浮现，深刻感人。于是，千百年之后的每一个夜晚，每一次望月怀远的时刻，我们眼前都会浮现这尊雕塑。

万里江山黄叶飞

——王勃《山中》

长江悲已滞，万里念将归。
况属高风晚，山山黄叶飞。

· · · · · ·

年轻人志存高远，四海为家，情怀壮浪，豪气干云，按理说是不应该有伤春之叹、悲秋之痛的，可是读读诗歌天才王勃的《山中》，你会觉得这个年轻人心态衰老，气魄柔弱，肝肠千转，肺腑流血。不知道为什么，不知道在何方，似乎天地之间，只有王勃一个人在挣扎，在等待。

年轻王勃离家远行，游学四方，长期滞留异地他乡，功名事业无成，心生幽怨，心怀不平，看山不是山，观水不是水。王勃带着沉重的心理包袱，带着渺茫的希望，沿着长江，游吟徜徉，可能一年半岁，可能三年五载，找不到人生出路，看不见希望光芒。一腔忧愤，满腹委屈发泄在诗句里，泼洒在山水边。长江奔流，浪涛汹涌，滚滚向前，一泻千里，势不可当。年轻人看着这些景象多半滋生豪壮情怀，人生当如江流，勇往直前，高歌猛进，无畏高山拦路，不惧礁石当道。可是，王勃看来，长江多悲风，流水总呜咽，似有伤心事，啼哭无尽时。可怜的江水，被大山阻隔，被地势控制，前进不得，回旋不定，似乎停滞下来，似乎哀哀无告。一江波浪，一江忧愤。诚如亡国之君李煜悲言："问君能有几多愁，恰似一江春水向东流。”亦如至圣先师孔老夫子叹惋：“逝者如斯夫，不舍昼夜。”王勃感受到了青春失意，事业无成的悲哀，王勃也意识到了时光飞逝，时不我待的紧迫。虽然他还年轻，二十几岁，辉煌人生刚刚拉开大幕，有的是精彩，有的是掌声，有的是鲜花。但是，天生王勃，敏感忧郁，少年才俊，遭遇重挫，流离天涯，身不由己，特别是坎坷不幸，频频发生，诗人的身体早已老迈，诗人的心灵过早憔悴。一个年轻人，行吟江畔，游走高山，像当年屈原一样，披头散发，神情恍惚。

古人有言，人穷则返本，叶落则归根。王勃穷不在生活艰难、财用匮乏，穷不在孤独寂寞、漂泊四方，致命在于事业无望、前程未卜，甚至是前路漫漫，乌云密布，险象环生。诗里没说，诗人有所忌讳，说不出来的苦痛是内心流血，眼泪苦咽，无人知晓，无人能懂，更无人分忧。想到了父母，想起了故园，也许父母不能帮助分忧解困，也许故园山水风物不能帮我抹去心头忧患，但是亲切、熟悉，曾经生于斯、长于斯，歌哭喜忧，聚散离合，均在故园，想起就是一种安慰，回忆就是一份支撑。既然前程渺茫，那就回去吧，回到家园，回到故土，脚踏故乡的土地，心里才踏实；心回故乡老宅，人生才安稳。事业放一边，功名搁脑后。当务之急是赶紧上路，回归故里。万里长江，万里乡关，何处是归宿，何日才心安，诗人不知道。举目天地间，无语问苍茫。

人生不顺，坎坷连连。就像破屋，本来就难遮风挡雨，驱寒保暖，可是又遭狂风暴雨袭击；就像漏船，本来就难扬帆启程，开赴远方，却又遭遇江风大浪吹打。可怜的王勃得一人独撑，撑起一方天空，撑起自己的人生。时节已是深秋，人言秋高气爽，风轻云淡，心旷神怡，赏心悦目。王勃的感受全然不是这样。他想起了大才子宋玉那句千古名句，“悲哉秋之为气也！萧瑟兮，草木摇落而变衰”，秋气清凉，秋风冷瑟；

他想起了屈子，正道直行，才华横溢，走不到人生之春，却过早陷进生命之秋。他敏感时间节点，他看不到初升的太阳，这是晚秋，这是傍晚，深冬即将来临，黑暗即将来临，他逃无所逃，避无所避。天地这么大，社会这么广，没我王勃容身之处，没有人伸出援助之手。何等凄惨，何等绝望。

远眺天边，群峰万壑，连绵起伏。残阳如血，缓缓西沉。归鸟投林，一派喧闹。山山岭岭，落木萧萧。秋风无情，疯狂扫荡。天地之间，黄叶纷飞，或是飘落大地，腐烂成泥，或是飘落江河，随波逐流，或是飘落深山，枯死幽林，或是跌进沟谷，沉寂一生。无语苍凉伴随凛冽秋风，无奈悲伤融进苍茫秋空。王勃的春天在哪里？王勃的鲜花不绽放？王勃的太阳已跌落？眼前只有秋天，只见黄叶，无根无底，随风飘荡。悲惨兮兮，楚楚可怜。我要走向哪里？我的归宿何在？恼人的秋天啊，你到底想要将我带向哪个人生驿站？

王勃有家，有两个家，出门的时候以天地四海为家，热血沸腾，心雄万夫，闯荡世界，志在必得；失意的时候，以乡土故园为家，含泪带恨，和血带伤，回归家园，回归安宁。可是，读这首诗，似乎感觉到王勃心思缥缈，行踪浮萍，无路可走，无家可归，王勃是怎么了？漂泊在秋天，飘零在天地。

温暖洋溢在山林

——孟浩然《春晓》

春眠不觉晓，处处闻啼鸟。
夜来风雨声，花落知多少？

……

读孟浩然的《春晓》，总有一种暖意融融、生机勃勃的感觉。我想，孟诗人应该是睡在山林的，没有红尘滚滚、世俗喧嚣的干扰，没有宦海沉浮、功名利欲的纠缠，他睡得很香，很沉，甚至连入睡时候的笑容也像热恋中的少女一样甜蜜。没有人来惊动他，在他该醒来的时候，在他愿意醒来的时候，一山的鸟儿便是他的朋友，叽叽喳喳，热闹缤纷，无异于呼唤他：闲散的主人，太阳高挂林梢了，该起床了！于是诗人就起床了，迎接他的便是一个有声有色的世界。春天来了，鸟儿抑制不住欢悦之情，放声歌唱，汇成一部自然交响乐，萦绕在诗人耳畔，回荡在诗人心头。阳光像闪亮的小精灵，穿过窗格，掠过书桌，扑在诗人的脸上，暖暖的，热热的，心中有说不出的舒畅。窗外那些树木，抽枝发芽，长叶吐绿，沐浴着阳光，焕发出生机，展示出光鲜亮丽的姿色。似乎自然界的声音、色彩和线条，都是诗人有情有义的朋友，都在热烈地欢迎诗人的到来。从沉沉睡梦到朗朗黎明，推开窗户，睁开眼睛就是一幅画，张开耳朵就是一首歌，诗人发现了春天，沉浸在满山春光之中，还有什么生灵能够沉得住气呢？诗人和鸟儿一起欢呼，我们和诗人一道欢唱，空山密林，歌声悠悠。

可是，欢呼是短暂的，满眼的明媚代替不了深沉的感伤，动听的鸟鸣掩盖不了鲜花的凋谢，诗人在想，昨天晚上，在我似睡非睡的时候，好像刮了风，下了雨，势头还不小，风摧花枝，雨打花朵，不知道一夜的摧残，又有多少花朵凋零？为什么风雨总是那么无情？为什么鲜花总是那么娇弱？又为什么我不能呵护它们？春天固然给人们带来鸟语花香，莺歌燕舞，可是，春天同样也经受不住风雨的无情摧残啊！诗人惆怅，为那些逝去的花朵；诗人忧愁，为那些离开的生命。诗人流泪道别昨天，诗人也洒泪写成诗句，时至今天，我们眼前还徘徊着一个临风掉泪、睹花伤神的诗人。没有几个人关注过花花草草，没有几个人在乎一株绽放的生命。人们只关心仕途升迁、功名富贵，只专注柴米油盐、饮食起居，忙忙碌碌，浑浑噩噩，根本没有闲情，没有心思去倾听一朵花开的声音，去悲叹一朵花谢的凄凉。只有孟浩然做到了，而且是真心实意，赤子情怀，儿童眼光，孟诗人和它们做朋友，留意风吹雨打、花开花落，观赏日照高林、青枝吐绿，耳闻百鸟欢鸣，天籁妙音，他把山村当作寄居身体的家园，也把山林视为安顿心灵的天堂，他不和俗人来往，不与俗世打交道，生活在远离红尘、与世无争的山林里，用心与自然交流，用情向自然倾诉，他为自然界一切有性灵、有生命的朋友而悲喜，他为自然界一切朋友的细微变化而欢唱。这首诗，欢唱之余，还有忧伤，忧伤让人感到压抑，也让人感到温暖。想想看吧，偌大一座山林，偌大一个世界，偌美一个春天，有一个诗人为花草树木伤心，有一个诗人乐意倾听鸟儿的鸣叫，有一个诗人喜欢欣赏第一缕阳光，有一个诗人惊呼树林的第一抹新绿，这是何等动人的画面，何等温馨的情怀！记得有个诗人写过这样的句子，让忧伤流走，流成河，河里流淌的不再是忧伤。我想说，读孟浩然这些诗句，涌动在我们心头的不只是爱、阳光和希望，还有美好凋谢的忧伤，还有呵护自然的温暖。

寻找了多少年，茫茫人海，滚滚红尘，谁能保持一颗温暖的心，像诗人一样，温暖我们的生命？

美丽的瞬间

——捧剑仆《无题》

青鸟衔葡萄，飞上金井栏。
美人恐惊去，不敢卷帘看。

……

罗丹说：“美是到处都有的，对于我们的眼睛，不是缺少美，而是缺少发现。”诗人不同于常人，在于他们时刻保持一份对生活的敏感，对人生的热爱和对人性光辉的讴歌。读诗人的作品，我们会惊讶地发现，原来生活是如此的有趣，如此美妙。就拿唐代诗人捧剑仆的《无题》诗来说吧。这首诗捕捉生活的瞬间镜头，描绘了一幅平和静美的画面，揭示人性的光辉，堪称意味隽永、生意盎然的佳构。

写青鸟，一身翠绿发亮的羽毛，玲珑小嘴衔着一串亮晶晶的葡萄，飞上金光灿灿的井栏。动作敏捷利索，形象活泼生动，色调醒目亮丽，整个描写让人感觉到青鸟的自由、欢快，充满活力、充满生趣。不知道这只青鸟从哪儿来，也不知道它到底要飞向哪儿，只知道它在享受生活，享受甜美的果实。它很开心，特别珍惜口中的劳动果实，你看诗人的描写，一个“衔”字，写出了青鸟谨慎轻巧的动作，它既怕葡萄从口中跌落，又担心用力太过而咬坏了葡萄，不猛不轻，恰到好处。“金井栏”，彩绣辉煌，豪华富丽，点明这是富贵人家的庭院，似乎也暗示这串葡萄很可能是从富贵人家的葡萄架上啄来的。当然，诗人这样写井栏，主要是以耀眼的金黄来比衬鸟儿的青翠，冷暖对照，浓淡相宜，渲染一种静谧秀美的氛围。

写美人，突然看到这一幕意想不到的景象，偷偷躲在帘后静观，不敢卷起帘来尽情欣赏，唯恐自己的莽撞惊吓了青鸟。她看得兴奋而专注，谨慎而机警；她看得好奇而天真，平静而紧张。她抑制住自己的激动与兴奋，甚至屏住呼吸，静静地看，欣赏金井青鸟的美丽形象，欣赏青鸟啄食的甜美画面，欣赏青鸟飞跃的活泼身影。她喜欢这只青鸟，她热爱生活中的美好事物，她也盼望自己心目中的青鸟能够给她捎来神秘的礼物。她不去打扰、不去破坏这种和谐美好的氛围，只要青鸟愿意，她就这样久久躲在帘子后面，从缝隙中用心呵护窗外的美丽。

再看另一首唐诗，唐代诗人胡令能的《小儿垂钓》：“蓬头稚子学垂纶，侧坐莓苔草映身。路人借问遥招手，怕得鱼惊不应人。”诗歌描写一个农村孩子在野外河畔草丛中静心垂钓，有路人经过，向他问路，他不敢答应，只好举手招摇示意路人，生怕发出声音惊吓了鱼群。你看，这位小男孩如此机警，如此小心，又如此聪明，懂礼貌，多么可爱，多么善良！他安心静气地钓鱼，完全可以不搭理路人，但是，那样做，未免太生硬，太无礼了，这不是他的本性，这不是他的教养。他举手示意，既无声，又热情，想必过路人应该也是非常感激他的吧。同样是问路，杜牧的《清明》又是另一番风味，“清明时节雨纷纷，路上行人欲断魂。借问酒家何处有？牧童遥指杏花村。”行人问路，牧童不答，单是一指，指出一幅酒旗飘飘、绿竹掩映的画图来，的确很美！牧童为何不说话？或者说，诗人为什么不写牧童的应答，留下悬念，引人寻思。单是一“指”，不动声色，却又热情礼貌，同样折射出乡野孩子的纯朴、善良本性。

生活中有很多诗意，一举手，一弯腰，一投足，一微笑，一示意……只要我们善于观察，用心捕捉，诗意之花就绽放在我们心间。诗人写诗，读者读诗，都是一种发现，一种审美，本质是相通的，那就是我们得保持一颗充满诗意的心灵。

夜惜衰红把火看

——白居易《惜牡丹花》

惆怅阶前红牡丹，晚来唯有两枝残。

明朝风起应吹尽，夜惜衰红把火看。

……

花开万种，色彩缤纷，绚丽多彩。文人雅士，情趣各异，偏爱不同。陶渊明爱菊，素雅淡泊，风霜高洁；周敦颐爱莲，出淤泥而不染，濯清涟而不妖；林逋爱梅，隐居孤山，终身不娶，植梅放鹤，逍遥自在。世人皆爱牡丹，花开艳丽，名动天下，国色天香，雍容富贵。文人爱花，尤有情趣，说是花痴，亦不为过。唐诗有云“花开堪折直须折，莫待无花空折枝”，爱花残忍，摘下花朵，据为己有，也剥夺花朵的鲜活生命，多少让人心生不快。爱之深，一旦过分，即为伤害。周敦颐爱莲，“中通外直，不蔓不枝，香远益清，亭亭净植，可远观而不可亵玩焉”，虔诚敬慕，庄重严肃，令人感动。白居易爱花，也是情深深，意浓浓，痴迷不醒，几近疯狂。

诗人带领我们来到一处庭院，生怕我们忽略了花季的热闹与美丽，提前指点我们，你看，雅致的院落，火红的牡丹，一朵朵，一丛丛，花团锦簇，绚丽缤纷。花色艳丽，光泽闪烁。的确点亮人的眼眸，激荡人的心灵。这是牡丹啊，热烈绽放，芬芳吐艳，象征荣华富贵，喜庆吉祥，象征生活康泰，红红火火。可谓“花见花开，人见人爱”。我们欢喜，激动，为牡丹的生机勃勃，为牡丹的花开浓艳。可是，诗人却和我们的感触不一样，他看到了什么，他又想起了什么。也许一春花事已尽，牡丹花开姗姗来迟，虽然独自辉煌，独自风光，占尽春天，广受歌颂，但是，诗人却惆怅满怀，忧心忡忡，高兴不起来。开篇一个“惆怅”，起势突兀，破空而来，强烈撞击读者的心灵，引发思考与兴趣。同时读者也会被诗人的情绪感染。一院牡丹，一院美丽，抹上一层浓郁迷离的感伤色彩。似乎花光色影之下，隐藏着一种不可阻挡、不可改变的必然。当然，白居易也是爱花、爱牡丹的，和我们一样，用尽了心血，费尽了心思，忘情投入，留恋不已，高兴也罢，惆怅亦然，均是因花而起，也会随花而灭。

诗人告诉你我，这一院牡丹，白天神采奕奕、夺目生辉，到了晚上，可就衰飒枯萎、凋零殆尽，独有两枝残花傲然坚挺，不为风动。那是残存的生机，那是凋零的美丽，那是哀哀无告的呻吟，那是楚楚可怜的娇弱。终于明白，诗人惆怅，原来为花开不久，风雨摧残，为美丽将灭，生气不存。诗人怜花如玉，捧在手心，小心翼翼，倍加呵护。诗人爱花如痴，高兴为花，惆怅为花，白天赏花，晚上赏花，形影不离。特别注意数量词“两枝”，细致精确，毫不含糊，表明诗人一一点数，悉心照顾，哪一天，哪一刻，哪一株，哪一朵，花枝残败，花朵枯萎，诗人都记得清清楚楚，明明白白。对于一院花事，诗人可是尽职尽责，全心全意。爱花之意，怜花之心，情深意厚，如江如潮。想起唐代一个爱梅之人，诗僧齐已，诗歌《早梅》如此写道：“万木冻欲折，孤根暖独回。前村深雪里，昨夜一枝开。风递幽香去，禽窥素艳来。明年如应律，先发映春台。”此梅先于百花而开，又先于众梅而放，所放又非全树，而是“一枝”先开、生机乍泄，更是早中之早。“一”字虽属数的概念，但在表现“早梅”二字的命意，却起到了画龙点睛的作用，它点出了梅中之早梅的超越领先的不凡神韵。当然也暗示诗人爱梅之深、怜梅之至。同样，白居易观察、照顾一院牡丹，担心风雨变化，担心尘埃玷污，担心花谢花飞，用心用情，至真至诚，“两枝”可见，情深似痴。

诗中“唯”字，大有深意。暗示满院牡丹，唯有“两枝”犹在，迎风挣扎，美丽得凄凉，生动得哀婉，其他花枝几乎枯败凋零，或委地破败，或随风飘走，或钩挂树梢，惨不忍睹，楚楚可怜。独有这“两枝”还勉强抚慰人心，可以欣赏，可以满足诗人的心愿。诗人既感到欣慰，欣慰上苍有情，没有将一院牡丹剥夺殆尽，而是略有留存，供诗人观赏；诗人又感到悲伤和痛苦，想想看，满院牡丹，红艳灿烂，流光溢彩，怎么一下子，不过半天不到的时间就凋零破败、荡然无存了呢？诗人当然明白，花开易谢、盛极而衰的道理，可是，换作你我还是一样，我们都不能够接受，美丽事物的隐然消逝，我们都希望花开艳丽，永驻人间。人同此心，心同此理。

关于诗歌第二句，有人看法不同。认为诗句意思是说，经过大半天的风雨摧折，大部分牡丹都还完好无损，只有两枝牡丹残败凋零，让人心疼。诗人细心，认真呵护、关照每一朵绽放的牡丹，稍有风吹雨袭，都表现得异常敏感。一院花朵之中，我们不知有多少朵牡丹，但是诗人是清楚的，他一定仔细计数过，知道有两枝残败不堪，深感惋惜。每一朵花开花落，每一次风来风去，都牵动诗人善感多愁的心。他担心花朵娇弱，不胜风雨，他担心花期将过，花事凋零。他担心美丽不再，突然消失。同时，又感到庆幸，毕竟还有那么多花朵安然无恙，毕竟还可以大饱眼福，大快人心。有的凋零，有的完好，似乎警醒爱花的诗人，得要珍惜，得要倍加呵护才对。这种理解，从另外一个侧面反映出诗人的怜花爱花、赏花赞花之心。

面对一院牡丹凋零，常人也许不以为意，习焉不察，根本不会惆怅担忧，甚至也不会想到倍加珍惜剩下的花朵，可是，诗人白居易不一样，他突发奇想，现在白天尚且如此，一点风雨就摧残了不少花朵，再过一个晚上，刮风下雨，岂不就连仅剩下的两枝牡丹也摧残殆尽，明朝起来，我看什么呢？何以如此弱不禁风，何以如此容易凋零破败，诗人不说，但是，我们从牡丹开放的时间节点来看，不难知晓，暮春时节，花期将尽，牡丹艳丽，自然也难脱厄运，持续不了多久时间，加上风雨摧残，岂不更容易凋零？诗人有此顾虑，有此担心，怎么办？他想到，今天晚上，应该举着火把或蜡炬，照亮残存的花朵，一夜不眠，尽情欣赏，不离须臾。何等爱花，何等深情。就像告别一个朋友，最后时刻一定要和他在一起，形影不离；就像送别一位亲人，最后时刻，分分秒秒，陪伴身边。衰红又如何，虽然没有浓姿艳态，没有光华四射，没有生机活力，但是，也有娇弱凄美，也有回光返照，也有静默悲凉，这又何尝不是另外一种风格的美呢？不知道诗人是否也这样想，但是，我想，诗人竟然一夜无眠，一夜关注，一夜欣赏，残红之美，静穆之美，哀怨之美，一定深入人心，一定深深打动了诗人。

想起了晚唐诗人李商隐，也写过一首诗《花下醉》，有这样的句子："客散酒醒深夜后，更持红烛赏残花。"酒醉之后不疼残花，情有可原；酒醒之后，哪怕夜深人静，哪怕酒气醺醺，也要手持红烛，照亮残花，尽情欣赏，大饱眼福。因为李商隐知道，也许过了明天，就连残花也看不到了。对残花的留恋，对美好事物的热爱，全部流露在赏花之中。又想起《古诗十九首》其十五："昼短苦夜长，何不秉烛游。"曹丕《与吴质书》："少壮真当努力，年一过往，何可攀援！古人思秉烛夜游，良有以也。"古人秉烛夜游，珍惜时光，及时行乐，珍爱生命，珍爱美好事物，情怀相同，道理相同。白居易赏花，除了对美好事物的热爱与珍惜，更有对人生的苦短的忧叹与担心，自然倍加珍惜美好时光。

千年前那一夜过去了，千年前那个赏花人过去了，千年前那份情怀还在，停留在诗歌之中，萦绕在我们心间。是的，选择一个星光灿烂或是花好月圆的夜晚，我们与相爱的人，除了卿卿我我、耳鬓厮磨之外，是不是也可以像白居易、李商隐一样，高举红烛，细赏残花呢？

金钱花是钱还是花

——罗隐《金钱花》

占得佳名绕树芳，依依相伴向秋光。

若教此物堪收贮，应被豪门尽劚将。

……

金钱花亦名旋覆花，夏秋开花，花色金黄，花朵圆而覆下，中央呈筒状，形状如铜钱，娇美可爱，可以入药。小时候，笔者生活在乡间，每到夏秋季节，常随奶奶一起去采摘金钱花，田边地头，小路旁边，山岭坡脚，这些地方多有金钱花，藤络蔓延，绕树而生，花香扑鼻，花色诱人。每发现一簇，笔者总是激动得大声叫喊："奶奶，看这儿，我找到了一团开得最好的金钱花！"奶奶赶过来，祖孙二人就手脚忙碌地采摘起来。直到摘完所有的金钱花，剩下青藤绿叶为止。当然，盛花的竹篮如果没装满，我们祖孙俩还会到处寻找，直到满载而归。因为，那时经济困难，生活贫苦，金钱花可以当药材卖钱，我们采回来以后，把它们晒干，成色恰当的时候，就拿到乡供销社药材收购站卖掉，换几个生活零用小钱。这时候，我最开心，奶奶也开心，因为金钱花在我们的心目中就等于是可以买水果糖吃啊。它带给我们快乐和开心，慈祥的奶奶也乐得合不拢嘴。可惜，离开乡村去县城读高中以后，直到现在再也没有机会采摘金钱花了。奶奶也早在几年前远离她心爱的孙儿和她喜欢的金钱花而去了。

今天，读到晚唐诗人罗隐的《金钱花》，不禁又想起和奶奶一起摘花卖钱的事情来。当然，诗人的思想认识和我儿时的体验是不一样的，我们对金钱花的体会和感受有诸多不同。诗人爱花，初读此诗是有这个印象，你看诗人笔下的金钱花，有一个美丽诱人的名字——“金钱花”，花儿和金钱联系在一起，就倍增身价，大放光彩。还有一个美丽的身段，绕树而生，柔弱曼妙，婀娜多姿。还有一种沁人心脾的芳香。它们并不孤独，一朵挨着一朵，丛丛簇簇，就像情投意合的伴侣，卿卿我我，亲密无间，给人以悦目赏心、美不胜收之感。金黄色的花朵又总是迎着阳光开放，色泽鲜丽，娇美动人。金钱花楚楚动人，可亲可爱。可是，读完三、四两句诗，你会觉得，诗人笔墨的主旨根本不在赏花咏花，而在托花寓意，借花发感。诗人这样假设，如果它们真的是金钱，可以储藏的话，那么，那些豪门权贵就会毫不怜惜地把它们全部掘尽砍光了！权豪势要，贪得无厌，残酷无情，诗人恨之入骨，借美丽的金钱花蒙冤受屈来抒发诗人胸中愤懑，这是诗歌的本意。前面的美丽渲染得越充分，后面的议论就越发警策有力。显然这是欲抑先扬、欲擒故纵的高妙笔法。

笔者推广开来思考，当今社会，不仅权豪势要如此贪婪，如此冷酷，凡是利欲熏心之徒，凡是庸庸碌碌之辈，莫不如此，他们见钱眼开，见利忘义，没品位，少修养，心思不纯，欣赏不了大自然的美丽花草。贪婪蒙蔽了双眼，低俗玷污了心灵，可悲可叹，可恨可笑！我又后悔自己，小时候不知道欣赏，只是贪玩，只是想买零食吃，只是想采金钱花卖钱，和奶奶一道。不过，那也是没有办法的办法，饥肠辘辘的时候，哪有闲情逸致欣赏美呢？权豪势要、庸俗之人看中的是钱，艺术家们看重的是花，我不知道自己看重什么？是金钱还是花？

常回家看看

——王建《雨过山村》

雨里鸡鸣一两家，竹溪村路板桥斜。
妇姑相唤浴蚕去，闲看中庭栀子花。

……

人在江湖，身不由己，生计奔波，功利考量，工作压力，诸多原因犹如无形的的磁场，把我们牢牢地粘在城市这块喧嚣而繁华的土地上。回家，回到曾经生我养我的故土已是一种奢望，一种遥遥无期的祈盼，于是我只好沉潜诗海，在夜深人静的时候，走进古代的村落，走进远去的故乡，在那里，我找到了心灵的栖息地，找到了精神的伊甸园。唐代诗人，王建肯定做过农民，和我的父老乡亲一样，对农村的生活，农事活动，四季安排，了如指掌，体验真切，不然，他是绝对写不出《雨过山村》这样的山水田园诗的。

鸡鸣是山居生活的寻常风景，陶渊明有“鸡鸣桑树核，狗吠深巷中”的咏赞，山村的宁静祥和，古朴幽深，如在目前，如闻耳畔。王建的“鸡鸣”是在一个阴雨绵绵、天地晦暗的季节里，村落也不是成百上千的稠密村寨，而是稀疏荒落的一两户人家，正因如此，鸡鸣之声才显得格外响亮、格外清脆，山村住户才显得异常平和宁静，可以看出，这是一个远离喧闹、无人打扰的村庄，人们过着纯朴安宁的生活。换一种情境设想一下，要是在平原大坝，或密集山村，肯定是一鸡打鸣引来群鸡和鸣，气氛之热闹、欢腾可想而知。诗人沿着村路缓步前行，一边仔细观察山村的景色，一边深沉地体味思考。小溪叮咚作响，欢蹦跳跃，与村路相依相伴。亭亭修竹沿路栽种，撑起一片绿荫。在霏霏细雨中，在曲折小路上，诗人一边听那萧萧竹韵，潺潺溪声，一边猜想呈现在眼前的村落该是怎样的风光，怎样的生活，别提有多舒心惬意。一会儿，他来到一座小木桥边，这是几块木板随意搭成的小桥，行人不多，年久失修，木桥已是挂满青苔，不过山民尚简，溪沟也不大，不必张扬，不求花哨，从审美的角度去看，这一座板桥在竹溪村路间，构成了天然和谐的景观。这样的桥，在今天的山寨村落，也已少见，寄托了人们幽幽思古之情。

如果说这首诗前面两句是描写山村的自然风光的话，那么三、四两句则是刻绘农事生活，给人的总体印象是忙碌紧张，无暇他顾。我们看看人们在干些什么吧，妇姑相唤，浴蚕选种，她们原本是一家人，长幼有别，尊卑有序，但是却能够亲切招呼，一块劳动，关系之和睦融洽，民风之古朴幽雅，历历如画，宛然可睹。诗歌没有写男人们干什么，但是透过这个镜头你肯定可以想象得到，“相唤耕牛”“播种肥田”之类的事情，总之，不管是看见的还是想到的，一家老小，男男女女，全部出动，各做各的事情，没有一个人闲着，也没有一个人有意见，他们不仅亲善和睦，互相帮助，他们更是热爱劳动，热爱生活，热爱家乡，这是一群深山村落勤劳纯朴、心地善良的人们。他们用劳动，用热情，好好地生活，经营他们这个安静的世界。诗人看到这种情景，深深地感动了。比之山外的世界，比之官场的劳心劳神，互相算计，他找到了一种宁静纯朴、简单快乐的生活，他向往这种生活，他热爱这种生活。全村，没有一个闲人，唯有那冉冉飘香的栀子花，落寞冷清，无语芬芳，诱发诗人诸多想象。空旷的庭院，素静的栀子花，幽幽的香味，构成了一个清美幽静的世界，令人向往，令人沉静。当然诗人特意拈出栀子花来肯定也是别具匠心的，此花另名“同心花”，象征爱情甜美，少女向来喜欢采撷这种花送给自己的心上人，诗人写栀子花飘香满院，无人采摘，表明春深农忙，人们无闲心谈情说爱，渐渐遗忘了这些静静开放的花朵。设想春忙之后吧，那肯定是一个风流热闹的时候，此话不提，任由诗人和读者去想象。山村就是这样，紧张忙碌之余也有闲情爱恋，阴雨绵绵之中亦见幽深雅静。诗人好运，碰上了这如诗如画的风光，这如火如荼的农忙。

全诗写农事生活，融情于景，情景相生，再现山村的古朴宁静和生机活力，融进诗人的欢歌咏赞，我想，不仅是诗人，还包括千百年后读到这首诗的读者，也会深深地陶醉诗境，流连忘返的。读这样的诗歌，呼吸泥土清新气息，饱览村寨自然风光，和农民一块劳作，辛苦一点，心里是轻松的、快乐的，这或许就是回不了家，远离农村的我们寄托感情的一种方式吧。